KB100236

형사의 눈빛

≪KEIJI NO MANAZASHI≫

© Gaku YAKUMARU 2012

All rights reserved.

Original Japanese edition published by KODANSHA LTD.

Korean translation rights arranged with KODANSHA LTD.

through JM Contents Agency Co.

야쿠마루 가쿠

최재호 옮김

형사의 눈빛

BOOK PLAZA

목차

오므라이스

◆

　마에다 케이코가 히데아키의 장례식장에 놓인 영정 사진을 지긋이 바라본다. 검은 액자 안에서 히데아키가 밝게 미소 짓고 있다. 구릿빛 피부의 히데아키가 하얀 이를 드러내며 웃고 있는 이 사진을 케이코는 제일 좋아했다.

　3일 전 밤, 케이코의 집에서 불이 났다. 그 바람에 당시 집에서 잠을 자고 있던 히데아키가 화염에 휩싸여 변을 당했다.

　당시 케이코는 근처 병원에서 야근을 하고 있었다. 그런데 근무가 끝날 무렵 응급실로 히데아키가 실려온 것이다. 들것에 실려가는 히데아키는 온몸에 큰 화상을 입어 그때 이미 죽기 직전이었다. 온몸이 검붉게 그을린 히데아키를 보자 케이코는 숨이 막혔다.

　시신의 훼손 정도가 너무 심해서 장례식 조문객들에게도 시신을 전혀 공개하지 않았다.

　케이코는 히데아키의 영정사진을 보고 있노라니 아련한 추억이 가슴 깊은 곳에서 올라온다. 이 사진을 찍은 것은 아마도 2년 전으로, 히데아키에게 처음으로 유우마를 소개한 날이다. 히데아키가 봉고차를 직접

운전하여 케이코와 그녀의 아들 유우마를 놀이동산에
데려갔었다.

유우마와 처음 만난 히데아키는 많이 긴장했었다.
그래도 애써 밝게 미소를 지으며 유우마와 빠르게 친
해졌다. 엄마 혼자 자신을 키우는 고생을 짐작했는지
낯을 많이 가리는 유우마도 엄마가 소개한 남성에게
최대한 친근하게 행동했다.

영정사진은 케이코가 만든 도시락을 셋이서 함께 먹
다가 찍은 사진이다. 그때는 다 같이 웃고 있었다.

케이코와 같은 병원에서 함께 근무하는 수간호사
모리타가 장례식장에 들러, 영정사진 앞에 향을 피운
뒤 케이코에게 다가온다.

"케이코 씨, 많이 힘들지? 여기 업무는 괜찮으니까
마음이 진정될 때까지 연차를 내도 돼."

모리타는 그렇게 말하고 케이코의 어깨를 부드럽게
쓰다듬는다.

"유우마도 앞으로 엄마를 잘 챙겨주고."

"네."

우울한 목소리로 답하는 유우마의 표정이 묘하게
차가웠다. 억지로 담담한 척하며 이 장례식에 임하고

있는 듯 보인다. 유우마의 생부이자 케이코의 전남편인 코이치가 교통사고로 사망했을 때는 유우마가 장례식 내내 케이코의 허리춤을 붙잡고 펑펑 울었다.

히데아키가 죽었지만 유우마의 감정에는 아무런 동요도 없는 듯하다.

혼인신고는 하지 않았지만 히데아키는 틀림없이 케이코의 남편이었다. 하지만 유우마에게는 그저 동거인이었을지도 모른다. 지난 2년간 유우마를 데리고 히데아키와 함께 생활해온 케이코는 그것을 충분히 이해할 수 있다.

모리타가 다녀가고 나서 케이코는 유우마가 자신을 보고 있는 것을 알아차렸다. 하지만 유우마는 케이코와 눈이 마주치자 금세 시선을 피했다.

비록 짧은 순간이었지만 유우마의 눈빛이 마음에 걸렸다. 다시 곁눈질로 유우마를 보자 무표정한 얼굴로 바뀌었지만, 방금 전 유우마의 눈빛에는 분명 날카로운 무언가가 있었다.

케이코는 유우마가 지금 무슨 생각을 하는지 마음을 들여다보고 싶었다.

하지만 케이코는 시선을 유우마에게서 거둬 다시 제

단으로 돌린다.

조문객 대부분은 케이코가 일하는 병원 관계자였고, 케이코의 가족이나 친척은커녕 히데아키의 가족조차 장례식장에 오지 않았다. 시부모님께 히데아키의 죽음을 알렸지만 반응은 냉담했다. 무슨 일이 있었는지는 모르지만 히데아키는 가족들 사이에서 폐만 끼친 방탕한 아들이었던 모양이다.

그래서 케이코가 사실혼 배우자지만 어쩔 수 없이 장례 준비를 하고 상주를 맡았다.

그때 처음 보는 남성이 히데아키의 장례식장에 와 향을 피웠다. 케이코가 그를 물끄러미 쳐다보자, 향을 다 피운 남성이 케이코쪽으로 다가온다.

"사토 히데아키 씨의 가족분이신가요?"

호리호리하고 상냥해 보이는 남성이다.

"삼가 고인의 명복을 빕니다. 전 히가시 이케부쿠로 경찰서의 나츠메 형사라고 합니다."

남성은 정중히 인사를 하면서 명함을 건넨다. 명함에도 히가시 이케부쿠로 경찰서의 '나츠메 노부히토'라고 쓰여 있었다.

남성의 정체를 알게 되자, 긴장감과는 다른 묘한 기

분이 들었다. 검은 양복을 입은 키가 크고 호리호리한 남성은 케이코가 평소 상상하던 형사의 모습과 많이 달랐기 때문이다.

'형사'라고 하면 보통 날카로운 의심의 눈초리를 가진 사람을 떠올리게 마련인데, 눈앞에 있는 남성은 사람을 압도하는 분위기가 전혀 없다. 깔끔한 헤어스타일과 옷차림, 그리고 지적인 눈매는 형사라기보다 오히려 케이코의 병원에서 근무 중인 젊은 의사를 떠오르게 한다. 양복보다는 하얀색 의사 가운이 더 잘 어울리는 인상의 남자다.

"그 방화사건을 담당하고 있습니다."

나츠메가 부드러운 말투로 말했다.

"그렇군요…."

최근 2개월 사이 케이코의 연립주택 부근 쓰레기장과 주차장에서 휘발유로 불을 지르는 방화 사건이 연이어 발생했다.

그러던 중 케이코의 집에서 화재가 발생했고, 그로 인해 히데아키가 죽은 것이다.

"수사는 좀 어떤가요?"

"경찰도 열심히 수사 중입니다. 이번 방화가 최근 있

었던 방화범의 소행인지는 모르겠습니다만 피해자나 유족을 위해 최선을 다하겠습니다."

나츠메가 그렇게 말하고 옆에 서 있는 유우마에게 시선을 돌린다.

사람을 포근하게 감싸는 듯한 부드러운 눈빛이다. 지금까지 무표정이었던 유우마가 놀란 얼굴로 나츠메를 바라본다. 케이코는 그 이유를 조금 이해할 수 있었다.

나츠메가 풍기는 분위기는 진단방사선과에서 X선 촬영 기사로 일했던 전남편 코이치와 어딘가 닮았기 때문이다.

"경찰서에는 범죄피해자 상담실이 있습니다. 무슨 일이 생기면 바로 연락해주세요."

나츠메의 인자한 눈빛에 호감을 느꼈지만 동시에 마음 한구석에 정체 모를 불안감도 솟아났다.

"빨리…, 빨리 범인을 잡아주세요."

피해자 가족으로서 당연히 해야 할 말이었다.

시계를 보니 7시 반을 지나고 있었다.

"유우마, 일어나렴."

케이코는 방문을 노크했다. 옆방에서 케이코의 친구

가 아직 자고 있어서 큰 소리는 내지 못했다.

주방으로 돌아와서 프라이팬에 계란을 깨 넣는다. 적당히 익혀서 아까 전에 데운 치킨라이스 위에 올려 치킨 오므라이스를 만들 예정이다. 모양을 만들기 위해서는 계란 프라이를 뒤집개로 뒤집어야 한다. 그런데 싱크대 밑 서랍을 찾아보아도 뒤집개가 없었다. 역시 다른 사람 집이라 불편하다. 어쩔 수 없이 젓가락으로 계란 프라이의 모양을 만들고 도시락통에 넣는다.

케이코가 살던 연립주택이 불에 탔기 때문에 케이코는 현재 임시로 친구 집에 얹혀살고 있다. 고등학교 동창이었던 케이코의 친구는 지금 이케부쿠로에 있는 술집에서 접대부 생활을 하고 있다. 졸업 이후 연락 없이 지냈지만 작년에 친구가 맹장염으로 케이코가 있는 병원에 입원하면서 다시 연락하게 되었다.

고등학생 때는 그렇게 친하지 않았지만, 독신이기 때문에 입원생활이 힘든 그녀를 위해 케이코는 근무시간 외에도 여러 가지로 도움을 줬다. 친구는 그때의 은혜를 갚으려는 것 같다. 사정을 알게 되자 자신이 사는 연립주택에 안 쓰는 방이 있으니 잠시 머물러도 좋다고 말해주었다. 케이코는 친구의 호의를 받아들여 유우마와 함께 여기에 왔다. 그래도 이번 주 중으로 새로운 집을 구해서 나갈 예정이다.

케이코는 빨리 마음을 추슬러 유우마와 새로운 생활을 시작하고 싶다는 생각이 들었다.

그때 현관문이 닫히는 소리가 들려서 케이코는 현관으로 향했다. 현관을 보니 이미 유우마의 신발이 없었다. 서둘러 도시락통을 들고 유우마의 뒤를 쫓는다.

교복을 입고 헬멧을 쓴 유우마가 오토바이 주차장으로 향하고 있다.

유우마는 학교 근처까지 오토바이로 다니고 있다. 올해 여름에 만 16세가 되어 오토바이 면허를 딴 뒤, 알바를 하면서 번 돈으로 중고 오토바이를 산 것이다.

"유우마, 도시락 가져가야지."

유우마가 천천히 뒤를 돌아본다.

케이코가 도시락통을 내밀자 유우마는 귀찮다는 듯 그것을 받아 가방 안에 넣었다. 그리고 케이코에게 한마디 말도 없이 오토바이에 올라타 시동을 건다. 헬멧을 쓴 유우마의 얼굴이 무표정하다는 걸 보지 않고도 알 수 있었다.

오토바이를 탄 채 멀어지는 유우마를 보면서 케이코

는 가슴이 미어지는 것을 느꼈다.

언제부턴가 유우마는 감정을 드러내지 않는 아이가
되었다.

원래 유우마는 상냥하고 배려심이 가득한 아이였다.
코이치가 사고로 죽었을 때 유우마는 초등학교 2학년
이었다. 케이코는 그 일로 큰 실의에 빠졌다. 아버지를
잃은 유우마도 마찬가지였을 것이다. 그래도 유우마는
항상 밝은 웃음으로 케이코를 위로해주었다.

당시 유우마는 한창 뛰어놀 나이였음에도 근무시간
이 불규칙한 간호사 일 때문에 힘들어하는 케이코를
위해서 집안일을 도와주기도 하였다. 그래서 케이코는
아무리 지칠 때라도 유우마의 미소를 보는 것만으로
도 행복했다. 유우마만 있으면 다른 아무것도 필요 없
다고, 이제 유우마를 위해서만 살 것이라고, 2년 전 히
데아키를 만나기 전까지는 정말로 그렇게 생각했다.

2년 전, 오토바이 사고로 두 다리가 골절된 히데아
키는 케이코가 일하는 병원에 입원했다. 젊었을 때는
오토바이 폭주족이었지만, 당시 히데아키는 성실하게
일하는 트럭 운전수였다.

처음에 케이코는 그를 이성으로 느끼지 않았다. 그

냥 제멋대로인 환자라고만 생각했다. 당시 케이코는 37세로 히데아키보다 8살이나 연상이었다. 게다가 히데아키는 케이코가 지금껏 접해보지 못한 유형의 남성이기도 했다.

히데아키는 병실에서 아령으로 상반신 운동을 할 때가 많았다. 당분간 움직일 수 없는 다리는 점점 근육이 빠졌지만 가슴이나 팔은 터질 지경이었다.

지금까지 케이코는 환자의 알몸을 봐도 아무런 감정이 들지 않았다. 하지만 그녀는 어느새 히데아키의 탄탄한 복근과 그곳에서 떨어지는 땀방울에서 눈을 떼지 못하고 있었다.

어느 날 퇴원이 가까워질 무렵, 병실에 들어온 케이코에게 히데아키가 다가와 갑자기 키스를 했다. 코이치가 죽은 이후 지금까지 케이코의 가슴속에 묻혀 있던 본능이 그 한 번의 키스로 되살아나고 말았다. 케이코는 오랫동안 메말라 있던 그녀의 몸이 깨어나는 것을 느꼈다.

히데아키는 퇴원하자마자 케이코에게 정식으로 데이트 신청을 했다. 그날 밤 케이코는 처음으로 히데아키의 품에 안겼다. 히데아키의 몸에 자신을 맡긴 채 오랜만에 쾌락의 세계로 빠져들었다. 아니, 오랜만이 아니라 태어나서 처음 느끼는 쾌감이었다.

지금까지 사귀어온 누구와도, 아니 전남편 코이치와 함께할 때조차 느껴본 적 없는 격한 쾌감이었다.

히데아키가 뿜어대는 열로 인해 케이코는 온몸이 녹아내릴 지경이었다. 머릿속이 점점 새하얘져간다. 하지만 쾌감이 절정에 다다르기 직전에는 항상 머릿속에 유우마의 모습이 아른거렸다.

자신에게 가장 소중한 존재는 유우마다. 아무리 히데아키의 몸을 원한다 해도 케이코의 마음속에는 항상 유우마를 생각하는 이성이 남아 있었다.

그 뒤로 일주일에 한 번 이상 히데아키와 호텔에서 만났다. 하지만 케이코는 그 이상의 관계를 바라지 않았다. 히데아키에게 유우마 이야기를 하지도 않았다. 그저 이 순간만, 정말 잠시 동안만 히데아키와 살을 섞고, 자신은 반드시 유우마의 엄마 자리로 돌아갈 거라고 그렇게 다짐했다.

하지만 얼마 뒤 히데아키는 믿을 수 없는 말을 했다.

결혼을 전제로 같이 살자고 제안한 것이다.

히데아키의 말에 케이코는 마냥 기뻐할 수만은 없었

다.

'나에겐 유우마가 있다….'

고민 끝에 케이코는 히데아키에게 사실을 말했다. 자신에게는 중학생 아들이 있다고. 헤어짐을 각오한 고백이었지만, 뜻밖에도 히데아키는 유우마를 만나보고 싶다고 말했다.

그 말이 진심인지 의심스러워 주저하면서도 유우마와 함께 셋이서 놀이동산에 간 것이다.

케이코는 밝은 모습으로 유우마를 대하는 히데아키를 보면서 이 사람이라면 유우마와 자신을 행복하게 해줄 수 있지 않을까 기대했다.

며칠 후 유우마에게 히데아키와 결혼을 전제로 같이 살고 싶다는 이야기를 조심스럽게 건넸지만, 유우마는 거칠게 반대했다. 자신의 아버지는 코이치뿐이며, 히데아키는 전혀 믿을 수 없는 사람이라고 했다.

케이코는 히데아키가 믿을 수 없는 사람이라고 생각하지 않았지만, 유우마가 재혼을 반대하는 것은 이해할 수 있었다.

시간을 들여 유우마를 설득해야겠다고 생각하던 차에, 히데아키가 자신이 살던 집의 월세 계약을 해지하고 막무가내로 케이코의 집에 쳐들어왔다.

돌려보낼 수는 없었다. 게다가 잠시라도 같이 살다보면 히데아키의 장점을 유우마가 알아줄지도 모른다고 생각했다. 그런 까닭으로 히데아키와 함께 살자고 유우마를 설득하였고, 유우마도 마지못해 받아들였다.

그런데 함께 살기 시작하면서 히데아키의 태도가 돌변하였다.

일하던 운송회사를 그만둔 것이 그 계기였다. 히데아키가 이전부터 자신과 사이가 좋지 않았던 사장을 폭행하는 바람에 회사에서 잘리고 말았다.

그 후 히데아키는 새로운 일을 찾지도 않고 매일 낮잠만 자거나 파친코를 하러 나가서 만취한 채 밤늦게 돌아왔다.

게다가 갖가지 이유를 대면서 케이코에게 돈을 요구했다. 유우마의 장래를 위해 모아놓은 돈도, 코이치가 남긴 생명보험금도 히데아키가 제멋대로 써버렸다. 케이코가 정신을 차려보니 통장 잔고도 바닥이 나 있었다.

얼마 지나지 않아 히데아키는 케이코나 유우마에게 폭력까지 휘둘렀다. 특히 자신을 따르지 않는 유우마에게 가차 없이 주먹을 휘둘렀는데, 무력한 케이코로서는 히데아키를 말릴 방도가 없었다.

히데아키를 집에서 쫓아내는 것도 생각해봤지만 그것도 망설여졌다. 이 집에서 나가면 히데아키는 두 번다시 케이코의 곁으로 돌아오지 않을 것이다.

유우마도 소중했지만 케이코는 히데아키도 잃고 싶지 않았다.

'지금은 회사에서 잘린 화풀이를 하고 있을 뿐이고, 유우마를 놀이동산에 데려가주었을 때처럼 자상한 히데아키로 이내 돌아올 거야…'

케이코는 간절히 바랐지만 히데아키의 행태는 전혀 바뀌지 않았다.

히데아키와 함께 살게 되면서, 케이코와 유우마 사이도 이전과 달리 깊은 갈등의 골이 생겼다.

그때 보았던 유우마의 표정이 지금까지 케이코의 머릿속을 떠나지 않았다.

방 안에서 히데아키의 품에 안겨 있던 어느 날, 집으로 돌아온 유우마가 케이코와 히데아키가 함께 있는 것을 모르고 덜컥 방문을 연 적이 있다. 유우마는 케이코와 히데아키의 정사 장면을 보고 얼어붙은 채 그 자리에 가만히 서 있었다.

당황한 케이코가 재빨리 이불 속으로 숨으려 했지만, 히데아키가 케이코를 놔주지 않았다. 오히려 케이코의 허리를 잡고 강한 힘으로 뒤에서 밀어붙였다.

"제발 그만…."

케이코가 애원했지만, 히데아키는 들은 척도 하지 않았다.

유우마는 케이코를 경멸의 시선으로 바라보았다.

"이봐, 당신도 기분 좋잖아…?" 히데아키가 그렇게 말하면서 케이코를 조롱했다.

"너도 빨리 커서 이렇게 여자를 뿅 가게 하는 남자가 돼보라고!" 이번에는 히데아키가 유우마를 향해 소리내어 웃으며 말했다.

그러면서 히데아키는 더 격하게 허리를 흔들었고, 케이코의 몸은 종이 인형처럼 힘없이 흔들거렸다.

유우마가 바라보고 있다는 사실 때문에 케이코는 극도로 수치스러웠다.

하지만, 한편으로 히데아키가 전하는 열기와 아들의 시선이 섞여 뭔지 모를 야릇한 흥분감도 느껴졌다. 어쩌면 케이코는 그때 이미 어머니이기를 포기했는지도 모른다.

'이번에 히데아키가 죽은 것은 전부 신이 나에게 내린 벌이다. 앞으로 나는 평생 유우마에게 속죄하며 살 거야…'

케이코는 그렇게 다짐했다.

히데아키의 장례식도 끝났고 이제는 케이코가 병원에 복귀하는 날이다. 오늘은 느지막이 출근해서 정오부터 근무할 예정이다. 따라서 아직 시간적 여유가 있다.

케이코는 병원에 출근하기 전에 불에 타버린 자신의 연립주택에 가보기로 했다.

어제 연립주택 주인에게 연락해보니 경찰의 현장검증이 끝나서 들어가도 된다고 했다.

히데아키가 불에 탄 현장을 두 눈으로 직접 확인한다…, 케이코로서는 두려운 마음도 있다. 하지만 새로운 생활을 시작하기 전에 꼭 한번은 그 장소에 가봐야 한다고 내면의 목소리가 아우성쳤다.

히가시 이케부쿠로 조시가야에 있는 연립주택으로 향했다. 도중에 케이코가 일하는 히가시 이케부쿠로

종합병원이 보였다. 연립주택은 거기서 도보로 10분도 걸리지 않는다.

주택가를 지나 저 멀리 자신이 살던 연립주택이 보였다. 마치 누가 심장을 움켜쥔 것 같은 고통에 케이코의 발걸음이 느려진다. 그래도 집 안의 비참한 광경을 봐야만 한다고 스스로 다짐하며 발걸음을 옮긴다.

2층짜리 목조 연립주택은 총 8세대로 구성되어 있다. 완전히 타버린 것은 아니었지만, 지금은 아무도 살고 있지 않은 것 같았다. 케이코의 집은 1층 구석에 있는 101호였다.

문을 연 순간 탄내가 진동한다. 그런데 현관에 들어가자마자 바로 보이는 주방은 거의 타지 않았다.

집 안 바닥에는 많은 물웅덩이가 있었다. 그래서 케이코는 신발을 벗지 않고 현관에 들어선다. 그러고는 천천히 주방을 둘러보았다. 타지 않았다고 해도 여기에 있는 가재도구들은 검게 그을려 쓸 수 없다. 물론 멀쩡해서 사용할 수 있다고 하더라도 히데아키가 죽은 장소에 있던 물건을 다시 가져올 생각은 없다.

케이코는 싱크대로 시선을 돌린다. 그날 저녁밥으로 차린 오므라이스를 담은 작은 그릇이 하나 있었다. 주방 쪽은 거의 타지 않은 탓인지 그릇 위에는 먹다 남은 오므라이스가 여전히 그을린 채 남아 있었다.

'유우마도, 히데아키도 내가 만든 요리를 남긴 적이 없었는데…'

쓸쓸한 기억이 떠올라 케이코는 주방 안쪽에 있는 방으로 이동한다.

그 방은 거의 다 타버렸다. 검게 탄 다다미를 밟으며 방 안으로 들어간다.

방 베란다에 둔 종이뭉치에 불이 붙어 이 방 안에서 자고 있던 히데아키가 타죽은 것이다.

케이코는 조용히 눈을 감고 합장했다.

"안녕하세요…?"

케이코는 갑작스러운 목소리에 놀라 현관을 바라보았다.

열려 있는 문밖에서 한 남성이 인사를 한다. 장례식 때 만났던 나츠메라는 형사였다.

'왜 여기에 있는 거지?'

"잠시 실례해도 될까요?" 나츠메가 조심스럽게 물었다.

"네."

케이코가 대답하자 나츠메가 현관으로 들어온다. 현관에서 신발을 보며 조금 주저하는 듯했다.

"그냥 그대로 들어오셔도 돼요."

나츠메는 가볍게 고개를 끄덕이고는 신발을 신은 채 거실로 들어온다.

"여기는 현장검증 때도 왔었습니다만, 다시 봐도 처참한 광경이군요."

"네…"

케이코는 불에 타버린 식탁을 사이에 두고 나츠메와 마주 본다.

"좀 괜찮으신가요? 지금 계신 곳은…?"

나츠메가 조심스럽게 말을 건다.

"친구가 잠시 자기 집에 살게 해주어서 괜찮습니다…. 하지만 빨리 새로운 집을 알아봐야죠."

"가구며 뭐며 거의 다 타버려서 고생이 많으시겠습니다."

"괜찮습니다. 보시는 바와 같이 이전에도 단촐하게 살았습니다. 가구 따위는 아무래도 좋아요. 문제는 그것보다도 죽은 사람이 돌아오지 않는다는 것이지요."

"그렇죠…"

나츠메가 고개를 끄덕였다.

"케이코 씨가 히데아키 씨의 임종을 지켜보셨다고 들었습니다."

"네, 제가 일하던 병원으로 실려 왔으니까요."

"한 가지 질문을 드리고 싶습니다만…, 히데아키 씨와는 어떤 관계였나요?"

나츠메가 이상해하는 것도 당연하다.

"남편입니다. 아직 혼인신고를 하지 않았기에 사실혼 관계입니다만…."

"아, 그렇습니까?"

"제게 아들 녀석이 하나 있는데…, 아이의 마음이 좀 더 누그러지면 혼인신고를 하려고 했습니다."

"그럼 아드님에게 히데아키 씨는 아버지나 마찬가지였겠군요. 아드님 역시 이번 일로 상당히 충격을 받았겠습니다."

그건 아니라고 생각했다. 하지만 케이코는 "네…."라고 말하며 고개를 끄덕였다.

"그래도 부인께서 임종을 지켜보셔서…, 다행이군요."

나츠메의 말을 듣자, 케이코는 여러 가지 상념에 눈

물이 흘러나왔다.

"식사는 부인께서 만드셨나요?"

무거워진 분위기를 바꾸려는 듯 나츠메가 화제를 돌렸다.

"네."

"일하시면서 힘드셨겠네요."

"아니에요, 그래서 간단한 것밖에 만들지 못했습니다."

"그날은 오므라이스였습니까?" 나츠메가 싱크대를 보며 물었다. "아이들이 보통 좋아하는 음식이죠."

"네. 유우마…, 그러니까 제 아들도 좋아해서 마땅한 반찬이 없을 때는 항상 오므라이스를 만들었습니다."

대답하던 케이코는 자기도 모르게 피식 웃었고, 나츠메가 놀란 표정으로 그녀를 바라보았다.

"죄송합니다. 나츠메 씨를 보고 있으면 어쩐지 형사님 같지 않아서…. 제가 상상하던 형사의 이미지와는 너무 달라서요."

"어떤 상상을 하셨는데요?"

"형사라고 하면 어딘가 엄격하달까, 날카로운 눈빛에 무서운 이미지였어요."

"그런 사람도 많습니다. 하지만 저는 형사가 된 지 얼마 되지 않아서 그런 느낌이 덜할 뿐이죠."

신참 형사라니 참 의외였다. 호리호리한 모습과 정중한 매너 때문에 젊어 보인다고 생각했지만, 그래도 자신과 비슷한 연배의 사람일 거라 생각했다.

"다른 일을 하다가 이직했습니다." 케이코의 의문을 알아차린 나츠메가 먼저 말했다.

"이직이요…? 전에는 무슨 일을 하셨나요?" 케이코가 물었다.

"법무부 소속 소년분류심사원에 대해 아십니까? 소년분류심사원(일본의 '소년감별소'처럼 법원으로부터 보호조치 결정이 내려진 20세 미만의 남녀 소년을 수용한 뒤, 소년원으로 송치할지 아니면 가족의 품으로 보낼지를 감별하는 시설-옮긴이 주)에서 죄를 지은 소년들의 상태를 조사하는 일입니다. 30세에 경찰로 이직했습니다."

그 말을 듣고서야 나츠메의 눈빛이 자상하면서도 불안감을 야기하는 이유를 알 것 같았다. 나츠메는 죄를 지은 소년들과 마주하며, 그들의 심리를 조목조목 파헤쳐왔을 것이다. 다른 형사들보다 훨씬 더 많이.

'이런 남자에게는 괜한 빈틈을 보여선 안 돼…'

조금 전까지 가지고 있던 나츠메에 대한 호의가 순식간에 사라졌다.

"어제 병원에 갔었습니다만, 아직 출근하지 않으셨다고 하여 오늘 다시 찾아가려던 참이었습니다. 그런데 여기서 만나게 되어 다행입니다. 케이코 씨에게 몇 가지 질문을 드려도 될까요?"

"어떤 질문이죠?"

케이코가 경계심 가득한 날카로운 말투로 되물었다.

"히데아키 씨는 평소 수면제를 복용하고 계셨나요?"

"수면제요…?"

"네, 부검 결과 히데아키 씨의 체내에 수면제 성분이 검출되었습니다."

"혹시 제 수면제를 먹었을지도 모릅니다. 불규칙한 생활 패턴으로 잠을 제대로 이루지 못하는 날이 많아서 처방받았거든요. 저기 식기 서랍에 넣어두었는데, 어떤 때는 양이 줄어들어 있기도 했어요."

"그럼 그날은 히데아키 씨가 잠을 못 이루는 바람에 부인의 수면제를 먹었나 보군요. 운이 없었네요. 수면제를 먹지 않았더라면 불이 난 걸 진작 알았을 텐데…"

"제가 제대로 된 곳에 약을 보관하지 않아서 히데아키가…."

"아, 제 말을 오해하셨나 봅니다. 히데아키 씨가 돌아가신 것은 부인 때문이 아닙니다. 이 연립주택에 불을 지른 범인 탓입니다."

나츠메의 눈빛이 분노로 날카로워졌다.

"그렇군요…. 그런데 죄송합니다만, 슬슬 출근해야 해서…."

이어지는 질문에 답답해진 케이코가 손목시계를 본다.

"네, 아, 그러고 보니 이걸 돌려드려야겠군요."

나츠메가 주머니에서 무언가를 꺼내 케이코에게 건네준다. 증거품 보관용 비닐봉투에는 열로 변형된 핸드폰이 들어 있다.

"히데아키 씨의 핸드폰입니다. 잠시 맡아두고 있었습니다."

"그렇군요."

"히데아키 씨는 그날 밤 누군가와 만날 약속을 한 듯합니다. 전날 밤에 문자메시지를 했더군요. 오카모토 시즈카 씨라는 여성을 아시는지요?"

"모릅니다."

물론 거짓말이다. 오카모토 시즈카는 이케부쿠로에 있는 룸살롱에서 일하고 있는 여자인데, 히데아키가 그 가게에서 상당한 돈을 썼다는 걸 케이코도 잘 알고 있다. 히데아키는 코이치가 유산으로 남긴 예금과 케이코가 힘들게 모은 돈으로 일주일에 수차례 그 가게에 가서 돈을 뿌렸다. 그러고는 그 여자와 호텔까지 가 밤을 보내고 돌아오곤 했다.

케이코는 여러 차례 시즈카와의 관계를 추궁했다. 그때마다 히데아키는 아직 정식으로 결혼한 것도 아닌데 뭘 하든 무슨 상관이냐며 적반하장으로 뻔뻔하게 나왔다. 그리고 자신은 결혼할 생각으로 그동안의 생활을 정리하고 케이코의 집에 왔는데, 아직도 유우마를 설득하지 못하는 것이 답답하다고 했다.

케이코는 그런 말을 들을 때마다 결혼하고 싶다는 히데아키의 마음만큼은 진심이라 생각했다. 하지만 뜻대로 일이 잘 풀리지 않아서 홧김에 바람을 피우거나 주먹을 휘두르는 거라고.

그것은 정말 끊이지 않는 도돌이표였다.

'나에게 보여준 자상함으로 유우마를 대해줬다면

시간이 걸렸더라도 유우마가 마음을 열었을 텐데….'

히데아키를 누군가에게 빼앗긴다는 것은 상상조차
하기 싫었다.

"지금 살고 계신 주소를 알려주시겠습니까?"

나츠메가 메모장을 내밀었다.

케이코는 모든 생각을 내려놓고 친구의 연립주택 주
소를 적었다.

"이제 괜찮아?"

간호사 대기실에 들어가자마자 수간호사 모리타가
말을 걸어온다.

"네, 심려 끼쳐서 죄송합니다. 이제 괜찮아요."

"그래도 너무 무리하지 마."

많은 동료들이 위로나 격려의 말을 건넨다.

일할 때는 가능한 한 이번 사건에 대해 생각하지 않
으려고 했다.

'케이코, 정신 차리자. 이제부터 다시 옛날처럼 유우
마와 둘이서 사는 거야. 열심히 일해서 유우마를 좋은
대학에 보내야지.'

히데아키를 알게 된 후부터 유우마에게 자신은 좋

은 어머니가 아니었다. 아니, 최악의 어머니였다.

'앞으로는 무엇보다도 유우마를 소중히 하자. 앞으로 내 인생 전부를 유우마의 행복을 위해 바치자.'

케이코는 다시 한번 결의를 다졌다.

하지만 아까 나츠메가 했던 말을 떠올릴 때마다 케이코의 가슴에 어두운 그림자가 스며들었다.

동료들 말로는 나츠메가 어제 병원에 와서 케이코와 그녀의 가족 관계에 대해 많은 질문을 했다고 한다.

'나츠메는 이 사건을 연쇄방화범이 한 짓이라고 생각하지 않는 것인가.'

시계를 보니 곧 312호실 환자의 링거액을 갈아줄 시간이다. 케이코는 대기실을 나와 링거액을 준비하고 병실로 향했다. 312호실은 복도 가장자리에 있는 1인실이다. 그 너머에는 비상계단이 있다.

병실에 들어가자 야스오카 요시오가 미소로 맞이해 준다.

"이제 괜찮아?"

야스오카의 온화한 미소를 보자 마음이 조금 편해진다. 그런데 그 사이에 그는 또 살이 빠진 것 같다. 야스오카는 이케부쿠로에 있는 회계사 사무실의 대표였는데, 2개월 전 심한 복통이 발생해 입원했다.

제멋대로인 히데아키에 대한 불만과 고된 간호사 일에 심신이 지쳐 있을 때라도 야스오카와 함께 있으면 마음이 편해졌다. 자신보다 남을 더 배려하는 온화한 그의 성격은 히데아키와 정반대다.

아내와 사별하고 아이도 없는 야스오카였다. 그래서 항상 병실에 혼자 있는 것이 외로웠던 것일까. 매일 그를 간호하는 케이코에게 그도 점점 특별한 관심을 보이고 있었다.

특히 히데아키에게 맞아서 생긴 멍을 발견한 이후로는 더욱더 케이코를 걱정하면서 진심으로 이야기를 들어주었다.

자신이 퇴원하거든 히데아키와 헤어진 뒤 자신과 함께하지 않겠냐면서, 케이코와 유우마를 정말 소중히 대하겠다고 처음 말해주었을 때, 케이코는 그 말만으로도 너무 감사했다.

'왜 히데아키를 알기 전에 야스오카 같은 남자가 먼저 나타나지 않았을까. 그런 생각을 해봤자 이제는 늦었지만….'

"그러고 보니 어제 형사가 찾아왔어."

링거 주사를 꽂으려던 케이코의 손이 순간 멈춘다.

"야스오카 씨에게요?"

"그래…. 경찰은 밤 12시 10분경에 불이 난 거라고 보는 것 같아. 그 시간대에 당신이 간호사 대기실에 없었다는 말을 듣고 나에게 당신의 알리바이를 물어보러 왔어."

"어떤 형사였죠?"

"키가 큰 젊은 형사였는데…, 나츠메라고 했던가."

그 말을 듣고 케이코는 아연실색하지 않을 수 없었다.

"걱정할 거 없어."

케이코의 마음을 눈치챈 듯 야스오카가 말했다.

"그 시간에 당신이 나에게 링거액을 갈아주느라 계속 같이 있었다고 했어. 사이렌 소리가 들려서 어디 불이라도 났나 하는 얘기를 둘이서 했다고 말했지."

케이코는 야스오카의 팔을 본다. 그 야윈 팔에 있는 무수히 많은 주삿바늘 자국을 보니 안타까움이 든다. 그에게 폐를 많이 끼쳤다. 하지만 이제 곧 끝난다. 아니, 이미 끝났다고 생각하고 싶었다.

케이코는 야스오카의 팔에 주삿바늘을 꽂는다.

"역시 당신이 해주면 하나도 안 아파."

야스오카가 웃는다.

퇴근할 무렵이 되자 주위는 어둑어둑했다.

'빨리 돌아가서 유우마에게 저녁을 만들어줘야지.'

그런 생각을 하며 서둘러 주차장을 나선다.

오랜만에 일을 해서인지 피곤했다. 그러나 오늘은 꼭 유우마를 위해 맛있는 것을 해줘야겠다고 다짐했다. 그런 생각을 하니 어느새 피로도 풀리는 듯했다.

그때 앞에 주차되어 있던 차에서 사람이 내린다.

"안녕하세요."

케이코에게 말을 걸어오는 사람을 보자 피로가 급속하게 몰려왔다.

"무슨 일이시죠?"

케이코는 나츠메를 향해 날카롭게 쏘아붙였다.

"죄송합니다만, 유우마와 잠시 이야기를 하고 싶어서요."

"지금 9시예요."

보란 듯이 손목시계를 가리킨다.

"잠깐이면 됩니다. 유우마를 직접 만나러 갈까 했습

니다만, 그래도 어머님이 같이 있어주시는 게 더 좋을 것 같아서요."

여기서 거절한다 해도 그는 조만간 유우마를 만나러 갈 것이다. 그렇다면 자신도 함께 만나는 편이 더 낫겠다고 생각했다. 케이코는 나츠메의 차에 올라탔다.

"유우마는 어떤 아이인가요?"

난데없이 나츠메가 그렇게 묻는다.

"어떤 아이라뇨…? 한창 사춘기라 툴툴거릴 때도 있지만, 그래도 착한 아들이라고 생각합니다. 고슴도치도 제 새끼는 예쁘다고 생각하시겠지만요."

"아뇨, 장례식에서 봤을 때도 착실한 아이라고 생각했습니다. 새아빠가 돌아가신 괴로운 상황이었는데도…"

"저 때문에 덩달아 그 아이도 고생만 하고 있어요. 법적으로 히데아키가 아버지는 아니지만 그 아이도 충격을 많이 받았을 겁니다…"

케이코는 나츠메에게 유우마를 만나면 배려해달라는 뜻을 은연중에 전달했다.

케이코의 친구는 일을 하러 나가고 없었다. 그래서

유우마는 나츠메와 거실에서 이야기를 하기로 했다.

"밤늦게 미안해. 화재가 있던 날 밤에 대해 이야기를 듣고 싶어서."

유우마의 맞은편에 앉은 나츠메가 먼저 말을 꺼냈다.

케이코는 그들 옆에 앉아 유우마의 옆모습을 보았다. 긴장한 탓인지 유우마는 고개를 숙인 채 나츠메의 말을 듣고만 있다.

"그날 밤, 히데아키 씨와 혹시 싸우기라도 했니? 옆에 사는 이웃이 싸우는 소리를 들었다고 했거든."

나츠메의 말투는 온화했다. 그는 유우마를 바라보며 천천히 질문한다.

"그냥 뭐…, 집에 돌아온 히데아키 아저씨랑 별것 아닌 걸로 말싸움을 좀 했어요. 언제나 있는 일이죠."

약간 어눌한 말투로 유우마가 중얼거렸고, 나츠메는 느긋한 표정으로 고개를 끄덕였다.

케이코는 나츠메를 가만히 보고 있자니 소년분류심사원에서 일한 적이 있다는 그의 말이 문득 떠올랐다.

'유우마 또래의 아이들과 이야기하는 게 익숙한 걸까.'

결코 고압적이지 않으면서도 상대의 마음을 풀어가며 이야기를 듣는 게 특기인 모양이다.

"유우마는 그다음에 집을 나선 거구나. 언제였는지 기억나니?"

"10시쯤…?"

'어째서 나츠메는 이전 직장을 그만두고 형사가 되었을까.'

그런 의문이 계속해서 머릿속에 떠올랐지만, 그 이유를 물어볼 일은 없을 것이다. 형사와는 사적으로 절대 친해지고 싶지 않다.

"집에 돌아오기 전까지는 어디에 갔었니?"

"여기저기요…. 그냥 오토바이를 탔어요. 기름이 떨어져서 주유소에 들러서 햄버거도 사먹고…, 뭐 그러다가 또 아무 데나 오토바이를 타고 돌아다녔어요."

유우마의 말을 듣던 나츠메가 웃었다.

"역시 젊어서 그런지 식욕이 왕성하구나."

나츠메가 그렇게 말하자 유우마가 고개를 들어 왜 갑자기 그런 말을 하는지 의아하다는 표정을 지었다.

"저녁으로 오므라이스를 먹고, 또 햄버거까지 먹은 거잖니?"

"전 오므라이스를 먹지 않았는데요…?"

"그렇구나." 나츠메가 고개를 한 번 끄덕이고 말을 이어나간다. "어쨌든 잠시 오토바이를 타다가 집에 돌아온 거구나. 혹시 몇 시쯤인지 기억나니?"

"새벽 1시였어요. 소방차나 구급차가 많이 있어서 놀랐거든요. 그래서 겸사겸사 시간을 기억하고 있었어요."

"어머니가 퇴근한 다음에 집에 돌아올 생각이었구나."

유우마가 고개를 끄덕인다.

"아저씨 혼자 있는 집에 돌아오고 싶지 않았으니까…."

"그럼 11시 즈음에 너는 집 근처에 없었다는 거구나. 에고, 이런! 그 시간대에 집 근처에서 수상한 인물을 보았냐는 질문을 하고 싶었는데…."

"저는 몰라요…."

유우마가 고개를 젓는다.

나츠메는 그런 다음 유우마가 들렀다는 주유소의 위치를 묻고 메모했다.

케이코는 나츠메가 유우마의 이야기를 어디까지 믿

는지 불안했다. 유우마는 방화가 있었던 12시 무렵에 어딘가에서 오토바이를 타고 있었다고 말했다. 하지만 그 말은 사건이 일어난 시각에 유우마에게 확실한 알리바이가 없다는 뜻과도 같았다.

"고마웠어."

나츠메가 소파에서 일어나려는 순간 유우마가 불쑥 물었다.

"형사님은 그 화재가 연쇄방화범의 소행이 아니라고 생각하시는 거죠?"

"경찰은 모든 가능성을 열어두고 수사를 해야 해. 피해자 가족에게, 새아버지를 잃고 슬픔에 빠져 있을 너에게 이렇게 이야기하는 게 나도 괴로워."

"별로 슬프지 않아요. 오히려 아저씨가 죽어서 시원한걸요."

유우마가 나츠메를 도발하듯 내뱉었다.

케이코는 유우마의 말에 크게 당황했다.

'뭐 때문에 그런 말을 하는 거니…?'

"실례했습니다."

나츠메가 나간 다음, 굳게 닫힌 문을 바라보며 케이

코는 잠시 망설였다.

신발을 신고 다시 집을 나선다. 그러고는 복도 끝 엘리베이터 앞에 서 있는 나츠메를 불러 세운다.

"조금 전에 한 말은 유우마가 홧김에 내뱉은 말일 거예요. 비록 유우마가 히데아키를 좋아하지는 않았지만, 절대 나쁜 행동을 할 애가 아니에요."

케이코가 나츠메에게 호소했다.

"흠…, 반쯤은 솔직한 마음이겠죠. 두 사람 사이가 좋지 않았다는 것은 이미 알고 있었습니다. 유우마는 자신이나 어머님께 폭력을 휘두르는 히데아키 씨를 상당히 증오했었다고 유우마의 친구들이 이야기해주었습니다."

케이코는 당황했다.

'나츠메는 유우마의 학교까지 찾아가 조사를 하고 다닌 걸까.'

"다만, 저도 그 증오가 반드시 살인으로 이어진다고는 생각하지 않습니다."

나츠메는 가볍게 목례를 하고 문이 열린 엘리베이터에 탔다.

"월세는 얼마나 되나요?"

새롭게 칠해진 흰색 벽과 실내를 보면서 케이코는 공인중개사에게 물었다.

"관리비를 포함해서 10만 8천 엔입니다."

전에 살던 연립주택보다 2배나 비싸다. 하지만 넓진 않더라도 이케부쿠로에서 방이 2개나 있는 집이니까 그 정도는 할 것이다.

"유우마, 어떠니?"

유우마에게 의견을 묻자 말없이 고개를 끄덕인다.

아침부터 여러 군데를 돌아다니느라 피곤한 모양이다. 유우마의 마음은 정확히 알 수 없었지만, 케이코는 여기가 마음에 들었다. 유우마의 학교와도 멀지 않고, 방이 2개여서 유우마에게도 방을 줄 수 있으니까.

생각했던 예산을 크게 초과했지만 앞으로 자신이 열심히 일하면 된다고 생각한 케이코는 마침내 결심했다.

"여기가 좋겠어요."

케이코는 공인중개사에게 그렇게 말하고 실내를 다시 둘러본다. 앞으로 여기서 새롭게 시작되는 생활을 상상하자 오랜만에 가슴이 설렌다.

공인중개사 사무실에 돌아가 계약금을 지불한 뒤, 유우마와 둘이서 집까지 함께 걸어온다.

그러고 보니 유우마와 둘이서 시간을 보내는 것이 참 오랜만이다. 유우마는 케이코보다 한 걸음 앞서 걷고 있다. 유우마는 먼저 말을 걸어오지 않는다. 케이코도 무슨 이야기를 해야 할지 모르겠다.

'옛날에는 많은 이야기를 나눴는데…'

케이코가 퇴근해 돌아오면 기다렸다는 듯이 유우마는 학교에서 있었던 일을 재잘거리곤 했었다.

하지만 히데아키와 함께 살기 시작하면서부터 유우마는 변했다. 그리고 많은 상처를 입었다.

'앞으로 이 관계를 조금씩 회복해나가자. 새로운 집에서 새로운 생활을 시작하면서 한 걸음씩 다시 시작하는 거야.'

케이코는 마트 앞에서 발걸음을 멈춘다.

"유우마!"

케이코가 유우마를 불러 세우자, 유우마가 천천히 뒤돌아본다.

"오늘 저녁은 뭐로 할까?"

케이코가 묻자 유우마는 잠시 생각한다.

"오므라이스가 좋아."

어딘지 슬퍼 보이는 유우마의 눈빛이 마음에 걸렸다.

유우마와 함께 저녁을 먹고 싶었지만, 케이코는 오늘도 야근이었다. 오므라이스를 만들어 랩에 씌워 놓고 케이코는 출근했다.

시계를 보니 곧 9시다. 오늘은 응급환자가 없어 환자 대기실이 한가했다. 근무가 끝날 때까지 계속 이랬으면 좋겠다고 생각하던 참에 나츠메가 찾아왔다.

나츠메의 표정을 보자 불길한 예감이 들었다.

"일하는 데 너무 자주 오지 않으셨으면 합니다. 이야기라면 집에서 할게요."

케이코는 주위에 있는 간호사들을 둘러보며 차갑게 말했다.

"죄송합니다만 그럴 여유가 없어서요…. 저녁에 유우마가 경찰서를 찾아왔습니다."

"경찰서요…?"

"자신이 집에 불을 질렀다고 자수했습니다."

나츠메가 작은 소리로 말했다.

무슨 소리인지 도저히 이해할 수 없었다. 말도 안 된다. 하지만 나츠메의 진지한 눈빛에 그 말이 사실이라는 것을 깨달았다.

'대체 어떻게 된 거지…?'

"어디서 이야기 좀 할 수 있을까요?"

나츠메를 따라 병원 로비로 향했다.

"대체 어떻게 된 거예요!"

저도 모르게 소리를 질렀다.

"일단 진정하세요."

나츠메가 타이르듯 말했다. 병원 로비에는 아무도 없지만, 그는 그래도 가능한 한 작은 소리로 이야기했다.

"저녁 6시 정도에 유우마가 경찰서에 왔습니다. 저에게 이야기를 하고 싶다고요. 그러고는 자신이 집에 불을 질렀다고 하는 겁니다."

"그럴 리가 없어요!"

'유우마는 어째서 그런 말을 한 걸까.'

케이코는 도저히 이해할 수 없다.

"유우마의 진술에 모순된 부분이 하나도 없습니다. 그날 10시에 유우마가 주유소에 들른 것이 확인되었습니다. 다만 주유소 직원은 이렇게 증언했습니다. 그

전날에도 유우마가 주유소에 와서 가솔린을 꽉 채우고 갔었다고요."

그 말을 듣고 심장이 크게 요동쳤다.

'하필 전날에도 주유소에 갔었다니⋯.'

"유우마가 하루에 연료를 다 써버릴 정도로 오토바이를 탈 리는 없었기에 이상하다고 생각하던 차였습니다. 그때 유우마가 자수를 하러 온 것입니다. 범행이 일어난 날 밤, 식사를 하려고 오므라이스를 먹으려던 찰나에 히데아키 씨가 집에 돌아왔다고 합니다. 그리고 말싸움하다가 히데아키 씨에게 얼굴을 몇 대 맞고 집을 뛰쳐나갔다고⋯. 그 일로 평소 쌓여 있던 증오가 살의로 바뀌었다고 합니다. 그래서 베란다에 있던 기름 펌프를 사용해 오토바이에 들어 있던 휘발유를 페트병에 옮겨 넣은 뒤, 다시 주유소에 가서 휘발유를 넣고, 히데아키 씨가 자는 시간까지 오토바이를 타며 기다렸다가 범행을 저질렀다고⋯."

"그럴 리가⋯. 유우마가 정말 그렇게 말했나요?"

케이코가 도저히 믿을 수 없다는 말투로 나지막이 묻자 나츠메가 고개를 끄덕였다.

"경찰서까지 와주시겠습니까? 주차장에서 기다리겠

습니다."

나츠메는 케이코의 어깨에 가볍게 손을 얹은 다음
자리를 떴다.

'믿을 수 없어…. 유우마가 왜 그런 진술을 한 거지?
유우마가 범인일 수 없어!'

지금 당장 떠오르는 생각은 케이코를 위한 자수일
수 있다는 것이다. 그 결론에 다다르자 케이코의 가슴
이 조여오듯 아팠다.

'이런 못난 엄마를 위해서 유우마는 자신이 죄를 뒤
집어쓰기로 했다는 건가.'

병원 로비에 있는 의자에서 일어나는 것도 괴로웠지
만 케이코는 서둘러 312호실로 향했다.

"무슨 일이야?"

케이코의 표정이 심상치 않음을 깨닫고 야스오카가
긴장된 목소리로 묻는다.

"유우마가 경찰에 자수했대요."

"뭐라고!"

놀란 야스오카가 외쳤다.

케이코의 떨림이 멈추지 않는다. 유우마를 생각하면

할수록 떨림은 더 심해져만 간다.

"어째서 그런…?"

"절 위해서인 것 같아요. 그것밖에는 이유가 없어요."

야스오카가 괴로운 표정으로 케이코를 본다.

"미안해요. 저는 이제 더 버틸 수 없어요…"

그 의미를 알아챈 야스오카가 눈을 감는다. 그러고는 바로 눈을 번쩍 뜬 뒤 고개를 끄덕인다.

"알았어. 난 신경 쓰지 않아도 돼. 난 언제까지나 당신을 기다릴 테니까."

야스오카의 미소가 케이코의 마음을 찌른다. 케이코는 죄책감으로 야스오카의 얼굴을 차마 제대로 볼 수 없다. 야스오카 같은 착한 사람을 케이코가 이용한 것이다. 미안하다고 다시 한번 말하고 병실을 나섰다.

케이코는 바로 옆 비상계단을 이용해 1층으로 내려갔다. 이 비상계단은 건물 밖에 붙어 있는 옥외 계단으로서, 주차장으로 가는 지름길이다.

그때 주차장에 서 있던 나츠메가 케이코를 발견하고 다가왔다.

케이코와 함께 경찰서로 가는 동안 나츠메는 말이

없었다.

케이코는 앞으로 나츠메가 던질 질문에 어떻게 답할지 머릿속에서 연습해 본다.

가혹한 하루를 보낼 각오를 했다.

그러면서도 케이코는 남은 인생에 아주 조금이라도 희망의 여지를 남기고 싶다는 생각을 했다….

야스오카는 케이코에게 인생을 걸고 케이코와 유우마를 소중히 대하겠다고 거듭 약속했다.

'당신과 함께할 수 있다면 뭐든지 할 수 있어…'

야스오카의 이 말에 케이코는 결심했었다.

'어쩌면 이건 내가 행복해지기 위한 마지막 기회일지도 몰라.'

사실 케이코는 히데아키와 헤어질 수 없다고 생각했었다. 그에게 무슨 보복을 당할지 모르기 때문에. 하지만 야스오카의 도움이 있다면 그동안 불가능하다고 생각했던 모든 것이 가능할지도 모른다.

케이코는 히데아키가 이 세상에서 없어진다면 야스오카와 함께할 수 있다며 야스오카에게 도움을 구했었다.

최근 이 부근에 방화사건이 연이어 발생했다. 그것을 이용할 수 없겠냐고 야스오카에게 물었다. 가장 큰 문제는 알리바이일 텐데, 야스오카가 케이코의 알리바이를 증언해주기로 했다.

그날 밤 12시 전에 야스오카는 몸이 좋지 않다면서 병실 벨을 눌러 케이코를 불렀다. 링거액을 들고 병실에 들어간 케이코는 서둘러 사물함에 넣어놨던 사복으로 갈아입었다.

"이곳 일은 내게 맡겨둬."

야스오카의 말에 안심한 케이코는 바로 옆 비상계단을 통해 밖으로 빠져나왔다. 그러고는 연립주택까지 내달렸다. 병원에서 연립주택까지는 달리면 채 5분도 걸리지 않는다.

연립주택에 도착하자마자 베란다로 갔다. 집에는 전깃불이 모두 꺼져 있었다. 베란다에 이미 휘발유를 담은 페트병을 준비해놨었다. 아침에 유우마가 깨기 전에 오토바이에서 휘발유를 미리 빼놓았던 것이다.

케이코는 휘발유를 연립주택 외벽에 뿌렸다. 휘발유를 뿌리면서도 커튼 틈으로 이불 속에 사람이 있는지 눈으로 확인했다.

그러고는 떨리는 손으로 성냥을 켜 종이뭉치에 불을
붙였다.

'어떻게 그런 일을 할 수 있었을까.'

케이코는 성냥불을 켰을 때의 감촉을 떠올리고는
자신의 냉혹함에 치가 떨렸다.

그저 행복해지고 싶었다. 그저 이런 생활에서 벗어
나고 싶었다.

케이코는 자신의 손을 쳐다본다. 살짝 떨리고 있다.

"히데아키 씨 몸에서 검출된 수면제는 케이코 씨가
오므라이스에 갈아서 넣은 거군요."

마주 앉은 나츠메가 말했다. 취조실 안쪽에 있는 책
상 앞에서 다른 형사가 종이에 무언가를 적고 있다.

케이코는 고개를 끄덕였다.

적어도 깊게 잠들게 해서 고통 없이 죽기를 바랐다.

"유우마가 집에 있을 가능성은 고려하지 않았나요?"

"유우마는 그 사람과 단둘이 같이 있는 것을 싫어해
서 그 사람이 있으면 외출할 게 틀림없었어요. 나츠메
씨가 말씀하신 것처럼 제가 집에 올 때까지는 집으로
돌아오지 않을 거라고 생각했습니다."

케이코를 지긋이 바라보던 나츠메가 작게 고개를 끄덕였다.

"나츠메 씨는 처음부터 그 화재가 연쇄방화범의 소행이 아니라고 생각하신 건가요?"

"확신은 없었습니다. 하지만 이전까지의 방화는 주차장이나 쓰레기장 등 사람에게 위해를 가하지 않는 곳이 발화점이었기에 이상하게 생각했습니다. 그러던 중에 피해자인 히데아키 씨 행동에 문제가 있어 가족들조차 원한을 품을 수 있겠다는 사실을 알았습니다. …처음에 케이코 씨에게는 병원에서 근무했다는 알리바이가 있었습니다. 하지만 당신의 알리바이가 야스오카 씨의 병실이었다는 말을 듣고 다시 야스오카 씨를 방문했습니다."

"그 사람이 거짓말을 잘 못하는 바람에 제가 범인이라고 생각하게 되신 거군요."

"거짓말을 못하지는 않았습니다. 그런데 링거액을 항상 케이코 씨가 놔주냐고 물어보니 케이코 씨가 주사를 잘 놓기에 항상 케이코 씨에게 부탁한다고 야스오카 씨가 말했습니다. 하지만 팔에 있는 무수히 많은 주삿바늘 자국들은 정맥과는 너무 동떨어진 곳에 있었습니다. 주사를 잘 놓는다 못 놓는다 따지기 전에 그것들은 간호사가 놓은 게 아니라고 생각했습니다. 최선을 다한 거겠죠. 당신을 지키기 위해…."

그때 노크 소리가 들리고 취조실에 또 다른 형사가 들어온다. 그는 나츠메에게 귓속말을 한다.

나츠메가 작은 한숨을 쉬고 시선을 케이코에게 돌린다.

"다른 형사가 야스오카 씨에게 진술을 들었는데, 당신과 같은 이야기를 했다고 하네요."

"제가 야스오카 씨에게 억지로 부탁한 것이니 되도록 그분이 처벌받지 않도록 해주세요."

"어찌 되었든 야스오카 씨가 처벌받는 일은 절대 일어나지 않을 겁니다."

나츠메의 눈빛이 더 날카로워졌다. 그 눈빛에 케이코의 등에 식은땀이 흐른다.

"야스오카 씨 본인은 모르시는 듯하지만, 야스오카 씨는 위암 말기로 수명이 얼마 남지 않은 상태입니다. 진료기록을 통해 그 사실을 알게 된 당신이 야스오카 씨를 이용한 거고요."

나츠메는 처음부터 케이코를 꿰뚫어보았는지도 모

른다. 나츠메의 눈을 마주 보는 게 두려워진 케이코는 고개를 숙였다.

그랬다. 히데아키와 헤어지고 함께 살자고, 케이코와 유우마 둘 다 소중히 하겠다고 말해주었을 때는 정말 기뻤다. 왜 히데아키를 알기 전에 야스오카 같은 남성이 나타나지 않았을까, 라고도 생각했다. 하지만 히데아키를 알게 된 후에는 이미 너무 늦어버렸다.

히데아키와 몸을 섞을 때 느낄 수 있는 그 격렬한 쾌감을 도저히 잊을 수 없었다. 마약처럼. 히데아키가 아닌 야스오카 같은 남자로는 도저히 만족할 수 없음을 이미 케이코의 몸이 알고 있었다.

"그런데 말입니다…, 당신은 왜 그를 죽이려고 했나요?"

나츠메의 말에 케이코는 다시 정신을 차렸다.

"…애증입니다."

"애증…?"

"함께 살게 되면서 그 사람은 일도 하지 않고 돈도 펑펑 쓰면서 놀러 다녔습니다. 마음에 들지 않으면 저나 유우마에게 폭력을 행사하기도 했습니다. 그래서 그 사람을 증오했습니다. 하지만 동시에 그 사람에 대한 애정도 가지고 있었습니다. 그 사람을 잃고 싶지 않았고, 그래서 다른 여자에게 빼앗길 거라면 차라리 내가 죽여버리겠다고….”

“다른 여자라면 오카모토 시즈카 씨를 말씀하시는 건가요…? 그러고 보니 히데아키 씨는 오카모토 시즈카 씨와 결혼까지 할 생각이었던 것 같습니다.”

충격에 휩싸인 케이코는 나츠메의 말을 도저히 믿을 수 없다는 듯 고개를 절레절레 흔들었다.

“당신에게 돈이 떨어지면 히데아키 씨는 나갈 생각이었습니다. 내버려두면 알아서 나갔을 것입니다. 따라서 당신이 질투 때문에 그를 죽였을 리 없습니다. 저는 당신이 그를 죽인 진짜 동기를 듣고 싶습니다.”

나츠메가 슬픈 눈빛으로 물끄러미 바라본다.

“무슨 말씀을 하시는지 모르겠습니다. 동기는 아까 말한….”

“유우마가 왜 자수했는지 아십니까?”

나츠메가 케이코의 말을 잘랐다.

“왜라뇨…? 저를 위해서….”

“그렇게 생각하시나요?”

‘그거 말고 다른 이유가 있단 말인가.’

긴 침묵 끝에 나츠메가 살짝 고개를 흔들더니, 다른 형사에게 지금부터 하는 말은 조서에 쓰지 말라고 부탁했다.

"유우마는 체포되어 소년원에 들어갈 생각이었습니다. 이제부터 더는 당신과 같이 살 수 없으니까요."

"무, 무슨 소리죠…?"

케이코가 얼떨떨한 얼굴로 물었다.

"당신은 범행을 저지르기 전에 히데아키 씨가 시즈카 씨에게 보낸 문자메시지를 봤잖아요. 그 문자메시지를 훔쳐본 당신은 그날 히데아키 씨가 시즈카 씨를 만나기 위해 집을 나갈 거라 확신했을 겁니다. 아닙니까?"

나츠메의 말이 케이코의 마음을 쿡쿡 찌른다. 케이코의 자아가 마음속 깊은 어둠에 점점 다가간다.

"하지만 당신의 예상과는 달리 중간에 몸이 안 좋아진 히데아키 씨가 집에 돌아온 겁니다."

'몸이 안 좋다…? 히데아키가 평소랑 다르게 오므라이스를 남긴 건 그래서였나?'

"무슨 말씀이시죠…? 무슨 말씀이신지 전혀 모르겠습니다."

케이코는 안간힘으로 저항했다.

"당신이 원래 죽이려고 한 사람은 히데아키 씨가 아니라 유우마잖아요!"

나츠메의 말이 심장에 꽂힌다.

"웃기지 말아요!"

케이코가 절규했다.

지금까지 안간힘을 다해 부정하려고 했던 사실을 나츠메가 지적했다. 케이코는 미쳐버릴 것 같았다.

행복해지고 싶었다. 이런 생활에서 벗어나고 싶었다. 히데아키와 재혼하면 모든 것이 변할 줄 알았다. 하지만 유우마가 있어서 히데아키와의 결혼생활이 원만하지 않은 것만 같았다. 케이코는 유우마와 히데아키를 저울질하며 자신의 행복을 위해 누가 더 필요한지 따져보았다. 그때 자신의 마음속에 흉측한 귀신이 들어 있다는 사실을 깨닫고 말았다.

"어째서…, 어째서 그런 말도 안 되는 말씀을…?"

케이코는 어떻게든 말을 이으려고 한다.

"오므라이스입니다."

"오므라이스요?" 케이코가 되물었다.

"히데아키 씨는 항상 시즈카 씨에게 이렇게 말했다

고 합니다. 그 여자는 아무 매력도 없지만, 요리 하나만큼은 잘한다고. 특히 케이코 씨가 만든 오므라이스는 무척 맛있다고 했답니다. 하지만 범행현장 싱크대에는 먹다 남긴 오므라이스가 탄 재가 있었죠. 또 부검 결과, 히데아키 씨의 위장에는 오므라이스가 소량밖에 없었고요. 즉, 그가 평소와 달리 오므라이스를 다 먹지 않은 것은 몸이 좋지 않아 시즈카를 만나다가 도중에 왔다는 거죠."

"그게 어쨌다는 거죠!"

"당신은 그날 히데아키 씨가 집에 없을 거라 확신했다는 말입니다. 만약 당신이 그날 히데아키 씨가 집에 있을 거라 예상했다면, 히데아키 씨도 유우마처럼 오므라이스를 좋아하기 때문에 분명 오므라이스를 두 접시 만들어 놨을 것입니다."

나츠메를 바라보던 케이코가 입술을 깨물었다.

"당신은 유우마를 위한 마지막 식사로 평소 유우마가 가장 좋아했던 오므라이스를 만든 것 아닙니까?"

케이코는 그 질문에 자칫 고개를 끄덕일 뻔했다.

'인정할 수 없다. 여기서 그걸 인정해버리면 나는 이제…'

"제가 죽인 건 히데아키입니다. 그 죄는 앞으로 감옥에서 속죄하겠습니다."

케이코는 간신히 마음을 진정시키며 말했다.

"많은 분들이 착각하시는 게 있습니다. 감옥에 가기만 하면 속죄를 다했다고 생각하는 것 말입니다. 아마도 케이코 씨의 변호인은 히데아키 씨가 평소 가정폭력을 일삼았다는 점을 이유로 케이코 씨의 양형 판단에 정상참작을 요구하겠죠? 그리고 세상 사람들도 케이코 씨를 동정하겠죠? 당신이 지금도 거짓을 말하는 이유가 그것 때문입니까?"

나츠메가 엄히 꾸짖는 눈빛으로 말한다.

"무슨 뜻이죠?"

"지금 제가 한 말에는 아무 증거가 없습니다. 오로지 저의 추측일 뿐이죠. 객관적인 사실은 당신이 집에 불을 질러 히데아키 씨가 죽었다는 것입니다. 하지만 유우마는 알았을 겁니다. 그날 밤 집을 뛰쳐나가 오토바이에 탔을 때 어제 채워둔 휘발유가 없어졌다는 사실을. 그리고 집에 불이 난 것을 보고 당신이 범인이라는 사실을. 그리고 당신이 사실은 히데아키 씨가 아니라 아들인 자기를 죽이려고 했다는 것을…."

'유우마는 그 사실을 알고 있었을 것이다.'

케이코는 터져 나오는 눈물을 겨우 참았다.

"당신은 두 사람을 죽인 겁니다. 당신은 의도치 않게 히데아키 씨의 목숨을 빼앗았고, 또 유우마의 영혼을 죽였습니다. 당신은 살인보다 더 잔혹한 짓을 저지른 겁니다. 그걸 스스로 인정하지 않는 한 '속죄'라는 말을 사용할 자격도 없고, 두 번 다시 유우마를 봐서도 안 됩니다."

케이코는 도저히 나츠메와 마주할 수 없어 고개를 숙인다.

"히데아키 씨는 이제 어떻게 해도 다시 살아날 수 없습니다. 하지만 유우마의 마음은 어쩌면 되살릴 수 있을지도 모릅니다. 단, 그렇게 하려면 당신은 자신이 저지른 진짜 죄를 유우마에게 고백해야만 합니다. 그리고 당신의 마음속에 품었던 그 냉혹하고 흉측한 마음과 남은 인생동안 사투를 벌여야 합니다. 당신은 앞으로 유우마를 비롯한 세상 사람들의 분노와 원망을 온몸으로 받으며 살아가야 합니다. 그 가시밭길을 가지 않는 한 진정한 속죄를 한 것이 아닙니다."

나츠메의 말이 케이코를 무겁게 짓누른다.

'나는 어떻게 해도 되돌릴 수 없는 무거운 죄를 지은 것이다.'

나츠메가 뒤에 있는 형사에게 지금부터 다시 조서 작성을 해달라고 말한다.

"당신은 누구를 죽이려고 하셨습니까?"

케이코가 고개를 들자 나츠메가 날카로운 눈매로 쳐다보았다.

"아, 아들입니다…."

그렇게 대답한 순간 눈물이 복받쳐 올라 케이코는 다시 고개를 떨구었다.

눈을 감자 머릿속에 유우마의 얼굴이 떠오른다. 유우마는 슬픈 눈빛으로 자신을 쳐다본다.

케이코는 유우마를 언젠가 다시 만날 날이 올 수 있을까 싶었다. 그녀는 한동안 눈을 감고 혼자만의 생각에 잠겼다.

빨간 줄

◆

코이데 신이치는 오오즈카 역 앞 번화가를 거닐고 있다.

주위는 이미 어둑어둑하다. 불이 켜진 술집 간판을 보던 신이치는 술을 마시고 싶다는 강렬한 유혹에 시달렸다. 하지만 마시지 않기로 했다. 이런 기분으로 술을 마시기 시작하면 몸을 가눌 수 없을 정도로 취할 것 같았기 때문이다.

신이치는 반년 전부터 이케부쿠로에 있는 이자카야에서 일했는데, 좀 전에 점장에게서 해고 통보를 받았다. 이제야 막 일에 익숙해졌다고 생각하던 참이었다. 점장은 최근 가게 상황이 좋지 않다고 했다. 하지만 많은 종업원 중에서 왜 하필 자신이 해고되었는지 이해할 수 없어서 분노가 쉽게 가라앉지 않았다. 다른 종업원들보다도 더 열심히 일했다고 생각했는데, 어째서…? 점장에게 이유를 묻자 그는 경기가 안 좋아 그렇다면서 말끝을 흐렸다.

하지만 점장의 표정을 본 신이치는 직감했다. 이유는 하나였다. 어딘가에서 그는 신이치의 과거를 들었을 것이다. 언제나 이 모양이다. 아무리 새롭게 시작해보려고 해도 자신의 전과가, '빨간 줄'이 언제나 신이치를 방해한다.

한 달 정도 시간을 줄 테니 그동안에 다른 일을 알아보라는 말을 들었다. 그 말에 신이치는 의자를 발로 차고 가게를 뛰쳐나왔다. 그러고 나서 계속 정처 없이 걸었다.

그러다 오락실 앞에서 멈춰 섰다. 가게 밖에 설치된 인형 뽑기 기계의 안을 들여다보니 그새 인형들이 바뀌어 있었다. '모모'라는 이름의, 아이들에게 인기가 많은 토끼 캐릭터 인형이 들어 있었다.

하루나를 위해서 뽑아가야겠다고 생각한 신이치는 동전을 집어넣었다.

여러 인형을 보며 목표를 정한다. 절묘한 타이밍으로 버튼을 누르자 예측대로 크레인이 인형을 집어 올렸고, 이윽고 인형이 나오는 구멍으로 인형을 떨어트린다.

오늘은 일진이 나쁜 하루였지만 그래도 하늘이 완전히 신이치를 버리지 않은 모양이다. 인형 뽑기는 신이치의 유일한 특기였다. 함께 사는 조카 하루나에게 선물하려고 숱하게 도전하다보니 어느새 저도 모르게 실력이 많이 늘었다.

인형을 외투 주머니에 넣고 발걸음을 재촉했다. 걸어서 약 20분 정도 걸리는 히가시 이케부쿠로에 있는 아파트로 향한다.

신이치는 주택가의 어두운 골목에서 가방을 멘 꼬마 아이의 뒷모습을 발견했다.

"요코세?"

말을 걸자 여자아이가 멈춰 섰다. 요코세가 긴장한 얼굴로 천천히 뒤돌아보았다.

인적이 드문 어두운 골목에서 갑자기 말을 걸어 놀라게 한 모양이다.

"하루나네 오빠?"

요코세가 안도의 한숨을 쉬며 말했다.

신이치를 하루나의 '삼촌'이 아니라 '오빠'라고 착각한 듯하지만, 굳이 정정하지 않는다. '아저씨'라고 불리는 것보단 낫다.

"오늘은 하루나와 같이 안 있네."

신이치는 요코세와 함께 걷는다.

요코세는 초등학교 4학년인 하루나와 같은 반으로 같은 학원에 다닌다. 하지만 그 누구도 이 둘이 동갑이라고 생각하지 않는다. 요코세는 하루나보다 키가 컸고, 항상 소란스러운 하루나와 달리 어린애 특유의 활발함과 명랑함이 없었다. 또 어딘지 우울해 보이는 커다란 눈동자가 요코세를 실제 나이보다 더 들어 보이게 만들었다.

"네. 저는 장을 봐야 해서 도중에 헤어졌어요." 요코세가 말했다.

요코세는 신이치가 사는 아파트와 가까이에 있는 단독주택에서 아버지와 단둘이 살고 있다. 상당히 큰 저택이라 할 수 있다. 그 집에 놀러간 적이 있는 하루나의 말에 따르면 커다란 TV와 비싸 보이는 비디오카메라가 있었다고 한다. 요코세의 아버지가 어떤 일을 하는지는 모르겠지만, 신이치 가족이 사는 아파트의 집주인이기에 경제적으로 매우 부유한 사람일 것이다.

"혹시 아버지가 아니라 요코세가 저녁밥을 짓니?"

오른손에 들린 비닐봉투를 보며 신이치가 묻는다.

"매일은 아니지만, 가끔은요…."

"대단하네. 하루나도 보고 좀 배웠으면 싶다."

어머니와 단둘이 사는 하루나가 집안일을 돕는 모습을 본 적이 한 번도 없다. 오히려 어지럽힌 것을 치우라며 신이치의 누나인 나오코가 하루나를 혼내는 일이 잦았다.

꺾어지는 길에서 만난 이웃집 주부 두 명이 이쪽을 보며 뭐라고 수군거리고 있다. 어린 소녀와 성인 남자가 함께 걷는 것만으로도 의심의 눈초리를 받는 세상이다. 신이치는 요코세와 이쯤에서 헤어지고 아파트로 돌아가기로 했다.

"요코세, 이거 줄게."

주머니에서 아까 뽑은 인형을 꺼냈다.

"정말요?"

요코세가 주저하며 묻는다.

"선물이야. 요코세는 아빠를 돕는 착한 아이니까."

"오빠, 고마워요."

요코세가 웃으며 인형을 받는다.

집으로 돌아가는 요코세의 뒷모습을 잠시 지켜보다가 신이치도 자신의 아파트로 향했다.

문을 열자 비명이 들린다.

침실로 쓰는 다다미방에서 하루나가 옷을 갈아입고 있었다.

"삼촌, 노크 정도는 해주세요!"

하루나가 화를 내며 인형을 던진다.

"너무 오버하는 거 아냐?"

신이치는 개의치 않고 외투를 벗어 옷걸이에 건다.

"나도 여자라고요! 앞으론 신경 써줘요."

어이없는 소리를 한다. 며칠 전까지 알몸으로 집 안을 돌아다니면서 같이 목욕하자고 졸라대던 녀석이.

하지만 요즘 하루나는 신이치의 시선에 민감하게 반응하기 시작했다. 이제부터 사춘기의 시작인 건가.

냉장고에서 맥주를 꺼내서 탁자와 TV가 있는 다른 방으로 간다.

신이치는 지은 지 30년 이상 되었을 이 낡은 아파트에서 나오코, 하루나와 셋이서 살고 있다. 결코 화려하다고 할 만한 삶은 아니지만, 신이치에게 있어 무엇과도 바꿀 수 없는 행복한 생활이다.

그때 멀리서 사이렌 소리가 들린다.

"어디에 불이라도 났나요?"

다가온 하루나가 묻는다.

"아니, 저건 소방차가 아니라 경찰차야."

과거의 괴로운 기억이 답한다.

사이렌 소리가 가까워질수록 가슴이 답답해진다. 이 주변은 인적이 드물다. 그래서 그런지 성추행 사건도 자주 일어난다.

걱정이 되어 누나 나오코에게 문자메시지를 보내자, 야근이 있어서 늦을 거라는 대답이 금세 돌아왔다.

부엌에서 저녁 설거지를 하는 나오코의 뒷모습을 보며 신이치는 어떻게 말을 꺼낼까 고민한다. 하루나는 혼자서 목욕을 하고 있다.

"저기 말이야, 누나."

신이치가 부르자 나오코가 돌아본다.

"나, 오늘 일 그만두었어. 이번 달은 수입이 적을지도 모르겠지만, 다음 달에는 다 메워놓을게."

최선을 다해 덤덤하게 이야기했지만 나오코는 놀란 얼굴로 신이치를 바라본다.

"어쩌다가? 그렇게 마음에 들어 하던 직장이었잖아."

나오코의 표정이 점점 어두워진다.

어쩌면 일을 그만둔 이유를 짐작했을지도 모른다.

"맘에 안 드는 녀석이 있어서 싸웠어."

차마 해고당했다고는 말하지 못했다.

소년원을 나와서 9년간 제대로 일을 해보려고 했다. 하지만 언제나 같은 이유로 몇 번이나 직장을 바꾸었다. 그때마다 자신의 빨간 줄을 저주했다. 하지만 그런 불평을 나오코에게는 할 수 없었다.

"내일부터 다른 일을 알아볼게."

"우리 직장 사람에게 부탁해볼까?"

나오코는 이케부쿠로 역 근처에 있는 꽃집에서 일하고 있다.

"아니."

'내 과거가 주위에 알려지면 누나에게도 불똥이 튈 거야.'라는 말은 속으로 삼켰다.

"일찍 일어나서 출근하는 건 싫어."

이 말을 끝으로 한동안 침묵했다. 그때 무거운 정적을 깨려는 듯 초인종이 요란하게 울린다.

신이치는 안도하면서 문을 바라본다.

"네."

나오코가 방범용 체인을 건 채로 현관문을 연다.

"밤늦게 죄송합니다. 저희는 경찰입니다만…"

'경찰'이라는 말에 나오코의 어깨가 흠칫 떨린다. 그녀는 신이치를 향해 돌아보았다.

경찰이 찾아올 만한 짓은 하지 않았다. 그렇지만 경찰이라는 존재 자체만으로도 심장을 죄는 듯 고통스럽다.

"이 근처에서 사건이 발생해서요, 잠시 질문 좀 드려도 될까요?" 남자 하나가 말했다.

신이치는 자리에서 일어나 나오코 곁으로 갔다.

"이 근처에 사시는 토오루 씨를 아시는지요?"

"토오루 씨라면…, 이 아파트의 집주인 말씀이신가요?" 나오코가 대답했다.

질문을 한 형사는 체구가 크고 날카로운 눈매를 지닌 남자였다.

그런데 신이치는 그 뒤에 서 있는 키 큰 남자를 보고 놀라지 않을 수 없었다. 이 사람이 왜 여기 있는지 이해할 수 없어서 잠시 자신의 눈을 의심했다. 그 남자와 눈이 마주친 신이치는 자신의 짐작이 옳았음을 확신한다.

그의 이름은 나츠메 노부히토.

어찌 된 영문인지 그의 이름까지 기억에 남아 있다.

그런데 그 남자가 왜 여기에 있는 건지 여전히 혼란스럽다.

나츠메도 신이치를 알아봤는지 표정이 잠시 온화하게 바뀌더니 눈짓으로 인사를 했다.

"토오루 씨 집에서 사람이 죽었다고 신고가 들어왔습니다."

"혹시 요코세가 신고를 했나요?" 깜짝 놀란 나오코가 침울한 표정으로 질문했다.

"네. 돌아가신 분은 요코세의 아버지인 토오루 씨였습니다."

"그럼 요코세는 지금…?"

나오코가 조심스럽게 묻는다.

"현재 경찰서에서 보호 중입니다. 아버지의 시신을 보고 상당한 충격을 받은 것 같습니다. 도저히 이야기를 나눌 수 있는 상태가 아니었습니다."

"대체 어쩌다가 그런 일이…?"

신이치는 저도 모르게 중얼거렸다.

"단단한 흉기로 머리를 맞은 것으로 보아 타살인 듯합니다."

타살. 그 단어에 신이치는 마른침을 삼킨다.

"현재 집 안의 상황으로 보아 강도에 의한 범행이 아닐까 생각합니다. 6시쯤 토오루 씨가 귀가하는 것을 봤다는 목격자가 있었습니다. 혹시 그 시간대에 이 근처에서 수상한 사람을 보신 적 있나요?"

"저는 7시 넘어서까지 야근을 해서 집에 8시쯤 돌아왔습니다."

"어디서 근무하시죠?"

형사가 질문하자 나오코는 꽃집의 이름과 주소를 알려주었다. 나츠메는 뒤에서 메모를 한다.

"나, 들어오기 직전에 집 앞에서 요코세를 만났어."

신이치가 속삭이자, 나오코가 입을 떡 벌리고는 신이치를 바라본다.

"그래…?"

"그게 몇 시쯤이었죠?"

형사가 질문했다.

"6시 20분쯤이었을 겁니다."

신이치가 준 인형을 받아 든 요코세는 활짝 웃으며 집에 들어갔다. 그 직후, 살해당한 아빠를 발견한 것이다. 요코세가 느꼈을 충격과 공포를 생각하자 마음이 아팠다.

"그때 수상한 사람은 못 보셨습니까?"

"네, 이웃집 주부 두 명이서 이야기하는 모습만 봤

을 뿐입니다."

"참고로 그 시간 전에는 어디에 계셨는지요?"

형사의 눈빛이 한층 더 날카롭게 변했다. 알리바이를 확인하는 건가.

나츠메가 한 발 앞으로 나와 처음으로 입을 열었다.

"너무 기분 나쁘게 듣지 않으셨으면 합니다. 일단 이웃에 사는 모든 분들께 같은 질문을 드리고 있거든요."

신이치는 6시 전후의 일을 모두 이야기했다. 오오즈카 역 앞을 돌아다닌 일, 오락실에서 인형 뽑기를 하고 집으로 향했다는 일 등등을 말이다.

형사들은 조용히 듣고 있었지만, 신이치는 이유 없이 점점 불안해지기 시작했다.

자신에게는 결정적인 알리바이가 없다는 걸 알아차렸다. 특정한 가게에 있던 것도 아니고, 친구를 만난 것도 아니다. 오락실에 들렀다고 해도 밖에 놓인 기계에서 인형 뽑기를 했을 뿐이다. 그때 주위에는 아무도 없었다.

나오코가 걱정의 눈빛으로 신이치를 바라본다.

"누군가 그것을 증명해줄 사람은 있습니까?"

형사의 질문에 신이치는 고개를 숙일 수밖에 없었다.

그때 나오코의 손이 신이치의 눈에 들어왔다. 가는 손이 작게 떨리고 있었다.

나오코도 형사가 신이치를 의심하는 게 아닐까 하고 불안해하는 모습이다.

이불 속에 누워서도 두근거림은 사그라지지 않았다.

옆에서는 쌔근쌔근 잠이 든 하루나의 소리가 들려온다.

"누나, 아직 안 자?" 신이치는 천장을 바라보며 속삭였다.

"응."

"누나, 사실 나…, 그 형사를 알고 있어."

"뭐?"

나오코가 흠칫 놀라며 약간 목소리를 높였다.

"소년분류심사원에서 나를 조사했던 '나츠메'라는 법무부 직원이야."

"어째서 소년분류심사원 직원이…."

"그건 나도 모르겠어. 왜 그 남자가 여기에 있는

지…."

"괜찮아…. 아무것도 걱정할 거 없어…."

신이치의 불안감을 느꼈는지 나오코가 다정스레 달랬다.

하지만 집요하게 사람의 마음속을 들여다보는 나츠메의 차가운 눈빛을 떠올릴 때마다 가슴이 떨렸다.

신이치는 11년 전에 삼촌을 살해한 용의자로 체포되었다. 이를 담당했던 나츠메는 신이치의 가정환경이나 인간관계, 범행에 이르게 된 심리 상태 등을 자세히 조사했었다.

그전에 경찰서에서 받았던 취조와 달리 나츠메의 환경 조사는 면접 방식이었다. 그리고 그 과정에서 나츠메는 시종일관 온화했다. 사람을 감싸는 부드러운 눈빛으로 신이치가 이제껏 살아온 이야기를 들어주었다. 나츠메는 신이치가 이제껏 살면서 만나보지 못한 타입의 어른이었다.

하지만 신이치는 나츠메의 그런 따스함이 오히려 무서웠다.

'이 모든 것이 내 내면을 들여다보기 위한 작전일지도 몰라. 이 남자에게는 절대로 틈을 보여선 안 돼.'

신이치는 면접 과정에서 일부러 애매한 대답을 반복
하면서 자신의 모습을 철저히 감췄다.

신이치가 나츠메에게 털어놓은 이야기는 어른들은
모두 추하다는 것뿐이었다. 그때까지 존경할 만한 어
른을 만난 적이 없었다. 모범이 될 만한 어른이라고는
세 살 연상인 누나 나오코뿐이었다.

신이치는 부모님을 거의 기억하지 못한다. 부모님은
신이치가 5살 때 교통사고로 사망했다. 그 후 신이치
와 나오코는 유일한 친척이었던 어머니의 남동생 키무
라 유우야에게 맡겨졌다.

하지만 키무라는 최악의 남자였다.

미혼이었던 키무라는 제대로 된 직업을 가진 멀쩡한
사람처럼 보였지만, 밖에서의 모습과 집에서의 모습이
매우 달랐다. 마음에 들지 않는 일이 있으면 신이치나
나오코에게 바로 손찌검을 했다. 밥을 주기는 했지만,
바닥에 그릇을 두고 개 흉내를 내지 않으면 먹는 것을
허락하지 않았다. 키무라는 폭력과 학대를 통해 어린
조카들의 자존감을 철저하게 짓밟아 그들의 몸과 마
음을 지배했던 것이다. 그런 학대가 10년간 이어졌다.

나오코는 공부를 잘했지만 고등학교에 진학하지 못

했다. 그 대신 나오코는 햄버거 가게에서 일하게 되었다. 가게에서 받은 돈으로 한창 자랄 나이인 신이치의 식사를 챙겨주었고, 옷가지나 생필품 등 필요한 것들을 사주었다. 앞으로 몇 년 동안만 더 버틴 다음, 준비가 되었을 때 삼촌의 집을 나가자는 것이 두 사람의 꿈이었다.

신이치가 15세가 되던 해, 나오코가 어떤 남성에게 고백을 받았다는 이야기를 했다. 키무라에겐 비밀로 하고 나오코는 그와 사귀고 있다고 했다. '이소베'라는 이름의 그 남성은 햄버거 가게의 정직원으로 나오코를 누구보다도 아껴주는 사람이었다. 만약 이소베와 결혼을 하더라도 신이치가 고등학교를 졸업할 때까지는 함께 살자고 나오코가 말해주었다.

하지만 그것을 알게 된 키무라가 모든 것을 망치려고 했다. 그때 신이치는 키무라가 얼마나 추악한 인간인지 새삼 깨달았다.

그래서 신이치는 이제까지 그때의 행동을 후회하지 않는다.

물론 살인은 나쁘다. 그것은 알고 있다. 하지만 사람을 죽인 사람이 세상에서 가장 악한 사람이라고는 생각하지 않는다. 이 세상에는 더 교활하고 사악한 사람이 존재하기 때문이다.

경찰서에 자수하고 나서도 신이치는 나오코를 걱정했다. 자신이 살인을 한 것 때문에 이소베가 나오코를 버릴지도 모른다고 생각했다. 하지만 나오코와 이소베는 결혼을 했고, 신이치가 소년원에 있는 동안 하루나가 태어났다.

신이치는 소년원을 나가게 되면 혼자서 살 거라 생각했다. 나오코에게 짐이 되고 싶지 않았기 때문이다.

하지만 신이치가 소년원을 나왔을 때, 나오코는 이소베와 헤어져 하루나와 단 둘이서 살고 있었다. 이소베와 헤어진 이유에 대해서 나오코는 끝까지 이야기해 주지 않았다.

살인자의 누나라는 낙인이 찍혔기 때문인지 아니면 키무라에게 받은 마음의 깊은 상처가 원인인 건지…, 신이치는 알 수 없었다.

다음 날, 신이치는 오전부터 구인 전단지를 들고 전화를 돌렸다. 20군데 정도 전화를 걸어봤지만 예상대로 대부분 좋은 답변을 듣지 못했다. 그래도 딱 한 군데 면접 약속을 잡았다.

신이치는 서둘러 이력서를 작성해 옷매무새를 다듬은 뒤, 코마고메에 있는 식품회사로 향했다.

하지만 결과는 불합격이었다. 면접관이 신이치의 최종학력이 중졸이라는 점에 대해 의아해하자, 신이치는 모든 것을 사실대로 이야기했다. 채용이 되더라도 나중에 자신의 과거가 드러나 해고당하는 것에 이미 질렸기 때문이었다. 현재 자신의 모습만을 판단해줄 면접관이 있을지도 모른다는 기대감이 있었다.

하지만 아련한 기대는 단박에 산산조각 나고 말았다. 실망감을 곱씹으며 신이치는 오오즈카 역에서 지하철을 내렸다.

그러다 역 앞에 있는 오락실 앞을 지나다 발걸음을 멈췄다.

아무 수확 없는 하루였지만 하루나를 위해서 선물을 가져가자고 생각했다. 오늘 아침 요코세의 집에서 일어난 사건을 나오코에게 들은 하루나는 크게 낙심했었다.

인형 뽑기 기계에 동전을 넣고 절묘한 타이밍에 버튼을 누른다. 어제와 똑같이 모모 인형을 뽑았다.

"대단해."

그 목소리에 뒤돌아본 신이치는 깜짝 놀랐다.

나츠메가 미소를 지으며 신이치를 보고 있었다.

"대단하네. 한 방에 인형을 뽑다니. 나는 몇 번이나 도전을 했는데 말짱 꽝이었어."

얼토당토않은 이야기에 화가 치밀어 올랐다. 분명 알리바이를 확인하고 싶어 미행한 것이겠지.

"방법을 좀 알려주지 않겠나?"

나츠메는 지갑에서 동전을 꺼내 인형 뽑기 기계에 넣는다. 하지만 몇 번을 해도 인형을 잡지 못한다. 그러나 나츠메는 이에 굴하지 않고 계속 도전했다.

"어제 요코세에게 준 인형도 이거잖아. 모모 인형. 여기서 뽑은 건가?"

나츠메가 케이스 안에 든 인형을 응시하며 물어본다.

'나이 먹은 중년 아저씨가 모모 인형 같은 게 필요할 리 없잖아!' 신이치는 속으로 외친다.

"네, 그래요."

"어제 조사하던 중에도 요코세는 그 인형을 계속 안고 있었어."

그 모습을 상상하니 마음이 아팠다. 그 순간 버튼에 손을 올리고 있던 나츠메의 손등을 힘껏 내리쳤고, 크레인이 내려와 인형을 집는다.

"대단해!"

인형을 보고 나츠메가 뛸 듯이 기뻐한다.

"이런 걸 어디에 쓰려고요?" 신이치가 차갑게 말했다.

"딸에게 줄 거야."

나츠메가 인형을 손에 쥐고 환하게 웃는다.

생각해보니 소년분류심사원에서 딱 한 번, 나츠메가 자신의 가족 이야기를 한 적이 있었다. 당시 그에게 3~4살 정도 되는 딸이 있다고 했었다. 지금쯤이면 중학생이 되었을 것이다.

"요즘 중학생한테 이런 걸 줘봤자 좋아하지도 않아요."

"보통은 그렇지. 하지만 딸아이는 10년 이상 병원 침대에 누워 있어. 머리맡에 두고 싶어서…."

나츠메의 미소에 씁쓸함이 묻어난다.

"무슨 병이라도 걸렸나요?"

그 질문에 나츠메는 아무 말도 하지 않았다.

"보답이라도 하고 싶은데 근처에서 커피 어떤가?"

"그 김에 절 취조하시려고요?"

나츠메는 콧방귀를 한 번 뀌더니 어깨를 으쓱했다. 그러고는 인형을 가방에 넣고는 앞장선다. 어쩔 수 없이 신이치는 그 뒤를 따라간다.

나츠메의 모습을 보며 어젯밤부터 느꼈던 의문이 점점 커진다.

'이 남자는 어째서 여기에 있지?'

법무부 직원이라면 대부분 임상심리학 자격증을 지닌 심리학의 달인이다. 처음 만났을 때 아마도 나츠메는 20대 후반이었을 것이다. 그 남자가 지금은 형사가 되어 자신의 앞을 걷고 있다.

'나쁜 짓을 저지르는 청소년들을 대하는 것에 질려서 이직한 건가? …글쎄, 그것은 아닐 것 같다. 경찰관이 되면 더 심한 짓을 저지르는 사람들과 마주하게 될 텐데…'

생각하면 할수록 호리호리한 뒷모습에서 무시무시한 위압감이 느껴진다.

"어제 일을 그만두었다면서?"

커피를 한 모금 마시고 나츠메가 말했다.

신이치는 눈앞의 나츠메를 바라보며 속으로 혀를 찼다.

나츠메는, 아니 경찰은 역시 자신에 대해 철저히 조사해놓은 것이다.

'뭐가 보답이야? 어두운 취조실에서 카페로 장소만 바뀌었을 뿐 취조와 다를 바 없잖아!'

"다음 직장은 구했나?" 나츠메가 묻는다.

"지금 찾고 있어요. 그런 것보다 형사란 직업은 꽤 한가한가 보군요? 이 근처에서 살인사건이 일어났는데 오락실에서 인형 뽑기를 하질 않나, 카페에서 잡담이나 하질 않나."

"이래 봬도 제대로 일하고 있어. 몇 가지 정보를 확인했거든."

"눈앞에 중요 참고인이 있다든가 그런 거요? 사건이 일어난 현장 근처에 과거 살인자가 있으니 수사도 편하시겠네요? 항상 그런 식이죠. 정말 제대로 살아보고 싶어도 과거의 이력이 방해가 되죠. 다들 색안경을 끼고 절 평가하니까요."

그렇게 쏘아붙이자 나츠메가 지긋이 신이치의 눈을 바라본다. 계속 마주보기 힘들게 만드는 눈빛이었다.

"세상 사람 모두가 널 그런 식으로 보는 건 아니야."

"그럴까요?" 신이치가 내뱉는다. "그런데 실제로 무슨 사건만 나면 제 주위에 경찰들이 몰려들잖아요. 그래요, 전 어제 일을 그만두었어요. 조사하셔서 잘 아시겠지만 제가 그만둔 게 아니라 해고당한 거예요. 아무 이유도 없이 말이죠. 나츠메 씨가 본 대로 우리 가족은 경제적으로 여유롭지 않아요. 돈에 눈이 멀어 제가 요코세 집에 숨어들었다고 결론이 나겠죠."

"미안하지만 난 그런 결론을 내지 않았어."

나츠메는 손으로 턱을 괴고 무언가 생각한다.

"무슨 소리죠?"

"토오루 씨의 집에 금품을 훔치려던 흔적이 없어. 거실이나 옷장을 뒤진 흔적은 있지만 토오루 씨 바지에 든 지갑도 그대로 있었고, 통장이나 카드도 그대로야. 물론 요코세나 우리들이 모르는 고가의 물건을 훔쳐갔을지도 모르지만."

"지문은 남아 있지 않았나요?"

"그래."

신이치는 낙담했다.

'지문이 남아 있었다면 자신은 혐의를 벗을 수 있을

텐데….'

"범인이 거실을 뒤지던 중에 토오루 씨가 돌아온 거 같아. 범인은 근처에 있던 비디오카메라를 들고 문 옆에서 기회를 살폈고, 토오루 씨가 들어온 순간 비디오카메라로 머리를 내려치고 곧바로 도망쳤어. 토오루 씨는 문 옆에 쓰러져 있었고, 근처에 피가 묻은 비디오카메라가 있었지. 가정에서 사용하는 소형 카메라가 아니라 상당히 큰, 프로들이 쓰는 카메라였어."

요코세의 집에는 커다란 TV도 있고, 꽤나 비싸 보이는 비디오카메라가 있다고 했던 하루나의 말이 떠올랐다.

"그런 걸 저에게 알려줘도 되는 건가요?"

"그러네." 나츠메는 희미하게 웃었다. "비밀로 좀 해줘."

수사상의 비밀을 쉽게 내뱉는 나츠메를 보자, 신이치는 이 부근의 치안이 걱정되기 시작했다.

'정말 얼빠진 형사인가 보다.'

"언제 이직하신 건가요?" 신이치가 물었다.

"10년 전에 법무부 일을 그만두고 30세에 경찰공무원 시험을 치렀어. 경찰학교를 졸업하고 6년 정도 파출소에서 일하다가 최근 이 부서에 오게 되었어."

'나츠메는 왜 법무부 직원이라는 커리어를 내던지고 경찰이 되려 했을까.'

30세라는 나이에 전혀 다른 직업으로 이직한다는 게 그리 쉽지 않은 일임을 신이치도 잘 알고 있다.

"왜 하필 경찰관이죠?"

"글쎄, 왜 그랬을까…? 어쩌면 형사 드라마에 영향을 받았을지도."

둘러댄다는 걸 바로 알아차렸다.

"한 가지 확실한 건 가족을 위해서 내린 결정이라는 거야."

"하지만 어울리지 않아요." 신이치가 말했다.

"그럴지도 모르지…."

나츠메는 계산서를 들고 일어났다.

"하지만 어울리든 안 어울리든 너도 빨리 직장을 찾아야지. 살기 위해서, 그리고 소중한 사람을 지키기 위해서는 직장이 필요하니까."

나츠메는 그렇게 말하고 카페를 나섰다.

"하루나, 자기가 어지럽힌 것은 스스로 정리해야지!"

옆방에서 나오코의 꾸지람이 들려온다. 평소에는 이 한마디로 끝났지만, 오늘은 어째서인지 집요할 정도로 하루나에게 설교를 한다. 결국 하루나의 울음소리가 들려온다.

신이치는 캔 맥주를 탁자에 올려놓고 옆방으로 향했다.

하루나는 눈이 빨개진 채로 울고 있었고, 나오코는 허리를 숙여 하루나와 눈높이를 맞춘 채 설교를 하고 있었다.

"누나, 그쯤 해둬."

"너는 가만히 있어!"

나오코가 쏘아붙인다. 처음 보는 나오코의 격한 반응에 신이치는 놀랐다.

"자, 하루나…, 하루나는 이제 다 컸으니까 자기 힘으로 뭐든지 할 수 있어야 해. 언제까지나 누군가에게 의지하며 살 수는 없잖아. 알겠니?"

나오코가 온화한 말투로 바꾸어 사근사근하게 말하자 하루나가 손으로 눈물을 닦으며 고개를 끄덕였다.

"잘못했어요."

하루나가 나오코에게 용서를 빈다.

"그래, 착하지." 나오코가 하루나의 머리를 쓰다듬는다. "머리 빗겨줄게. 이리 오렴."

나오코는 하루나를 무릎 위에 앉힌다. 조심스러운 손길로 머리를 빗겨주자 하루나가 점차 미소를 되찾는다.

그 모습을 본 신이치는 나오코가 역시 대단한 사람이라고 감탄했다.

신이치도 나오코도 부모님의 사랑을 받은 적이 없다. 부모님이 돌아가시고 키무라에게 맡겨졌을 때부터는 학대만 받아왔다.

어린 시절 학대를 받은 사람은 자기 아이에게도 학대를 한다는 이야기를 종종 듣는다. 그 이유는 학대당하며 성장한 사람은 사랑이라는 것을 받아보지 못했기에 자기 아이를 어떤 식으로 사랑해주어야 하는지 모르기 때문이라고 했다.

하지만 나오코는 달랐다. 나오코는 하루나에게 지금까지 많은 애정을 쏟아왔다. 나오코는 최선을 다해 하루나를 기르고 있다. 나오코는 훌륭한 어머니다.

'나는 어떤가? 만약 나에게도 가족이 생긴다면 나오코처럼 가족을 소중히 여길 수 있을까?'

신이치는 사랑을 해본 적이 없다. 아니, 사랑을 아예 포기했다. 누군가를 좋아하게 되어 사귄다고 해도 자신의 과거가 알려질까 두려웠다. 만약 사랑하는 사람과의 사이에서 아이가 생긴다 하더라도 그 아이를 정말로 사랑으로 감싸 안을 수 있을지 두려웠던 것이다.

'소중한 사람을 지키기 위해서.'

카페에서 들은 나츠메의 말이 떠오른다.

신이치에게도 언젠가 그런 소중한 사람이 나타날까. 무슨 짓을 해서라도 지키고 싶은 가족이 생길 수 있을까.

다음 날도 신이치는 오전부터 구인 전단지를 들고 여기저기 전화를 돌렸다. 거절당할 때마다 빨간 펜으로 엑스 표시를 해나간다. 점심때쯤 전단지는 새빨갛게 되었다. 그래도 두 군데에서 면접을 보게 되었다. 하나는 신주쿠에 있는 레스토랑이며, 다른 하나는 니츠보리에 있는 건축 관련 회사다. 오늘 오후에는 레스토랑에 면접을 가고, 내일은 니츠보리에 있는 회사에 면접을 보러 간다.

레스토랑 면접은 역시 불합격이었다. 이번에도 솔직

하게 소년원에 있었던 과거를 이야기하자 인사담당자는 말을 돌려가며 거절했다.

'어쩔 수 없다. 하지만 포기하지 않으리라.'

내일 면접 보는 회사에서는 채용해줄지도 모른다. 돌아가는 전철 안에서 그렇게 스스로를 위로했다. 하지만 오오즈카 역에서 내렸을 때 자신이 아무 가치 없는 길가의 돌멩이 같다는 참담함이 느껴졌다.

역 앞의 오락실을 본 신이치는 다시금 발길을 멈췄다. 오락실 앞에서 나츠메가 인형 뽑기를 하고 있었다. 어제 도전했던 기계 옆에 있는 다른 인형 뽑기 기계에서 나츠메가 게임에 열중하고 있었다.

'나츠메가 눈치채지 못하도록 조심조심 지나가자.'

그렇게 생각하며 나츠메를 지나치려 했지만, 크레인의 움직임에 신경이 쓰여 눈길을 돌리고 말았다. 인형을 집은 크레인이 인형이 나오는 구멍에 떨어뜨린다. 그 순간 나츠메가 함성을 지르며 춤을 춘다.

"아, 아아. 안녕."

나츠메는 멋쩍은 얼굴로 웃는다.

"한심한 어른이네…"

그렇게 속삭이며 신이치도 피식 웃는다.

"부끄럽구먼."

나츠메가 손에 든 것은 어제 뽑은 인형과는 다른 곰 인형이었다.

"어제 뽑았던 모모 인형은 따님이 좋아하던가요?"

신이치가 물었다.

"머리맡에 두니까 눈을 좀 깜빡였어. 아니, 그런 느낌이 들었던 거겠지. 그래서 다른 인형도 가져다두고 싶었어."

나츠메가 미소 짓는다. 씁쓸한 미소였다.

"따님의 증상이 그렇게 안 좋나요?"

"머리를 다쳐서 식물인간 상태야. 물론 식물인간이란 표현은 마음에 안 들지만 말이야."

'나츠메가 경찰이 된 계기가 혹시 그 일과 관계 있는 걸까.'

온화해 보이는 나츠메의 눈빛이 순간 불꽃처럼 강렬하게 느껴졌다. 하지만 그런 사생활에 대해 대놓고 물어볼 수는 없었다.

"마침 잘됐어. 이웃주민으로서 잠깐 물어보고 싶은 게 있었어. 잠시 같이 걷지 않겠나?"

나츠메가 그렇게 말하며 앞서서 걷기 시작한다.

"뭐예요? 물어보고 싶은 거라니…?"

나츠메의 뒤를 따르며 신이치가 물었다.

"요코세와는 많이 친했니?"

"딱히 친하지는 않았어요. 조카인 하루나와 동갑이니까 만나면 인사 정도 하는 사이였어요."

"요코세와 이야기하다 뭐 느낀 점은 없었니?"

"글쎄요…, 얌전한 아이랄까요? 약간 어두운 느낌이 드는 아이였어요. 그게 중요한 문제인가요?"

"요코세는 아버지로부터 학대를 받고 있었어. 몇 개월 전부터 아동보호소에 익명으로 전화가 왔었다고 해."

"…학대?"

신이치의 마음에 어두운 그림자가 드리워졌다.

"전화가 온 것이 한두 번이 아니라고 해. 그때마다 아동보호소 직원이 직접 요코세의 집으로 가서 이야기를 했다고 하는데, 아버지는 이를 완강히 부인하면서 직원을 집에서 내쫓았다더군."

"그게 이번 사건과 관계가 있는 건가요?"

"아니, 모르지. 하지만 관계가 없을 것 같은 것도 조사하는 것이 경찰의 업무거든."

"그렇다면 요코세에게 직접 물어보시지 그래요."

"요코세는 아무 말도 하지 않았어. 큰 충격을 받았는지 뭘 물어봐도 아무것도 얘기해주지 않아."

나츠메가 신이치의 눈을 똑바로 바라보며 말했다.

"신이치 씨는 2000년에 중학교를 졸업하셨는데, 그 이후에는 무엇을 하셨나요?"

작업복을 입은 소장이 이력서를 보며 신이치에게 물었다.

신이치가 주먹을 움켜쥔다. 시선을 돌려 소장의 눈길을 피하고 싶었다. 자연스레 고개를 숙여 눈앞에 있는 책상을 바라본다.

"아르바이트라도 하셨나요?"

소장이 다시 물어보았다.

신이치는 마음을 굳게 먹고 고개를 들었다. 그리고 소장의 눈을 똑바로 바라본다.

"중학교 3학년 때 사람을 죽이고, 2년간 소년원에 있었습니다."

그렇게 이야기를 시작한 신이치는 지금까지 인생을 솔직하게 모두 다 털어놓았다. 소년원에서 중학교를 졸업했다는 것, 소년원을 나와서 많은 직장을 다녔지만 전부 오래가지 못했다는 것, 하지만 소중한 가족을 위해 무슨 일이라도 하고 싶다는 것까지. 무엇이든 전문 기술을 배워서 평생 일하며 살고 싶다고.

소장은 잠시 신이치와 이력서를 번갈아 본다.

"몸은 건강한가요?" 소장이 물었다.

"네…."

"우리 회사 일은 꽤 중노동이에요. 매일 아침 일찍 일어날 수 있어요?"

"네, 할 수 있습니다."

"그럼 모레 7시까지 이쪽으로 출근할 수 있어요?"

"엄마, 오늘 무슨 날이야?"

식탁에 올라온 요리를 보고 하루나가 놀라서 물었다.

그도 그럴 법하다. 식탁에 올라온 요리가 평소에 볼 수 없는 호사스런 요리들이었다.

오늘 면접 직후 나오코에게 취업에 성공했다는 문자 메시지를 보냈다. 그러자 곧바로 나오코에게 전화가 왔다.

축하한다고. 그 소리가 마치 울음소리처럼 들렸다.

"매일 이랬으면 좋겠다."

스시를 입에 넣으며 하루나가 말했다.

"오늘만 특별히 준비한 거야." 나오코가 웃으며 못을 박는다.

"몸이 꽤 힘들긴 할 텐데 급여가 괜찮다니까 한 달에 한 번 정도는 이렇게 먹을 수 있을 거야." 신이치가 약간 우쭐대며 말한다.

"잘 부탁합니다."

나오코와 하루나가 정중하게 고개를 숙였고, 약속한 듯이 모두 웃음을 터뜨렸다.

그때 초인종이 울렸다.

"네~."

일어서려던 나오코를 제지하고 "내가 갈게."라고 하며 신이치가 문을 연다.

문 앞에 선 나츠메의 모습을 보자 자연스레 한숨이 나온다.

지금은 이 남자의 얼굴을 보고 싶지 않았다. 모처럼 즐거운 식사시간을 방해받아 화가 치밀어 오른다.

"무슨 일이시죠?"

나츠메에게 쏘아붙였다.

"밤늦게 미안해. 나오코 씨와 하루나에게 이야기를 좀 듣고 싶은데…."

"무슨 말씀이시죠?"

그때 나오코와 하루나가 현관에 나온다.

"요코세에 관한 것인데요…."

나츠메가 허리를 숙여 하루나와 눈높이를 맞춘다.

"얘, 하루나…, 요코세로부터 아빠에 대해 무슨 이야기 들은 거 없니?"

나츠메 형사 앞이라 긴장해서인지 하루나는 입을 다문다.

"예를 들면, 아빠로부터 괴롭힘을 당하고 있다든가."

하루나가 나오코를 올려다본다.

"하루나, 요코세로부터 그런 이야기 들은 적 있어?"

나오코가 되물었고, 하루나는 "아니요. 들은 적 없어요."라며 고개를 젓는다.

"나오코 씨는 요코세에게서 그런 이야기를 들으신 적 있나요?"

"아뇨, 딱히…." 당황한 나오코가 대답한다. "무슨 일 이시죠?"

"아무래도 요코세는 아버지로부터 학대를 받은 듯합니다. 아동보호소에 익명으로 신고가 들어왔는데, 혹시 하루나로부터 어떤 이야기를 들은 나오코 씨가 신고하신 게 아닐까 해서요…."

"전 아니에요. 왜 저라고 생각하신 거죠?"

"이웃주민이 말씀하시길 요코세와 공원에서 자주 이야기를 하시는 모습을 보셨다고 해서요."

"하루나의 친구니까 저랑도 몇 번 이야기를 하기도 하였습니다만 저는 전혀 눈치채지 못했습니다."

"나오코 씨는 평소 직장에 나가신다고 하셨습니다. 그런데 평일 오후에도 몇 번 이 근처에서 나오코 씨를 목격하셨다는데…."

"네. 저희 가게는 오토바이로 배달하니까요. 이 근처도 자주 지나다닙니다."

"그렇습니까. 밤늦게 실례가 많았습니다." 나츠메가 신이치를 본다. "신이치, 직장을 구했다면서?"

신이치가 태연히 끄덕인다.

"그렇구나. 힘내렴. 그럼 뭔가 새로운 거라도 발견하시면 연락 부탁드립니다."

나츠메가 가볍게 고개를 숙이며 몸을 돌렸다.

"저기…." 나오코가 급히 불러 세운다. "요코세는 지금 어떤가요?"

"아동보호소에서 데리고 있습니다."

"그렇군요…."

나츠메가 돌아가고 다시 식탁으로 돌아왔지만, 세 사람은 모처럼의 호사스런 요리를 목구멍으로 넘기지 못했다.

"신이치, 좋아하는 사람 있니?"

신이치가 어두운 천장을 바라보고 있는데, 갑자기 나오코가 물어본다.

"왜, 왜 그래…? 갑자기…."

나오코가 그런 이야기를 하는 것이 처음이라 신이치는 당황스러웠다.

"그냥. 물어보고 싶었어."

"안타깝게도 없어. 그다지 흥미도 없고."

거짓말이었다. 흥미가 없는 게 아니라 자신의 과거 때문에 연인을 만드는 것이 두려웠던 것이다.

"누나에게 좋은 사람이 생기고 난 후에, 나는 그때 생각해볼게."

"고마워. 하지만 난 이제 충분해… 하루나가 있으니까."

나오코의 말투가 약간 쓸쓸하게 바뀌었다.

'누나는 왜 이소베와 헤어진 걸까.'

"저기, 누나… 이소베 씨와 왜 헤어진 거야? 설마 그 사건 때문에…?"

신이치는 이제껏 궁금했던 것을 용기내어 물어보았다.

"아니야. 그 사람은 좋은 남자가 아니었어. 결혼할 때까지는 상냥했지만, 하루나가 태어나고 나서부터는 변해버렸지. 버릇을 들인다면서 번번이 하루나를 때렸고…, 그래서…."

'그런 일이 있었구나.'

"나에게는 하루나가 있잖아. 그것만으로도 행복해. 그러니까 신이치도 빨리 자신의 행복을 찾았으면 좋겠어."

신이치는 옆에서 자고 있는 하루나를 바라보았다.

"나는 지금도 행복해."

나오코와 하루나가 있는 것만으로도 충분히 행복하다.

계속 셋이서 사이좋게 살고 싶다. 그게 신이치의 유일한 희망이자 행복이다. 만약 그 행복을 포기해야 할 때가 온다면 그건 하루나에게 새로운 아빠가 생겼을 때라고 생각했다.

"내가 하루나의 아빠가 되어줄게."

신이치는 속삭였다.

"고마워…."

눈물 섞인 나오코의 목소리를 들으며 신이치는 눈을 감았다.

하루나의 울음소리에 잠에서 깨어났다.

하루나와 나오코가 보이지 않았다. 아무래도 건너방에서 하루나가 울고 있는 모양이다.

시계를 보니 아직 6시도 안 되었다.

'대체 이런 시간에 무슨 일이지? 또 나오코에게 혼나고 있나?'

신이치는 졸린 눈을 비비며 일어났다. 문을 열자 하루나가 책상에 엎드린 채 울고 있었다.

"무슨 일이야? 또 누나에게 혼났어?"

부엌을 봐도 나오코의 모습은 없었다.

"엄마가…, 엄마가…."

하루나가 울면서 신이치에게 종이 한 장을 내밀었다.

신이치는 종이에 쓰여 있는 글자를 보았다.

'하루나에게. 엄마는 잠시 멀리 떠나게 되었어. 삼촌 말을 잘 듣고 착한 아이로 있어주렴. 엄마가.'

"무슨 일이야…!"

도저히 이 문장의 의미를 이해할 수 없었다.

"나 때문이야. 내가 이상한 말을 해서 엄마가 없어진 거야."

"이상한 말이라니, 네가 엄마한테 뭐라고 했는데?"

신이치가 물어보았지만 하루나는 여전히 울기만 한다.

"하루나, 이건 무척 중요한 일이야. 엄마한테 무슨 말을 했는지 이야기해줄래?"

"지난주에…, 학원에서 돌아오는 길에 요코세가 이런 이야기를 했어. 최근 아빠가 요코세를 비디오로 찍는다고…. 옷을 벗겨 알몸으로 만든 다음 이곳저곳을 만져서 정말 싫었는데, 아빠는 기분이 좋아져서 자기를 때리지 않고 맛있는 것도 먹여주고, 갖고 싶은 장난

감도 사준다고…. 그래서 참고 있다고."

하루나의 말을 듣고 가슴이 쿵 내려앉았다.

"그 이야기를 엄마한테 한 거야?"

발끝에서부터 분노가 밀려왔지만 최대한 온화한 말투로 물었다.

"응. 그랬더니 엄마가 이 일을 아무에게도 말하지 말랬어."

신이치는 확신했다.

토오루를 죽인 것은 나오코였다. 아니, 죽였다기보다 어쩌다보니 죽음에 이르게 만든 것이 분명하다. 처음부터 죽일 생각이었다면 칼 등의 흉기를 가져갔을 테니까.

나오코는 이전부터 요코세가 아버지로부터 학대당하는 걸 알고 있었을 것이다. 대부분의 사람들은 눈치채지 못할 멍이나 상처 등 학대의 흔적을 나오코라면 쉽게 알아챌 수 있었을 것이다.

아마도 익명으로 아동보호소에 신고했던 것도 나오코일 것이다. 하지만 시간이 지나도 아동보호소는 이 문제를 해결해주지 않았다. 그때 하루나에게서 비디오 촬영에 관한 이야기를 들었을 것이다.

그렇다면 나오코는 토오루 집을 뒤지며 요코세의 알몸이 찍힌 DVD를 훔치려고 했던 것은 아닐까. 그것을 결정적인 증거로 삼아 아동보호소나 경찰에게 넘기려고 했던 것일 수도 있다. 하지만 방을 뒤지던 중 토오루가 집으로 돌아와 맞닥뜨렸다면…?

눈물이 흘러나온다.

동시에 오래전의 역겨웠던 기억이 머릿속에서 되살아난다.

중학교 3학년 때의 겨울…. 몸이 안 좋아 학교에서 조퇴한 신이치는 평소보다 일찍 키무라 삼촌의 집에 돌아왔다.

현관에 들어서자 키무라의 침실 방에서 여성의 울음소리가 들렸다. 신이치가 노크를 하자 "들어오면 안 돼!"라고 외치는 나오코의 울먹임이 들렸다.

불길한 예감에 나오코의 만류에도 불구하고 신이치는 문을 활짝 열었다.

방 안의 모습을 본 신이치는 그제야 그간 있었던 모든 일을 알아차렸다. 침대 위에는 알몸인 키무라가 누워 있었고, 그 옆에서는 나오코가 벗겨진 옷을 모아서 알몸을 허겁지겁 가리고 있었다. 또 그 옆에는 비디오카메라와 나오코를 능욕하기 위한 성인용품 도구들이 널브러져 있었다.

'누나는 지금 어디에 있을까.'

초초한 마음으로 나오코의 핸드폰에 전화를 걸고 문자메시지를 보내봤지만 전혀 응답이 없었다.

"저기, 하루나…"

신이치가 하루나를 부르자, 울고 있던 하루나가 고개를 든다.

"엄마가 돌아왔으면 좋겠지?"

하루나가 손으로 눈물을 닦으며 고개를 크게 끄덕였다.

'그래! 하루나에겐 엄마가 필요해.'

"그럼 날 도와줘."

신이치는 요코세의 집에 놀러갔을 때의 상황에 대해 하루나에게 물었다. 방이 몇 개인지, 어디에 무슨 가구가 있는지 등등을 가능한 한 자세하게 물었다. 이어서 요 며칠간의 신문을 읽으며 토오루의 집에서 일어난 사건을 암기했다.

어제까지는 토오루가 죽던 시각 자신에게 완전한 알리바이가 없다는 걸 원망했는데 지금은 그 사실이 고마웠다.

'괜찮아. 분명 나오코를 구할 수 있어. 경찰은 범인만 검거하면 되잖아. 다시 한번 인생을 걸고 나오코를 구해보자.'

"…그날 저는 회사에서 잘려서 자포자기 상태였어요."

마주 앉은 나츠메가 신이치를 바라본다.

"그래서 토오루 씨의 집에 숨어들었다고?"

"네, 맞아요. 토오루 씨의 집에는 상당한 금품이 있을 것 같았으니까요. 집 뒤쪽 창문을 깨고 거실을 뒤지던 중에 토오루 씨가 돌아온 거예요. 그래서 몸싸움을 하던 중에 근처에 있던 비디오카메라로 토오루 씨의 머리를 내려쳤어요. 그러다 갑자기 두려워져서 금품을 훔치려던 생각도 잊고 그대로 도망친 거예요. 집 근처에서 아줌마들이 이야기하고 있기에 멀리 돌아서 아파트로 돌아가려다가 요코세와 만나게 된 거고요."

경찰에 자수한 신이치가 대략 1시간 동안 나츠메와 취조실에서 마주하고 있다.

진술내용은 신문에서 본 것과 하루나의 기억에 의

지해 이야기했다. 확실하지 않은 부분은 제정신이 아니었기 때문에 잘 기억나지 않는다고 둘러댔다.

사건의 전말을 전부 이야기하자 나츠메가 작은 한숨을 쉰다. 그리고 천천히 고개를 옆으로 젓는다.

"안타깝지만 넌 토오루 씨를 죽일 수 없어."

"무슨 의미죠?" 신이치가 물었다.

"그날 이웃주민이 6시 20분에 요코세의 집 근처에서 너와 요코세를 봤다고 증언했어. 시간은 확실하다고 하더군. 네가 처음 요코세를 만났다는 곳에서 요코세의 집 근처까지 걸어가려면 못해도 5분은 걸려. 그런데 네가 오락실에서 인형 뽑기를 했다는 시간은 6시 정각! 그렇다면 6시 이전에 사람을 죽이고, 6시에 바로 인형 뽑기를 했다가, 다시 15분 만에 피해자의 딸과 함께 범행 현장 근처로 돌아갔다는 얘기야. 그런 범인의 심리는 이해하기도 힘들고, 현실적으로도 무리가 있어."

"나츠메 씨는 생각보다 순진하시군요." 신이치가 웃었다. "제가 6시에 인형 뽑기를 했다는 건 알리바이를 위한 거짓말이에요. 더 이른 시간에 뽑아놓은 걸 6시에 뽑았다고 말한 거라고요."

"그렇다면 그게 몇 시쯤이지?"

"글쎄요, 몇 시쯤이었을까요?"

신이치는 그렇게 말하며 그날의 기억을 끄집어내려고 발버둥 쳤다.

이자카야의 점장으로부터 해고 통보를 받고 가게를 뛰쳐나간 것이 아마 3시 직후이다. 그러고 나서 이케부쿠로에서 오오즈카까지 아무 생각 없이 걸어왔다.

"아마 4시 좀 넘었을 거예요."

"그 오오즈카 역 앞의 오락실에서 인형을 뽑은 시각이 그렇다는 거지?"

"맞아요. 그리고 잠깐 역 주변에서 시간을 보내던 중에 토오루 씨의 집을 털어야겠다고 생각한 거예요."

신이치의 대답에 나츠메의 눈빛이 미묘하게 변했다.

'나츠메는 지금 무슨 생각을 하고 있을까.'

혹시 나츠메는 신이치가 새 삶을 살기를 기대했을지도 모른다. 그 기대를 배신당해 실망한 건가.

'아니, 그럴 리가 없어…'

그 눈빛이 그저 연민이라고 생각하는 순간 나츠메가 입을 열었다.

"네가 요코세에게 준 인형은 그 시간대에는 없었어."

"무, 무슨 소리예요…?"

신이치는 말문이 막혔다.

"그날은 6시에 퇴근하는 아르바이트생이 퇴근 직전에 유리상자 안의 경품을 새롭게 바꾼 날이야. 그 작업이 끝난 시각이 거의 6시가 되기 직전이었다고 아르바이트생이 증언했어. 즉, 넌 그 직후에 그 인형을 뽑은 거야. 6시 전후의 네 알리바이를 증명하기 위해 인형에 묻은 지문도 조사했지. 요코세에게 준 그 인형에는 그 알바생의 지문도 남아 있었어."

'이래 봬도 일은 제대로 하고 있어. 몇 가지 정보를 확인했거든.'

나츠메는 그동안 그 가게에서 그걸 조사하고 있던 것이란 말인가. 그냥 놀고 있던 것이 아니었단 말인가.

'젠장!'

신이치는 어금니를 꽉 다물었다.

그때 노크 소리가 들리더니 취조실에 경찰 하나가 들어온다. 그는 나츠메에게 귓속말을 한다.

"이대로 돌아가도 되고, 좀 더 있어도 돼."

나츠메가 일어나면서 말했다. 나츠메는 조서를 쓰던 형사를 남기고 방을 나선다.

밀려드는 패배감에 신이치는 책상 위에 엎드린다.

1시간 정도 지나자 다시 나츠메가 취조실에 돌아왔다. 그리고 신이치와 마주 앉는다.

"누나가…"

직감했다.

"그래. 그녀라면 자수할 줄 알았어. 자수하기 전에 마지막으로 아동보호소에 갔었다고 해. 마지막으로 요코세를 안아주고 싶었다고. 그리고 사과하고 싶었다고."

"어째서…, 누나가…."

"토오루 씨가 요코세에게 성적 학대를 했다는 증거를 찾으려 집에 숨어들었다는군."

아마도 그 DVD를 손에 넣었을 때 누군가 집에 돌아온 것이다. 현관에서 요코세를 부르는 목소리가 들렸고, 나오코는 그 목소리의 주인공이 토오루라는 걸 즉시 알아차렸다. 여자 힘으로는 토오루를 당해낼 수 없다고 생각한 나오코는 증거품인 비디오카메라를 손에 든 채 문 옆에 숨어 도망칠 기회를 노렸다., 운이 좋으면 토오루에게 들키지 않고 집을 빠져나올 수 있을 거라 예상했지만, 토오루가 곧바로 거실로 들어오는 바람에 비디오카메라로 그의 머리를 내려치고 도망쳤다고 한다.

"나오코 씨는 어떻게 해서든 요코세를 학대하고 있는 증거를 가져가야 한다고…, 여기서 잡힐 수는 없다고 생각했었다는군. 처음부터 그를 죽일 생각은 없었지만, 그가 죽어도 좋다고 생각했었다고 자백했어."

"언제부터 누나를 의심했죠?"

나츠메를 노려보며 말했다.

"처음 네 집을 방문했을 때 동료 형사가 토오루 씨의 집에서 사람이 사망했다고 말했을 때야. 나오코 씨는 곧바로 "혹시 요코세가 신고를 했나요?"라고 물었었지. 죽은 사람이 요코세일 가능성은 완전히 배제한 그 말이 첫 번째 단서였어. 그리고 아는 사람이 사망했다고 하면 보통은 어떤 경위로 사망했는지에 대해 관심을 가질 텐데, 네 누이는 그건 묻지도 않고 요코세의 현재 상태에 대해서만 관심을 보였지."

그때 나오코는 아빠의 시신을 발견하고 충격에 빠진 요코세에 대한 걱정뿐이었다. 그게 나오코의 가장 큰 실수였다.

"누난 바보야…"

그 말과 동시에 눈물이 흘러넘친다.

'그냥 남 일이잖아. 왜 우리랑 아무 상관도 없는 사람 때문에 누나와 하루나가 불행해져야 하는 거야. 우리가 가혹한 학대를 받고 있었을 때 우리를 구해주는 사람이 한 명이라도 있기나 했냐는 말이야!'

"그 녀석은 저항도 할 수 없는 어린아이에게, 그것도 자신의 자식에게 천륜에 어긋난 쓰레기 짓을 한 녀석이야. 도대체 왜 그런 녀석 때문에 누나가 벌을 받아야 한다는 거야?"

마음속에서 끓어오르는 말을 토해낸다.

"어떤 이유가 되었든 살인을 하면 안 돼. 사람을 다치게 해서도 안 되는 거야."

나츠메가 조용히 말한다.

"내가…, 내가 대신하고 싶었어. 누나는 훌륭한 사람이야."

"두 번이나 널 괴롭힐 수는 없다고 나오코 씨가 말했어."

신이치가 고개를 든다.

'그렇다면 누나는 그때 일까지 고백한 건가.'

중학교 3학년 때의 겨울. 키무라의 침실에 들어간 신

이치는 그제야 그간 있었던 모든 일을 알았다.

침대 위에는 알몸의 키무라가 누워 있다. 그리고 등에는 나이프가 꽂혀 있었다. 그 옆에서 나오코가 벗겨진 옷을 모아서 몸을 가리고 있었다. 피로 물든 침대 위에는 비디오카메라와 나오코를 능욕하기 위한 성인용품 도구들이 널브러져 있었다.

나오코와 이소베의 교제를 알게 된 키무라는 아주 어린 시절부터 나오코를 지속적으로 능욕한 영상을 이소베에게 보여주겠다고 협박하며 헤어짐을 강요했다고 한다. 그래서 나오코는 키무라를 죽이고 자신도 죽을 거라 결심했었다.

나오코는 언제부터 키무라에게 능욕을 당한 걸까. 어린 신이치를 지키기 위해 얼마나 큰 치욕을 참아왔을까.

경찰에 자수하겠다는 나오코를 신이치가 뜯어말렸다.

18세인 나오코는 형사미성년자가 아니기 때문에 소년법이 적용되더라도 상당히 무거운 처벌을 받게 될지 모른다. 하지만 아직 15세인 신이치라면 그렇게 큰 처벌은 받지 않을 거라 생각했다.

게다가 나오코에게 모처럼 찾아온 행복을 놓치게 하고 싶지 않았다. 이제껏 힘들었던 만큼 나오코는 반드시 행복해져야 했다.

신이치는 자신이 대신 첫값을 받기로 결심하고 나오코를 간신히 설득했다.

신이치는 그때 자신의 결정이 틀렸다고 생각하지 않는다.

"소년분류심사원에서 면접을 했을 때 네가 위장 자수를 했다는 걸 알아차리지 못한 것은 내 잘못이야."

"잘못이 아니에요."

신이치가 나츠메의 말을 부정한다.

'그래, 내가 그때 위장 자수를 한 덕분에 지금 하루나가 있는 것이다.'

"하루나를 잘 부탁해. 나오코가 너에게 남긴 말이야. 앞으로 너는 나오코 씨를 대신해 너에게 남은 소중한 사람을 지켜야 해!"

나츠메가 뜨거운 눈빛으로 호소한다.

'알고 있어, 알고 있다고…'

오래전 조카를 맡게 된 키무라와, 지금의 신이치는 이제 같은 입장이 되었다.

'난 절대로 그딴 짐승이 되지 않겠어. 하루나는 반드시 우리들과는 다른 인생을 살게 해줄 거야. 그리고 하루나와 함께 누나가 돌아오는 걸 기다릴 거야.'

"알고 있습니다!"

신이치가 맹세하듯 대답했다.

잃어버린 심장

◆

"다음 역은 타카노바바, 타카노바바---."

안내방송이 나옴과 동시에 만화잡지를 읽고 있던 양복 차림의 남자가 자리에서 일어났다.

마츠시타 마사유키는 천천히 그 남자가 앉아 있던 자리로 갔다.

예상대로 남자는 잡지를 지하철 선반 위에 버리고 내렸다.

마사유키는 곧바로 그 잡지를 낚아챘다. 오늘 발매한 인기 잡지다. 그러고는 아무 일도 없었던 것처럼 잡지를 가방 안에 넣고 지하철에서 내린다.

지하철 승강장에 있는 사람들 대부분이 지친 표정을 짓고 있다. 월요일이기 때문이다. 새로운 한 주가 시작된 것이 모두들 우울한 모양이다.

마사유키도 회사원 시절에는 그랬다. 아내와 아들과 함께 주말여행을 다녀온 다음, 월요일은 분명 이런 표정으로 지하철을 기다렸을 것이다.

과거를 떠올리자 마음이 착잡해진다. 마사유키는 뇌리에 박힌 기억을 필사적으로 떨쳐내려 한다.

월요일은 인기 잡지가 많이 발매되는 날이기 때문에

돈벌이가 좋은 날이다.

쓰레기통 앞에서 멈춘 마사유키는 가방 안에서 금속으로 된 도구를 꺼낸다. 철사로 된 옷걸이를 구부려 만든 것으로, 입구가 작은 쓰레기통에서 잡지를 건져 올릴 때 사용한다.

그럴 때마다 주위 사람들이 힐끔힐끔 마사유키를 쳐다본다. 물론 이 생활을 처음 시작했을 때는 그냥 길을 걷고만 있어도 주위의 시선에 신경이 쓰였다. 하지만 지금은 아무렇지도 않다.

마사유키는 야마노테선을 다섯 바퀴 돌면서 100권 정도의 잡지를 모았다. 그것을 이케부쿠로에 있는 중고 서점에 팔면 2700엔이 된다. 오늘 벌이는 꽤 괜찮은 셈이다.

마사유키는 중고 서점이 있는 지하철 서쪽 출구에서 지하상가를 지나 동쪽 출구로 향한다. 오후 6시 전임에도 지하철역 바깥은 이미 어둑어둑했다.

12월이 되어 쌀쌀함이 한층 심해졌다. 마사유키는 패딩 점퍼 주머니에 손을 넣고, '선샤인60'이라는 건물에서 나오는 불빛을 향해 걷기 시작한다.

그러다가 그는 편의점에 들렀다. 오늘은 벌이가 꽤

괜찮아 평소보다 호사스런 저녁을 먹을 수 있다. 닭튀김 도시락과 김밥을 바구니에 넣는다. 그러다 문득 나카 씨가 생각나 레토르트 계란죽까지 바구니에 넣고 계산대로 향한다.

공원에 도착하자 젊은 청년 몇 명이 중앙 광장에서 스케이트보드를 타고 있다. 바퀴가 지면을 마찰시키는 요란스러운 소리가 귀에 거슬렸지만 무시하고 지나친다.

광장을 벗어나자 울창한 나무들이 우거진 장소가 나온다. 거기에 파란 천막으로 만든 텐트가 몇 개 세워져 있고, 빈 깡통으로 채운 봉투가 드문드문 방치되어 있다. 여기가 바로 현재 마사유키가 사는 곳이다. 이곳에서 10명 정도의 노숙자들과 함께 살고 있다.

'미스터 곤'이라는 별명을 가진 녀석이 마사유키 쪽으로 걸어온다. 본명은 모른다. 단벌 신사처럼 항상 곤색 양복을 입고 있어서 그렇게 불리게 되었다고 들었다. 듣자 하니 몇 년 전까지는 커다란 은행에서 관리직으로 근무했었는데, 과거의 영광 때문인지 본인은 아직도 그 향수에 젖어 산다고 한다.

"안녕하세요. 면접은 좀 어떠셨어요?"

마사유키가 미스터 곤에게 말을 걸었다.

주로 알루미늄 캔을 모아서 생활하고 있는 미스터 곤은 아직도 사회 복귀를 포기하지 않았다. 그래서 오늘은 빌딩 청소업체에서 면접을 본다고 했었다.

"떨어졌어." 미스터 곤이 성난 말투로 말했다. "어차피 그딴 작은 회사, 급여도 적을 거고 마음에 들지도 않았어."

나쁜 사람은 아니지만 쓸데없는 자존심이 강한 것이 흠이다.

마사유키는 미스터 곤과 헤어진 뒤, 나카 씨의 텐트 안을 들여다본다.

"나카 씨, 먹을 거 좀 사왔어요."

마사유키가 말을 걸자 침낭 속에 있던 나카 씨가 이쪽을 돌아본다. 콜록콜록 기침을 하면서.

"매번 미안허이…"

나카 씨가 잠긴 목소리로 감사를 표한다.

"아직도 감기가 낫지 않으신 거예요? 점점 심해지시는 것 같은데…"

처음 만났을 때부터 바짝 야윈 노인이었지만, 최근 일주일 새에 더 핼쑥해졌다.

나카 씨는 3개월 전에 여기에 왔다. 마사유키가 여기서 생활하게 된 지 이제 갓 1개월이 되었으니 나카 씨에게는 마사유키가 유일한 후배라고 할 수 있다. 나이는 60세 정도나 되었을까, 계속 아오모리에서 생활했던 나카 씨는 10년 전에 구조조정을 당해 노숙자가 되어 도쿄에 왔다고 했다.

"병원에 가보시는 건 어때요?"

마사유키가 말했다.

"그럴 돈이 없다네…."

나카 씨가 콜록콜록 기침을 하며 웃는다.

10년이나 이런 생활을 해왔음에도 온화함을 간직하고 있는 나카 씨에게 마사유키는 괜스레 마음이 쓰였다. 그래서 항상 그를 챙긴다.

"계란죽 사왔으니까 데워드릴게요."

텐트 안에 들어간 마사유키는 냄비에 물을 넣고 가스버너에 불을 붙인다. 그리고 곧 따뜻해진 계란죽을 그릇에 담아 나카 씨에게 건넨다.

"고맙네…."

나카 씨가 침낭에서 나와 계란죽을 먹는다.

"저도 여기서 먹어도 되죠?"

편의점 봉투에서 닭튀김 도시락을 꺼내 나카 씨와 함께 저녁을 먹는다.

"마사! 마사!"

밖에서 마사유키를 부르는 소리가 들렸다. 그는 텐트 입구를 들춰 밖을 본다.

쇼우가 마사유키의 텐트 앞에서 소리를 지르고 있다.

"저 여기에 있어요."

마사유키가 답하자 쇼우가 이쪽으로 걸어온다.

"뭐야, 여기 있었어? 술 사왔으니까 같이 마시자." 쇼우가 힐끔 안쪽을 들여다본다. "영감도 줄 테니까 나와."

마사유키와 나카 씨는 서로의 얼굴을 본다.

딱히 술을 마시고 싶은 건 아니었다. 하지만 쇼우의 말을 거절하면 나중에 귀찮아질 게 분명하다. 마사유키와 동년배인 쇼우는 절대 권력을 가진 무리의 보스였다. 마사유키는 나카 씨와 함께 텐트에서 나와 쇼우를 따라간다.

쇼우의 침소는 다른 텐트와는 좀 떨어진 곳에 있다. 텐트 중에서도 가장 크고, 쇠파이프로 기둥을 삼은 뒤 베니어합판으로 둘러쌌다. 마사유키도 그곳에 몇 번 들어가본 적이 있는데, 안에는 TV와 부드러운 매트리스까지 있어서 상당히 아늑한 공간이었다.

쇼우는 사람을 잘 다룬다. 아오조라 서점의 잡지를 구해 길거리에서 해적판으로 판 일도 있었고, 새로 온 노숙자에게 일거리를 알선해준 다음 그 대가로 수수료를 받기도 하였다. 그래서 노숙자치고는 상당한 부자다.

쇼우가 문을 열고 자신의 침소 안으로 들어간다. 마사유키가 들어가자 미스터 곤이 불편한 듯 초조하게 앉아있다.

안에는 값비싼 술병이 놓여 있었다. 쇼우는 그중 하나를 집어 들어 4개의 잔에 따랐다.

"비싼 거니까 감사히 마셔."

쇼우가 잘난 척하며 말했다.

나카 씨가 기침을 하며 잔에 담긴 술을 천천히 마신다.

"나카 씨, 물 좀 섞는 게 어때요?"

마사유키가 걱정스러운 마음에 조언하자 나카 씨는 "괜찮아. 술은 만병통치약이라고 하잖나."라며 실없이 웃었다.

"맥켈란인가…? 옛날엔 매일같이 마셨지. 긴자의 클럽에서." 미스터 곤이 잔에 입술을 대고 회상하듯 읊조린다.

"맞다, 당신, 옛날엔 대기업에서 부장으로 일했다고 했지? 근데 지금은 이 모양 이 꼴이라니…. 세상사 모를 일이야." 쇼우가 비웃었다.

미스터 곤의 표정이 바로 어두워진다. 안 그래도 센 미스터 곤의 자존심에 상처를 준 듯했다. 방 안에 험악한 분위기가 흐르기 시작한다.

"쇼우 씨는 어쩌다 여기서 살게 된 거죠?"

가라앉은 분위기를 어떻게든 바꿔보려고 마사유키가 화제를 쇼우에게 돌렸다.

"그건 왜 물어?"

"아니, 그냥…, 쇼우 씨처럼 수완 좋은 사람이라면 어지간한 일은 다 잘할 것 같아서요."

마사유키가 그렇게 말하자 쇼우가 크게 웃는다.

"평범한 일 따윈 개나 줘. 저기 형씨를 봐." 쇼우가 미스터 곤을 가리킨다. "윗사람들한테 잘 보여서 어중간하게 승진해봤자, 혹사만 당하다가 결국 필요 없게 되었다고 하고 잘리는 거야. 그러니깐 바보처럼 그렇게 당할 필요 없지. 난 폭주족 리더였던 남자야. 다른 사람 밑에는 죽어도 안 들어가. 여기에 있으면 계속 우두머리로 남을 수 있으니까 있는 거야. 여기는 나에게 있어 천국이라고 할 수 있지."

"잘 마셨습니다!"

미스터 곤이 잔을 바닥에 내려치고 나가버렸다.

분위기를 풀려고 꺼낸 말이 오히려 분위기를 악화시켜버렸다.

나카 씨는 지긋이 쇼우를 바라보며 담담히 술을 마신다.

'난폭한 남자인 줄은 알았지만, 폭주족의 리더까지 한 사람이라니…. 그러니까 사람을 잘 다루는 것이다.'

술을 따르는 쇼우의 손등에 새겨진 전갈 문신을 보며 마사유키는 속으로 중얼거렸다.

"마사, 새로운 돈벌이를 알려줄 테니까 내일 따라와." 쇼우가 말했다.

"네, 알았어요."

"그럼 내일 9시에 광장에서 봐."

파바방!

굉음에 놀란 마사유키가 침낭에서 뛰쳐나왔다. 그러고는 텐트 입구쪽을 바라본다. 어두운 텐트 바깥에서 수많은 불꽃이 피어오르고 여기저기서 파열음이 울려 퍼진다.

'대체 무슨 일이야!'

텐트에서 나온 마사유키의 발 근처에도 불똥이 튀었다. 마른 가지에 불이 옮겨 붙어 서둘러 신발로 밟아서 껐다. 주위 텐트에서도 사람들이 하나둘 튀어나온다.

"쓰레기들은 사회에서 꺼져버려!"

젊은 청년 3명이 광장에서 노숙자들을 조롱하면서 외쳤다. 그들은 불꽃놀이용 폭죽을 텐트를 향해 발사하고 있었다.

마사유키는 그들을 노려보며 혀를 찼다.

최근 노숙자들을 괴롭히는 녀석들이 너무 많아졌다. 단순한 장난이면 그나마 다행이지만, 지난주 신주쿠에서 어떤 녀석이 노숙자들의 텐트에 불을 질러 노숙자 한 명이 죽었다고 한다. 범인은 아직도 잡히지 않았다.

"네놈들, 웃기지 말란 말이야!"

어떻게 해야 하나 마사유키가 상황을 살피던 중에 쇼우가 나타나 청년 3명을 간단히 제압해버렸다. 과연 전직 폭주족 리더다웠다. 청년들은 살려달라고 용서를 구했지만 쇼우의 폭행은 멈추지 않는다.

'아무리 녀석들이 잘못을 했다고 해도 이건 너무 심한 것 아닌가. 이대로 경찰이라도 오면 큰일이다.'

마사유키는 쭈뼛거리며 쇼우에게 다가갔다.

"네놈들, 감히 사람 얕보지 말란 말이야! 내가 네 녀석들 다 죽여도 눈 하나 깜짝할 것 같아!"

쇼우는 소리를 지르며 바닥에 쓰러진 놈들에게 계속 발길질한다.

"쇼우 씨, 그쯤 해두는 게 어때요. 경찰이 오면 더 곤란해져요…."

마사유키가 말하자 쇼우가 마사유키를 돌아본다. 그리고 바닥에 쓰러진 3명을 본다.

잠시 무언가를 생각하던 쇼우는 3명의 바지에서 지갑을 꺼냈다. 그리고 안에 든 돈만 빼고 지갑을 다시 던진다.

"이건 합의금이다. 경찰에 알리면 다 죽여버리겠어, 알겠어? 난 너희들과 달리 잃을 게 없단 걸 잊지 마."

쇼우가 위협하자 3명은 울면서 공원에서 도망쳤다.

"정말이지, 애송이 주제에. 안 그래…?"

쇼우가 동의를 구하듯 웃었지만, 마사유키는 흔쾌히 고개를 끄덕일 수 없었다.

다음 날, 마사유키는 어제 사온 김밥을 먹고 텐트를 나와 광장으로 향했다.

벤치에 앉아 담배를 피며 쇼우를 기다렸지만 아무리 기다려도 오지 않는다.

'아직 자고 있는 건가.'

마사유키는 담배를 심지까지 태운 뒤 재떨이에 버리고 나서 쇼우의 침소로 향한다.

문을 노크해보지만 대답이 없다. 몇 번 노크를 하고 문을 열어보니 쇼우는 이불을 머리까지 푹 덮고 있었다.

"좋은 아침. 벌써 9시예요."

마사유키는 이불을 흔들어보았다. 반응이 없다. 더 강하게 흔들어본다. 그래도 전혀 반응이 없다. 뭔가 이상하다고 생각하여 천천히 이불을 들춘 순간 마사유키는 비명을 질렀다.

엎드린 쇼우의 머리가 엉망진창으로 깨져 있었다.

마사유키가 경찰에 신고를 하고 10분 뒤, 자전거를 탄 경찰관이 나타났다. 그리고 얼마 후 한바탕 소란이 일어났다. 몇 대나 되는 경찰차가 나타나서 공원을 폐쇄하였고, 마사유키를 비롯한 노숙자들이 경찰에게 조사를 받게 되었다.

"이름은?"

경찰이 코를 찡그리며 무뚝뚝한 어투로 물었다.

"미스터 곤이야."

곤 씨가 퉁명스럽게 받아쳤다.

"본명을 말하라고, 본명을! 그리고 어차피 주소는 없을 테니까 본적을 말해."

"나쁜 일도 하지 않았는데 왜 이름을 말해야 하는 거야. 그리고 상대방의 이름을 물어볼 때는 자신의 이름부터 먼저 밝혀야지."

"여기서 말 안 할 거면 경찰서에 끌고 갈 수도 있어."

"그건 인권침해야!"

미스터 곤이 저항하며 형사와 말싸움을 한다.

이곳의 사람들은 모두 말 못할 사정을 하나씩 가지

고 있다. 경찰에게 자신의 정체를 드러내는 걸 싫어하는 사람도 있을 것이다.

마사유키도 그렇다. 만약 아내인 사에코가 실종신고를 했으면 어쩌지, 잠시 그런 걱정도 했다. 하지만 생각해보니 그럴 리는 없을 것 같아 쓴웃음을 지었다. 사에코는 이혼서류에 도장을 찍고 이미 친정으로 돌아갔을 것이다.

마사유키 옆에 선 나카 씨가 또다시 기침을 심하게 한다.

"괜찮아요?"

양복을 입은 키 큰 남자가 다가와서 나카 씨에게 묻는다.

"추운 데 죄송합니다. 곧 끝날 테니 이쪽에서 쉬고 계세요."

남자는 나카 씨의 몸을 부축하며 벤치로 안내한다. 그러더니 나카 씨의 등을 문질러준다. 그 남자도 같은 형사일 텐데, 미스터 곤에게 윽박지르고 있는 형사와는 성향이 많이 다르다.

"이름이 어떻게 되시나요?"

남자가 미소를 지으며 나카 씨에게 묻는다.

"나카지마 야스타로. 여기서는 '나카 씨'라고 불리고 있다네."

"그럼 저도 '나카 씨'라고 불러도 될까요? 나카 씨는 계속 도쿄에 살고 계셨나요?"

"아닐세, 도쿄에는 최근에 왔다네. 그전까지는 계속 아오모리에 있었네."

"그렇군요. 저도 아오모리 출신입니다. 실례지만 아오모리 어느 쪽이죠?"

"하치노헤 시(市)였네."

"제가 살던 곳 근처군요⋯."

남자는 사근사근한 미소를 지으며 나카 씨의 본적과 마지막으로 살았던 주소, 어젯밤에 이 부근에서 수상한 점은 없었는지 등등을 물었다.

남자가 이번에는 마사유키 앞으로 다가왔다.

"안녕하세요. 말씀 좀 나눌 수 있을까요?"

남자는 나카 씨에게 했던 질문을 그대로 마사유키에게 물었다.

마사유키는 거짓 없이 쇼우의 시체를 발견했을 때의 모습에 대해 이야기했다.

"그런데 돌아가신 쇼우 씨 말입니다만⋯, 혹시 그의

본명은 모르십니까? 여기 분들은 모두 그를 '쇼우 씨'라고 부르시던데."

"네, 저도 '쇼우'라는 이름밖에 모릅니다. 혹시 면허증 같은 건 발견하지 못하셨나요?"

"네. 그의 침소 안도 조사했습니다만, 신원을 추정할 수 있는 물건은 아직 발견되지 않았습니다."

"그렇군요."

"그런데 최근 이 부근에서 무언가 수상한 점은 없었습니까?"

남자가 계속 캐묻는다.

"그러고 보니…."

그러고 보니 짐작 가는 일이 하나 있었다. 어젯밤에 쇼우에게 심하게 두들겨 맞은 청년들이 떠올랐다. 혹시 그 녀석들이 쇼우를 죽인 게 아닐까. 마사유키는 그 사실을 남자에게 이야기했다.

"텐트를 향해 폭죽을 발사하다니…, 정말 쓰레기네요. 마사유키 씨도 그 청년들을 보았습니까?"

마사유키가 고개를 끄덕였다.

"만약 그 청년들을 보시거나, 아니면 그와 같은 행동을 하는 사람이 또다시 나타나면 저에게 연락해주세요."

남자는 그렇게 말하고 명함을 건네주었다.

명함에는 '히가시 이케부쿠로 경찰서 나츠메 노부히토'라고 쓰여 있었다.

다음 날, 공원은 봉쇄가 풀렸지만 이곳에 살던 노숙자 대부분이 짐을 정리해서 나갔다. 살인사건이 발생한 이상 공원도 안전하지 않다고 느꼈고, 경찰들이 들락날락거리면 귀찮아질 것이 뻔했기 때문이다.

마사유키도 이곳을 떠날까 고민했다. 하지만 몸이 좋지 않아 쉽게 움직일 수 없는 나카 씨를 버리고 갈 수는 없었다. 그래서 마사유키는 나카 씨와 함께 남기로 했다.

그렇게 며칠이 지나자 경찰들도 나타나지 않았다. 단 한 명을 제외하고는.

"안녕하세요."

텐트 앞에서 알루미늄 캔을 밟아 납작하게 만들고 있는데, 나츠메가 마사유키를 찾아왔다.

마사유키는 가볍게 목례를 하고 바로 캔으로 시선을 돌린다.

"무엇을 하고 계신가요?"

나츠메가 신기하다는 눈빛으로 작업하는 것을 지켜본다.

"팔기 위해 밟아서 찌그러뜨리고 있어요."

"팔면 얼마나 버시나요?"

"저번에는 킬로당 200엔 정도였는데 지금은 100엔 될까 말까예요. 이만큼 있으면 1,000엔쯤 되겠죠."

"이만큼 모으시느라 고생하셨겠습니다."

"부양가족이 한 명 늘었으니까요." 마사유키가 나카 씨의 텐트를 보고 희미하게 웃는다. "열심히 돈을 벌어야죠."

"나카 씨는 좀 어떠신가요?"

나츠메도 나카 씨의 텐트 쪽을 본다.

"감기가 좀처럼 낫질 않네요."

"그렇군요. 이곳은 이제 조용해졌네요."

나츠메가 주위를 둘러보며 말한다.

"범인이 잡히지 않아서 다 떠났으니 그렇죠. 하긴 노숙자 한 명이 죽었다고 해서 경찰들이 발 벗고 나설 리가 없죠."

마사유키가 나츠메를 보며 비아냥거렸다.

"잠깐 차라도 마시지 않겠습니까?" 나츠메가 광장을 가리키며 말한다. "쇼우 씨의 신원이 확인되었습니다."

나츠메가 자판기에서 뽑은 캔 커피를 내밀며 말했다.

"본명은 아이자와 쇼타 씨, 37세, 본가는 카나가와 현에 있습니다."

37세. 마사유키보다 한 살 어리다.

"어떻게 알아내셨죠?"

마사유키가 물었다.

"말씀드려서는 안 되는 사항입니다만…, 우리끼리의 비밀로 해주실 수 있나요?"

"그러죠."

"전과가 있었습니다. 아이자와 씨는 17년 전에 상해 치사 사건을 일으킨 적이 있었습니다."

'상해치사 사건이라 함은 사람을 죽였다는 뜻인가.'

그 말을 들은 순간 마사유키의 마음속에 쇼우에 대한 혐오감이 치밀어 올랐다.

"누굴 죽인 겁니까?"

마사유키가 묻자 나츠메는 조금 주저하며 말했다.

"아이자와 씨에게 살해당한 피해자는 19세의 회사

원이었습니다. 처음 급여를 받은 퇴근길에 아이자와 씨에게 폭행을 당했습니다."

"그날 사망했다는 건가요?"

"네. 아이자와 씨와는 같은 중학교의 선후배 사이였다고 합니다. 피해자는 학생 때부터 종종 아이자와 씨에게 금품을 갈취 당했다는군요."

쇼우가 청년 3명을 때리고 돈을 빼앗는 장면이 자연스레 떠오른다.

쇼우는 어릴 때와 달라진 게 없던 모양이다.

"한 가지 여쭙고 싶은 게 있습니다만…, 아이자와 씨의 지갑에서 어떤 영상 프로덕션 PD의 명함이 나왔습니다. 혹시 그런 지인이 있다고 들으신 적이 있나요? 그 회사에 연락을 해봤는데 이미 도산해서 아무 이야기도 들을 수 없었습니다."

"그러고 보니 반년 전에 TV에 나온 적이 있다고 들었습니다."

"TV에요?"

"네, 자주 있는 일이죠. 노숙자의 생활을 다루는 다큐멘터리 방송이었죠. 얼굴은 모자이크했다고 했습니다."

"그렇습니까?"

나츠메는 혼자만의 생각에 빠진다.

"무슨 생각을 하시나요?"

"아뇨…."

나츠메가 말끝을 흐린다.

하지만 마사유키는 나츠메가 무슨 생각을 하는지 알 것 같았다. 쇼우를 죽인 용의자가 일전에 공원에 왔던 청년들이 아니라, 쇼우가 과거에 죽였다는 회사원의 유족이 아닐까 하는 생각을 하는 것이 분명해보였다.

그런 추리는 충분히 그럴싸했다. 아들을 죽인 쇼우가 이케부쿠로에서 노숙자로 살고 있다는 걸 피해자 유족이 다큐멘터리 방송을 통해 알게 되었을 수 있다. 얼굴은 모자이크 처리가 되었지만, 그 손등에 있는 전갈 모양의 문신을 보면 쇼우라는 걸 단박에 알 수 있을 테니까.

피해자 유족을 생각하니 답답한 기분이 들었다. 마사유키는 자식을 잃은 부모의 심정을 누구보다 잘 알고 있다.

'만약 토모키를 치어 죽인 인간을 어디선가 발견한

다면 나라도….'

"이보게, 마사…."
침낭 안에서 나카 씨가 마사유키를 부른다.
"왜요, 술이라도 마시고 싶어요?"
마사유키가 나카 씨의 곁으로 가서 웃는다.
"슬슬 여기를 떠나는 게 어떤가?"
나카 씨가 속삭인다.
"무슨 소리예요. 나카 씨를 버리고 어딜 간단 말이에
요."
"나 같은 건 신경 안 써도 돼. 난 어차피 오래 못 살
아. 하지만 마사의 인생은 앞으로도 창창하잖아."
나카 씨가 어째선지 약한 모습을 보인다.
"그냥 감기 걸린 거 가지고 그런 약한 소리를…."
"이런 생활을 언제까지 계속할 텐가!"
나카 씨가 마사유키의 말을 끊으며 소리를 지른다.
"이런 생활을 계속하면 점점 마음이 병들게 돼."
"이미 병들었어요." 마사유키가 작게 말한다.
나카 씨가 차분히 마사유키의 눈을 들여다본다.
"뭐 때문에 살아야 하는지 삶의 의미를 모르겠어

요."

"자네, 가족은?"

"있어요. 아니, 있었죠."

어두운 텐트 안에서 마사유키는 아들 토모키를 떠올린다.

토모키는 7개월 전에 죽었다. 초등학교에 막 입학했을 때다. 횡단보도를 건너던 중에 차에 치인 것이다.

마사유키도, 아내인 사에코도 외아들을 잃은 슬픔에 삶의 의욕을 잃었다. 토모키를 죽게 한 범인은 그때까지도 잡히지 않았다. 마사유키는 갈 곳 없는 슬픔과 분노를 사에코에게 화풀이하듯 표출했다.

사실 토모키는 사에코의 심부름을 하다가 차에 치인 것이다. 물론 아내가 잘못한 것은 아니었다. 그것은 너무나도 잘 알고 있다. 제대로 된 남편이라면 자책하는 아내를 위로해줬어야 했다. 하지만 그때 마사유키는 죄 없는 아내를 책망하는 것으로 현실을 부정하려고 했다.

그래서 부부 사이도 점차 나빠져만 갔다. 회사에 가도 일이 손에 잡히지 않았고, 상사나 동료와도 자주 싸우게 되었다. 퇴근을 하고 돌아가도 집 안 분위기는 냉랭하기만 했다. 지금까지는 아내와 아들을 호강시키기 위해 열심히 일했다. 그게 자신의 사명이라고 생각했다. 하지만 지금은 무엇을 위해 일하고, 무엇을 위해 살아야 하는지 모르겠다고 생각했다.

그러던 어느 날 밤, 마사유키는 별것 아닌 문제로 사에코와 격한 말싸움을 했다.

그 다음 날 아침부터 사에코는 방에서 나오지 않았다. 토모키가 죽은 후부터 마사유키와 사에코는 각방을 쓰게 되었다. 마사유키는 이혼서류를 책상 위에 올려두고 그대로 집을 나왔다.

마사유키의 회사는 오테마치에 있었다. 하지만 지하철이 오테마치 역에 도착했음에도 마사유키는 자리에서 일어나지 않았다. 토모키가 죽은 후부터 그때까지는 어떻게든 기력을 쥐어짜서 지하철에서 내렸다. 하지만 그날만큼은 아무리 해도 자리에서 일어날 수 없었다.

이젠 될 대로 되라, 그런 심경이었다.

그리고 4개월 동안 떠돌이 생활을 하게 되었다.

"이보게, 아들의 묘소에는 자주 가보고 있는가?" 마사유키의 말을 들은 나카 씨가 물었다.

"안사람에게만 떠넘길 셈인가?"

'아픈 곳을 건드리시네.'

"성묘는 제대로 갈 겁니다."

"이런 생활을 하면서 대충 어디서 주워온 꽃을 아들에게 바칠 생각인가?"

나카 씨의 말에 아무 반론도 할 수 없었다.

"마사, 자넨 비겁한 사람일세."

나카 씨의 입에서 나오는 신랄한 말이 가슴을 후벼 판다.

"네, 전 비겁한 사람이에요. 저도 알아요. 하지만 더 비겁한 건 사람을 죽이거나 상처를 입힌 뒤 도망치려는 사람들이에요."

마사유키는 지금까지 담아두었던 자신의 생각을 쏟아내었다.

텐트 앞에서 마사유키가 알루미늄 캔을 밟고 있는데, 나츠메가 다시 찾아왔다. 그는 한 손에 쇼핑봉투를 들고 있다.

"나카 씨는 텐트 안에 있나요?"

나츠메가 물었다.

"네."

마사유키가 대답하자 나츠메는 나카 씨의 텐트 안에 들어갔다.

30여 분이 지나도 나츠메는 텐트 안에서 나오지 않는다. 뭘 하고 있는 걸까, 신경이 쓰인 마사유키는 나카 씨의 텐트를 들여다보았다.

"마사 씨도 함께하실래요?"

나츠메가 구부려 앉아 고기와 우엉, 당근을 넣은 국을 가스버너로 끓이고 있다. 또 밀가루로 만든 반죽을 얇게 찢어 냄비에 넣는다.

그러더니 국물을 그릇에 담아 나카 씨에게 건네준다.

나카 씨가 국물을 들이켜며 수제비를 맛있게 먹는다.

"맛있네. 수제비라니, 그리운 요리군."

요즘 나카 씨는 계속 음식을 먹는 둥 마는 둥했다. 그런 나카 씨가 이렇게 많이 먹다니…, 정말로 맛이 있나보다.

"수제비와 비슷합니다만, 이건 '힛츠미(이와테 현의 향토음식-옮긴이 주)'라고 합니다."

나츠메가 나카 씨에게 알려주었다.

"호오, 힛츠미라는 건 또 처음 들어보네."

나카 씨가 감탄하며 말했다.

힛츠미 3인분을 만든 나츠메는 나카 씨가 먹는 것을 지켜본 다음, 마사유키와 함께 벤치에 나가 먹기로 했다.

'신기한 사람이야.'

힛츠미를 먹는 나츠메를 흘깃거리며 마사유키는 생각했다.

'나츠메에겐 형사들 특유의 위압감이 전혀 없다. 노숙자인 우리들에게도 친절히 대해주다니. 아마도 인품이 좋은 것이겠지. 하지만 형사로서는 어떤가. 이런 데서 우리들에게 요리를 해주며 챙겨주는 건 고맙지만 사건에 대해 제대로 조사는 하고 있는 것일까.'

마사유키는 나츠메에 대한 호감과 동시에 그 반대의 감정도 느꼈다.

"저번에 이야기했던…, 쇼우가 죽였다는 회사원 말씀인데요."

마사유키가 나츠메에게 말을 걸었다.

"네, 왜 그러시죠?"

"그 회사원의 유족이 쇼우를 죽였을 가능성은 없나
요?"

"역시 마사 씨도 그런 생각을 하셨군요."

나츠메가 마사유키를 보았다.

"가능성은 있잖아요."

"그제 그분의 아버님을 만나뵈었습니다."

역시 나츠메도 피해자의 유족을 의심했던 것이다.

"당시 그분은 요코하마에 살고 있었지만, 현재는 시
즈오카에서 혼자 살고 있습니다. 사건 당일의 알리바
이도 확인했고요."

"피해자의 모친은요?"

"2년 전에 병으로 돌아가셨답니다."

"그렇군요…."

'피해자 부친의 알리바이가 확인되었다….'

마사유키에게는 철저한 타인의 일이지만, 그래도 그
말을 듣고 안도했다.

그렇다면 역시 범인은 그때 공원에 왔던 녀석들일
거라는 생각이 더욱 강해졌다.

"한 가지 여쭙고 싶은 것이 있습니다."

그렇게 말하고는 나츠메가 주머니에서 사진을 꺼냈

다. 사진에는 외국 술병이 찍혀 있었다.

"아이자와 씨 사건의 흉기입니다. 어제 다른 공원의 쓰레기통에서 발견되었습니다."

마사유키가 사진을 뚫어지게 보았다. 병 전체에 진흙이 묻어 있었다. 라벨도 혈흔으로 더럽혀져 읽기 힘들었다. 하지만 '맥켈란'이라는 술임을 알 수 있었다.

"이게 그 술병인지는 모르겠지만, 쇼우의 방에도 이것과 같은 술이 있었어요."

"그렇군요. 감사합니다."

나츠메가 말했다.

"슬슬 가봐도 될까요? 일을 해야 돼서요."

마사유키는 벤치에서 일어났다.

"한 가지만 더 여쭈어봐도 괜찮을까요?"

나츠메가 돌아서는 마사유키를 불러 세웠다.

"마사 씨는 연세가 어떻게 되시죠?"

"38세입니다."

"저와 동갑이시네요. 쓸데없는 참견이지만…, 언제까지 이렇게 사실 생각입니까?"

나츠메의 말에 허를 찔렸다.

"정말 쓸데없는 참견이군요."

마사유키가 화를 곱씹으며 말했다.

"좀 전에 마사유키 씨에 대한 이야기를 나카 씨에게 들었습니다. 자식을 잃은 슬픔은 이루 말할 수 없죠. 하지만…."

"당신이 뭘 안다고 그래요!" 마사유키가 화를 냈다. "자식을 잃은 슬픔이 뭔지 당신이 알아요? 슬픔만이 아냐. 슬픔이 지난 후에는 말로 표현 못할 허무함이 닥쳐온다고. 소중한 가족을 위해서 계속 견뎌왔어. 하지만 아무리 노력해도 누군가가, 누군가가 멋대로 내 행복을 빼앗아갔어. 나는 앞으로 뭘 위해서 힘을 내고 뭘 위해서 살아야 한단 말이야! 힘내라는 말이나 노력하라는 말은 배부른 녀석들에게나 쓰는 말이라고!"

마사유키는 마음속에 담고 있던 말을 한바탕 쏟아내고는 도망치듯 자신의 텐트로 향했다.

그날 밤, 마사유키는 오랜만에 술을 마셨다.

나카 씨의 말이, 나츠메의 말이 가시가 되어 머릿속을 떠나질 않았다.

집을 나오면 토모키를 잃은 고통에서 조금이나마 해방될 줄 알았다. 이런 떠돌이 생활을 하다보면 마음의 상처가 마비될 줄 알았는데, 고통은 점점 커질 뿐이었다. 결국 어디로 도망쳐도 과거로부터 도망칠 수 없는 것인가.

마사유키는 갑자기 혼자 있는 것이 견딜 수 없을 정도로 외로워졌다.

'나는 왜 이렇게 약한 인간인가. 사에코와 함께 있을 때는 다른 사람과 있는 것이 너무 힘들었고, 혼자서 살려고 하니 견딜 수 없는 고독에 짓눌린다.'

마사유키는 술병을 들고 나카 씨의 텐트로 향했다.

"나카 씨, 함께 마셔요."

마사유키가 텐트 밖에서 말을 걸었다.

하지만 대답이 없다.

'벌써 잠이 든 건가. 뭐, 옆에서 마시고 있으면 나카 씨도 일어나겠지.'

마사유키는 천막을 들추고 텐트 안으로 들어간다. 텐트 안 전등을 켜고, 잔에 술을 따라 단숨에 들이켠다.

"나카 씨… 나, 나카 씨를 존경해요. 10년이나 이런 생활을 해오다니요. 혼자서 말이에요. 나에겐 무리예요… 이런 생활을 계속하니 사는 것조차 싫어지려고 해요. 난 너무 약해요…. 나카 씨, 무슨 말이라도 해줘요."

마사유키가 손전등으로 침낭을 비춘다.

그러다 뭔가 이상함을 느끼고 나카 씨의 얼굴을 들여다본다. 나카 씨의 입가가 붉게 물들어 있다.

마사유키의 심장 박동이 빨라졌다.

"나카 씨, 나카 씨, 왜 그래요…!"

마사유키가 나카 씨의 몸을 흔들었고, 나카 씨가 괴로운 신음 소리를 낸다. 술기운이 순식간에 달아났다.

병원 복도 의자에 앉아 기다린다. 그때 의사가 다가왔다.

마사유키는 자리에서 일어나 의사에게 고개를 숙인다.

"가족이신가요?" 의사가 물었다.

"아뇨, 아닙니다." 마사유키가 대답했다.

"가족분에게 연락을 드리고 싶습니다."

"가족분들은 전혀 모릅니다. 나카 씨의 상태가 많이 안 좋나요?"

"말기 암입니다. 왜 이렇게 될 때까지 내버려두신 겁

니까? 안타깝지만 이제 더 이상 손쓸 방도가 없습니다. 이제 여생을 편안히 가실 수 있도록 최대한의 조치를 할 수밖에…"

의사는 마사유키에게 그렇게 말하고는 가버린다.

마사유키는 힘없이 의자에 앉아 고개를 숙인다.

"나카 씨, 운이 좋으시네요. 여기에서 영양가 있는 것도 먹을 수 있고."

마사유키가 병상 위의 나카 씨에게 말했다.

구급차로 병원에 후송되고 이틀 뒤, 나카 씨의 의식은 회복되었다.

하지만 의사는 여전히 시한부 인생이라는 말을 한다.

"마사, 자네도 바쁠 텐데 이렇게 매일 오지 않아도 된다네."

나카 씨가 온화한 미소를 지으며 말한다.

"일은 잘 하고 있어요. 그것보다 지금까지 물어보지 못한 게 있는데…, 나카 씨에겐 가족이 없으신가요?"

"가족은 없다네, 난 항상 혼자였어."

나카 씨가 쓸쓸하게 웃었다.

"그렇군요."

'나카 씨가 죽으면 어쩌지. 무연고자로서 조용히 장례를 치르게 되는 건가.'

마사유키는 터져 나오는 한숨을 안간힘을 다해 집어넣는다.

그때 노크 소리가 들리더니 문이 열리고 나츠메가 들어온다.

"상태는 어떤가요?"

나츠메가 나카 씨에게 묻는다.

"많이 괜찮아졌네. 퇴원하면 또 힛츠미를 만들어 주게나."

"그 말씀하실 것 같아서 미리 만들어왔답니다." 나츠메가 한 손에 든 비닐봉투를 들어서 보인다.

"간호사에게는 허락을 받았고요."

"오는 길에 식었겠지요? 병원 내 탕비실에 있는 전자레인지로 덥힐까요?" 마사유키가 나츠메에게 물었다.

"괜찮습니다." 나츠메가 답했다.

"이 병원에 알고 지내는 분들이 많아서 잠깐 주방을 빌려서 방금 만들어왔습니다."

'그런 거였군.'

나츠메의 이야기를 듣고 마사유키는 이제야 납득했다.

일개 노숙자인 나카 씨가 요 며칠간 병원에서 상당히 좋은 대우를 받고 있는 게 이상하다고 생각했다. 아마도 나츠메가 잘 부탁드린다고 병원에 언질을 준 것이다.

나츠메가 비닐봉투에서 플라스틱 그릇을 꺼내 나카 씨 앞에 놓는다. 뚜껑을 열자 수증기가 피어오른다. 나츠메가 간이 의자를 가져와 마사유키 옆에 앉는다.

나카 씨가 힛츠미를 먹는 모습을 나츠메가 기쁜 얼굴로 바라본다.

"잠깐 나카 씨와 둘이서 이야기를 하고 싶은데요."

나카 씨가 식사를 마치자 나츠메가 마사유키에게 말했다.

"그럼 저는 이만…"

마사유키가 일어났다.

"괜찮네. 마사도 여기에 있어주게."

나카 씨의 말을 들은 마사유키가 나츠메에게 시선을 돌린다.

"부탁일세."

나카 씨의 부탁을 듣고 나츠메는 눈을 감았다. 무언가 생각을 하는 모습이었다. 그러고는 눈을 뜨고 나카 씨에게 물었다.

"정말 괜찮겠습니까?"

"네…. 부탁합니다."

"알겠습니다. …아이자와 쇼타 씨를 살해한 범인을 알아냈습니다!"

"네? 범인이라니…, 그 녀석들을 잡았다는 말입니까?"

놀란 마사유키가 나츠메를 쳐다본다.

하지만 나츠메는 마사유키를 외면한 채 나카 씨를 바라보며 말을 잇는다.

"흉기인 술병에서 검출된 지문과 나카 씨 텐트에 있던 잔, 그릇에 있던 지문이 일치했습니다. 아이자와 씨를 살해한 범인은 바로 나카 씨였습니다."

마사유키는 나카 씨와 나츠메의 얼굴을 번갈아 바라본다.

'이 남자는 무슨 소리를 하는 건가. 나카 씨가 범인일 리가 없잖아….'

"맞습니다."

나카 씨의 동의에 마사유키는 눈을 동그랗게 떴다.

"왜? 왜 나카 씨가 쇼우를 죽인 거예요?"

"왠지 모르게 그 녀석을 보고 있으면 화가 났다네. 기억하고 있지? 그날 밤 일을? 나를 영감이라고 하질 않나, 건방이나 떨고 말이야…."

"그래도 고작 그런 이유로…, 전 믿을 수 없어요."

마사유키가 나카 씨에게 호소했다.

"마사, 저번에도 이야기했지 않나. 이런 생활을 계속하면 마음이 점점 병든다고. 이제 자네도 이런 생활에서 발을 빼게나."

나카 씨는 날카로운 눈빛으로 마사유키를 바라보았다.

"나츠메 씨가 요리도 만들어주시고 병원 일도 돌봐주셨는데, 더는 신세지고 싶지 않습니다. 감옥이든 어디든 갈 각오는 되어 있습니다."

나카 씨가 나츠메를 지긋이 바라본다.

"진실을 말씀해주실 수 있나요?"

나츠메가 나카 씨에게서 눈을 떼지 않고 결연히 말했다.

"진실?"

나카 씨가 미간을 좁혔다.

"당신은 나카 씨, 그러니까 '나카지마 야스타로' 씨가 아니라, 아이자와 씨에게 살해당한 모토키 유키야 씨의 부친 '모토키 유키히코' 씨가 맞죠?"

"모토키? 누구죠, 그 사람은…? 전 그런 사람 모릅니다."

나카 씨가 고개를 젓는다.

"아마도 당신은 반년 전에 아이자와 씨가 출연한 다큐멘터리 방송을 봤겠지요. 얼굴에 모자이크 처리는 되어 있었지만, 손등에 있는 전갈 문신을 보고 아이자와 씨라고 확신을 했을 겁니다. 아이자와 씨가 이케부쿠로에서 노숙자 생활을 한다는 것을 안 당신은 노숙자 중에서 자신과 나이나 체격이 비슷한 인물을 찾아서 신분을 교환하자고 제안하셨을 겁니다. 그 인물이 바로 아오모리에서 계속 살다가 최근 도쿄에 온 나카지마 야스타로 씨였습니다. 그렇죠?"

"무슨 증거로 그런…."

"증거는 있습니다." 나츠메가 나카 씨의 말을 끊었다. "진짜 나카지마 야스타로 씨는 3번의 상해 전과가 있었습니다. 지문을 조회해보면 바로 알 수 있지요."

나츠메의 말에 나카 씨는 황당하다는 표정으로 입을 다물었다.

"나카 씨! 그럼 나카 씨는 쇼우에게 복수를 하기 위해 일부러 노숙자가 되신 건가요?"

마사유키가 참담한 심정으로 나카 씨에게 물었다.

그러나 나카 씨는 마사유키의 질문에 대답하지 않았다.

"그것까지는 아니라고 생각합니다. 아마도 처음부터 그를 죽이려고 노숙자가 된 건 아니겠죠. 그가 어떤 식으로 살고 있는지를, 아들을 죽인 죄를 어떤 식으로 받아들이고 속죄는 하는지를 알고 싶었을 겁니다. 그렇지 않습니까?"

나카 씨가 나츠메를 향해 살짝 고개를 끄덕였다.

"네…. 처음부터 놈을 죽일 생각으로 이런 생활을 시작한 건 아닙니다. 만약 죽일 생각이었다면…, 더 빨리 녀석을 죽였을 겁니다. 차라리 그랬다면 얼마나 편했을까요? 우리 부부는 유키야가 죽은 이후 하늘이 무너지는 고통에 시달리며 살아왔습니다. 그래도 어떻게든 둘이서 서로를 위로하며 살아왔습니다. 이럴 때 위로가 되는 건 가족뿐이니까요."

나카 씨가 마사유키에게 시선을 돌린다.

순간 사에코의 얼굴이 그의 뇌리를 스친다.

"그렇지만 아내도 2년 전에 사망했습니다. 그리고 저역시 반년 전에 몸이 아파 병원에 갔더니 폐암이라는 진단을 받았고요."

나카 씨가 어깨를 떨어뜨리고 힘없이 중얼거린다.

마사유키가 나츠메의 옆모습을 본다. 나츠메는 나카 씨의 눈동자를 응시하며 이야기를 듣는다.

"의사가 정확히는 말하지 않았지만, 제게 남은 인생이 그리 길지 않을 거라고 본능적으로 알았습니다. 저에겐 아내도 자식도 없기 때문에 호스피스에 가서 여생을 마감하려고 생각했죠. 그러던 차에 우연히 TV에서 그 녀석을 보게 된 겁니다. 처음엔 유키야를 죽인 그 녀석이 얼마나 비참한 삶을 살고 있는지 보고 싶었을 뿐입니다. 노숙자로 위장해 이케부쿠로에서 그 녀석을 찾던 중에 알게 된 사람이 바로 나카지마 야스타로였습니다. 저와 동년배이기도 한 그는 저에게 잘 대해주었습니다. 그는 삶에 대한 열의가 매우 강했지만, 생활이 매우 곤란한 지경에 있었습니다. 그리고 저는 어차피 곧 죽을 목숨이었죠. 그래서 결심했습니다. 제가 죽기 직전까지 그 녀석을 지켜보겠다고요. 만약 그러던 중에 그 녀석이 약간이나마 인간다움이나 양심적인 모습을 보인다면 조금은 마음이 편해지지 않을까 하고…"

"그래서 나카지마 씨와 신분을 바꾼 거군요."

"네, 그에게 교환 조건을 제시했습니다. 저는 집을 처분하고 남은 재산을 그에게 넘기기로 하고, 그는 제 신분으로 살면서 아내와 아들 묘소에 앞으로도 계속 공양을 해주겠다고요."

"하지만 그렇게 하면 나카 씨는 아내분과 아드님과 같은 무덤에 들어가실 수 없으시잖아요." 마사유키가 물었다.

"무덤 같은 건 어찌되어도 좋다고 이미 각오했네. 저세상에서 다시 아내와 아들을 만날 수 있으니까."

나카 씨가 슬픈 눈으로 말했다.

"하지만 17년이나 지났지만 그 녀석은 전혀 바뀌지 않았습니다. 그날 밤…, 텐트에 폭죽을 쏜 청년들을 때리면서 그 녀석은 이렇게 말했습니다. 네 녀석들 다 죽여도 내가 눈 하나 깜짝할 것 같아, 라고. 그러더니 그들에게서 돈을 빼앗았습니다. 자신은 잃을 게 하나도

없다고 으스대면서 다른 사람의 것을 빼앗았지. 일말
의 반성도 없이…. 그 순간 지금까지 깊이 억눌러왔던
분노가 폭발했습니다."

"그래서 잠든 아이자와 씨의 머리를 술병으로 내려
쳐 살해하신 거군요."

"그렇습니다. 어차피 곧 죽을 몸이라 그대로 경찰서
에 가서 자수할 수도 있었습니다. 하지만…, 조금이라
도 마사와 함께 있고 싶어서…, 마사와 함께 있으면 마
치 어른이 된 자식을 보는 느낌이 들어서요…."

나카 씨가 아련한 눈빛으로 마사유키를 바라본다.

"지금까지 고마웠네."

나카 씨의 말에 눈물이 차오른다.

"그건 그렇고…, 나카지마 씨와 제대로 짜고 신분을
바꾸었다고 생각했었는데…, 설마 그의 전과 때문에
모든 사실이 탄로날 줄이야…."

나카 씨가 탄식을 내뱉는다.

그때 나츠메가 나카 씨 앞에 사진 한 장을 내민다.
나카 씨와 그의 아내, 그리고 아들인 듯한 남자, 3명이
찍혀 있었다.

"찾느라 고생했습니다. 가지고 계신 가족사진은 전

부 불태워버리신 줄 알았습니다."

나카 씨가 감개무량한 표정으로 손에 쥔 사진을 본다.

"언제부터 저를 의심했습니까?" 나카 씨가 물었다.

"처음 만났을 때 제가 이름이나 본적을 여쭈었죠? 그런 다음 경찰서에 돌아가서 나카지마 씨의 신분을 조회했을 때 마음에 걸리는 게 하나 있었습니다. 나카지마 씨에게는 상해 전과가 있었는데, 당신은 아무 거리낌 없이 자신에 대해 솔직히 이야기해주었습니다. 보통 상해 전과가 있으면 경찰이 물어봤을 때 다소 더듬대거나 둘러댔을 텐데요."

"그렇군요."

나카 씨가 살짝 웃었다.

"그리고 최종적으로 확신한 것은 당신의 텐트에서 힛츠미를 만들었을 때입니다."

"힛츠미?"

나카 씨가 눈앞의 빈 그릇을 본다.

"힛츠미는 남부 지방에서 유명한 전통요리입니다. 하치노헤에 계속 살고 계셨었다면 힛츠미를 모르실 리가 없죠."

"하, 당신의 덫에 제대로 걸렸군요."

"아뇨, 그때는 순수하게 요리를 대접하고 싶었을 뿐입니다." 나츠메가 대답했다.

"그런데 한 가지 이해가 되지 않았던 것은 왜 그 시기에 갑자기 흉기로 쓰인 술병이 발견되었을까 하는 겁니다. 아마도 범행 직후에 흉기로 쓴 술병을 땅에 묻었겠죠? 그런데 왜 다시 술병을 파내어 다른 공원의 쓰레기통에 버리신 겁니까?"

"명탐정에게도 풀지 못하는 수수께끼 한 가지 정도는 있어도 좋지 않겠습니까…."

나카 씨가 싱거운 농담을 했다.

하지만 마사유키는 그 답을 알고 있다.

'더 비겁한 건 사람을 죽이거나 상처를 입힌 뒤 도망치려는 사람들이에요.'

그때 마사유키가 한 말 때문에 나카 씨는 자신의 범행을 드러낼 결심을 했을 것이다.

"고작 노숙자 살해사건에 이렇게까지 수사를 하다니…. 마사, 경찰도 영 쓸모없는 일만 하는 건 아닌가 봐."

나카 씨가 마사유키를 바라본다.

"'고작'이라고 말할 수 있는 인간은 어디에도 없습니다."

나츠메가 강조했다.

"그렇지요…." 나카 씨가 중얼거렸다. "제가 죽으면 아내와 아들 곁으로 갈 수 있을까요?"

나카 씨가 나츠메에게 물었다.

"그렇길 바랍니다."

나츠메가 나카 씨를 바라보면서 천천히 끄덕인다.

마사유키는 이제 병원 출구로 내려가기 위해 나츠메와 나란히 엘리베이터로 향한다.

"어머, 나츠메 씨?"

지나치던 간호사가 아는 체 하며 나츠메에게 말을 건다.

"에미 병문안을 오신 건가요?" 간호사가 물었다.

"아뇨, 오늘은 아닙니다."

나츠메가 고개를 젓고는 다시 엘리베이터로 향한다.

"에미가 누굽니까?" 마사유키가 물었다.

"제 딸이 이 병원에 입원해 있습니다."

"그럼 이왕 오셨는데 병문안을 가시면 좋잖습니까?"

마사유키가 제안하자 나츠메가 잠시 생각하더니 "하긴 그렇군요."하며 고개를 끄덕인다.

마사유키도 무심코 나츠메를 따라간다.

엘리베이터를 타고 몇 층 내려와 잠시 복도를 걷던 나츠메가 어떤 병실 문 앞에서 멈춰 선다.

그런 다음 노크를 하고 문을 연다. 병실 침대 위에 여자아이가 누워 있다. 머리맡에는 많은 인형이 있었다.

"에미, 건강히 잘 있었니?"

나츠메가 아이의 머리를 조심스럽게 쓰다듬는다. 하지만 아이는 나츠메의 말에 전혀 반응하지 않는다. 자고 있는 건가 싶어 마사유키가 잠시 지켜봤더니 그게 아니란 걸 깨달았다. 여자아이의 코에는 관이 꽂혀 있었다.

나츠메는 아이에게 이런저런 이야기를 하고는 뒤돌아섰다.

"나중에 또 올게."

전혀 반응하지 않는 아이에게 작별 인사를 하고 조용히 문을 닫는다.

둘은 다시 엘리베이터를 타고 병원 출구로 향한다.

"어디가 안 좋은 건가요?" 마사유키가 물었다.

"망치로 머리를 맞은 이후 계속 저 상태랍니다."

나츠메의 말에 마사유키는 큰 충격을 받았다.

"망치로 맞았다니…, 누구에게?"

"10년 전 이 부근에서 어린아이들을 노린 '묻지 마 사건'이 연쇄적으로 발생했습니다. 제가 지금 일을 하기 전입니다만."

나츠메가 입술을 깨물었다.

"범인은…?"

"아직 잡히지 않았습니다."

'자식을 잃은 슬픔이 뭔지 당신이 알아요?'

마사유키는 언젠가 나츠메에게 그런 말을 한 적이 있다. 그런데 알고보니 나츠메도 자신과 비슷한 처지였던 것이다.

"이제 무엇을 위해 살아야 하냐고 제게 물은 적이 있죠? 솔직히 저 역시 지난 10년 동안 그 이유를 전혀 알 수 없었습니다. 무엇을 위해 제가 힘을 내고, 무엇을 위해 살아야 하는지를…. 하지만 마사유키 씨…."

나츠메가 뜨거운 눈빛으로 힘주어 말했다.

"그럼에도…, 우리 힘내죠."

자
존
심

'저곳이 현장인가…'

나가미 와타루가 연립주택 앞에 주차된 경찰차 몇 대를 보고 차를 세운다.

차에서 내려 주위를 둘러보니 이미 출입금지 테이프 바깥에 구경꾼들이 많이 몰려 있었다.

"수사1과의 나가미입니다."

나가미는 현장에 먼저 와 있는 경찰관들에게 신분증을 보여준 뒤, 테이프를 위로 올려 안쪽으로 들어간다.

그리고 사건 현장인 308호실로 향한다.

308호실 앞에도 출입금지 테이프가 붙어 있었다.

그 옆에는 어떤 젊은 여성과 이야기를 나누면서 메모를 하는 양복 차림의 남자가 있었다.

'아마도 관할 경찰서의 형사겠지.'

"수사1과의 나가미입니다. 들어가도 되겠습니까?"

나가미가 남자에게 말을 걸었다.

"수고 많으십니다. 감식은 이미 끝났으니 들어가셔도 괜찮습니다."

나가미는 흰 장갑을 낀 뒤, 현관에서 신발에 커버를

씌우고 집 안으로 들어간다.

현관을 기준으로 오른쪽에는 주방이, 왼쪽에는 화장실과 욕실이 있다. 그 안쪽에 15평가량 되는 방이 있다.

방 안 벽에 붙어 있는 침대 옆에는 야부사 계장이 서있다.

"수고하십니다."

나가미가 야부사에게 말을 걸자 그가 뒤돌아본다.

인사가 끝나자마자 야부사는 시선을 다시 침대 쪽으로 돌린다.

나가미는 야부사에게 다가간 뒤, 침대 위에서 죽은 여성을 내려다본다.

풀어 헤친 목욕가운 안에 알몸이 드러나 있었다. 나이는…, 20대 후반 정도일까. 여성의 얼굴은 충혈되어 있었고, 결막에도 약간의 출혈이 있었다. 또, 목에 손이나 손톱으로 압박한 흔적도 있었다.

'목졸라 살해당한 걸까.'

"남자 문제로 볼 수 있겠군요."

"아마도 그렇겠지…."

야부사가 방구석에 있던 쓰레기통을 가리키며 동의

한다.

"사용한 콘돔이 있네. 남자관계가 너무 복잡한 여성이 아니었으면 좋겠어⋯. 일단 이곳 주민들에게 이야기를 들어봐."

방 밖으로 나간 나가미는 그때까지도 젊은 여성과 이야기하고 있는 형사와 다시 눈이 마주쳤다.

'어디서 본 적이 있는 듯한데⋯.'

확실히 그 얼굴은 낯이 익었다.

"히가시 이케부쿠로 경찰서의 나츠메입니다. 이쪽은 첫 번째 목격자인 와타나베 씨입니다."

하지만 나가미는 '나츠메'라는 이름을 들어도 딱히 떠오르는 인물은 없었다.

"제게도 이야기를 들려주실 수 있나요?"

나가미가 다가가자 와타나베는 조금 당황하면서도 피해자를 발견했을 때의 상황을 다시 설명해준다.

피해자의 이름은 사쿠라이 아야노.

이케부쿠로에 있는 여행사에 다니던 아야노는 오늘 중요한 볼일이 있다며 출근하지 않았다고 한다. 그런데 아야노가 없으면 안 되는 중요한 안건이 있어서 회사에서 아야노에게 확인 전화를 했지만 아야노는 받지 않았다고 했다. 지금까지 단 한 번도 지각이나 무단결근을 한 적이 없었기에 자칫 무슨 일이라도 있나 싶어 걱정된 마음에 직장 동료인 와타나베가 아야노의 집으로 찾아온 것이다.

"와타나베 씨가 방문했을 때 문은 열려 있던 거군요?"

나가미의 질문에 와타나베가 "네…"하고 고개를 끄덕였다.

"나중에 경찰서에서 좀 더 자세히 듣고자 합니다. 그때도 잘 부탁드리겠습니다. 나츠메 형사, 탐문수사에 동행해도 되겠습니까?"

나가미는 나츠메와 함께 이웃 주민들을 찾아가 이야기를 들었다.

그런데 하필 양 옆집에 사는 주민들은 외출 중이었다. 그래서 3층에 사는 주민 두 명과 이야기를 나눠봤지만 딱히 수상한 점은 없었다고 한다.

"그러고 보니…, 어젯밤에 아랫집에서 말싸움하는 소리가 들렸어요."

바로 윗집인 408호실에 사는 주민이 그렇게 증언했다.

"그건 몇 시쯤이었죠?"

"몇 시쯤이더라…? 으~음, 아마 9시쯤이었던 것 같습니다…."

뒤를 돌아보니 나츠메가 경찰 수첩에 메모를 하고 있다.

"뭣 때문에 싸우는지 들으신 게 있나요?"

"그렇게 잘 들리지는 않았어요. 여자가 앙칼진 목소리로…, '네가 날 비난할 자격이 있어?'라는 말을 했던 것 같아요…. 아무튼 남녀 문제 같았어요."

'…역시 그런 걸까.'

히가시 이케부쿠로 경찰서의 강당에 마련된 수사본부에 형사들이 모였다.

"실례합니다."

그 목소리에 고개를 들자, 나츠메가 서 있었다. 나츠메는 나가미 옆에 앉는다.

'수사본부가 해산될 때까지 이 남자와 짝을 이뤄서 다녀야 하나….'

"나츠메 형사, 어디 다른 경찰서에서라도 나랑 같이 근무한 적이 있었나?"

나가미가 계속 신경 쓰이던 것을 물어보자, 나츠메는 잠시 생각하더니 답했다.

"아뇨, 여기가 첫 부임지이고 계속 여기에 있었습니다."

의외였다. 자신과 비슷한 나이라고 생각했는데 의외로 많이 어린 건가.

"나이는…?"

"38세입니다."

나가미와 동갑이다. 그런데 38세가 될 때까지 계속해서 같은 경찰서에 있는 것도 드문 일이다.

"30세에 경찰학교에 들어갔습니다."

나가미의 속마음을 눈치챈 듯 나츠메가 먼저 말했다.

"아아…, 그렇군."

"계속 다른 과에 있다가 1년 전에 강력계에 배속되었습니다."

'신입 형사라는 거군. 파트너로서는 든든하지 않겠지만, 그 대신 내가 주도권을 잡기에 수월하겠군!'

그때 간부들이 강당에 들어와 수사회의가 시작되었다.

"피해자의 이름은 사쿠라이 아야노. 26세. '트라이 트래블'이라는 여행사의 이케부쿠로 지점에서 근무하던 여성입니다…"

야부사가 사건 개요를 설명하기 시작한다.

직접적인 사인은 질식사이다. 사망추정 시각은 어젯밤 7시부터 10시 사이라고 한다.

1년 전부터 아야노는 현재 사는 연립주택에서 살았다고 한다. 아야노의 집 문을 부순 흔적은 없었고, 경찰이 통화내역을 볼 수 없도록 범인이 아야노의 핸드폰을 가져가버린 점 등으로 미루어볼 때, 피해자의 지인이나 면식범의 소행일 가능성이 높다고 예측된다.

방에 남아 있던 콘돔에 묻은 정액이나 욕조에 남아 있던 머리카락 등은 국립과학수사대로 보내 DNA 감정을 의뢰했다고 한다.

수사회의 결과, 면식범이라는 데에 초점을 맞춰 아야노의 주변 인물을 중점적으로 조사하라는 방침이 내려졌다.

나가미와 나츠메는 곧바로 아야노의 직장 동료를 만나기 위해 여행사로 향했다.

대기실로 안내받고 나서 잠시 뒤에 지점장이 나타났

다.

"어쩌다가…, 아야노 씨가 그런 사건에 휘말리다니…. 믿을 수가 없네요."

지점장은 당황스러움을 감추지 못했다.

"아야노 씨는 어떤 직원이었습니까?" 나가미가 물었다.

"성실한 여성이었습니다. 일도 열심히 하고 지각이나 무단결근도 한 적이 없었습니다. 우리 지점에서 일한 지 아직 1년도 채 되지 않았습니다만 중요한 일도 맡길 수 있는 믿음직한 사람이었습니다."

"여기서 일하기 전에는 무슨 일을 했었는지 아십니까?"

"이다바시에 있는 다른 여행사에서 일했다고 했습니다."

"같은 업계에서 일했었군요. 그런데 왜 이직한 거죠?"

"글쎄요…, 거기까지는 물어보지 못했습니다. 일단 같은 업종에 종사하던 사람이니 별다른 교육 없이 바로 실무에 투입할 수 있었기에 채용했습니다."

"아야노 씨의 인간관계에 대해서 여쭙고 싶습니

다…."

나가미가 물어봤지만 지점장은 잘 모르겠다고만 말하며, 출근한 직원들을 차례대로 불렀다.

"사귀는 남성은 없었나요?"

나가미가 직원들에게 아야노의 이성관계를 물어봤지만 "그녀와는 딱히 그런 이야기를 한 적이 없다"고 모두들 입을 모았다.

"아야노가 전에 다니던 여행사에 가볼까요?"

트라이트래블에서 나오자마자 나가미는 나츠메에게 그렇게 제안하고 이다바시로 향했다.

이다바시에 있는 '전공여행사'는 메지로도오리 길가에 있는 작은 여행사였다.

"어서 오세요."

회사 안으로 들어가자 안내데스크에 직원 세 명이 있었다.

"바쁘실 텐데 실례합니다. 경찰청에서 나온 나가미라고 합니다."

나가미가 경찰 신분증을 보여주자 직원들이 눈을 동그랗게 뜨고 쳐다보았다.

"이전에 여기서 일하던 사쿠라이 아야노 씨에 대해 질문드리고 싶은데요."

나가미가 그렇게 말하자, 바로 앞쪽에 있던 여성이 의심스런 눈초리로 되묻는다.

"아야노 말인가요…?"

"네. 어젯밤에 사쿠라이 아야노 씨가 어떤 사건에 휘말려…."

"사건이라뇨…?"

나가미를 쳐다보던 여성이 불안한 표정으로 물었다.

"살해당했습니다."

나가미의 말에 여성은 크게 놀라더니, 자리에서 벌떡 일어나 말했다.

"거짓말이죠?"

"안타깝게도 사실입니다. 누군가가 아야노 씨의 목을 졸라 살해하였고, 저희들은 그 수사를 하고 있습니다. 그래서 사쿠라이 아야노 씨에 대해 이야기를 듣고 싶습니다."

허둥지둥하던 여성은 고개를 끄덕이더니, 나가미와 나츠메에게 안내데스크 앞에 있는 의자에 앉으라고 권했다.

"아야노 씨와는 얼마나 알고 지내셨나요?"

나가미가 물었다.

"2년 전부터 함께 일을 했습니다."

"사적으로도 친하셨나요?"

"아야노가 여기서 일하던 시절에는 함께 식사도 하고, 가끔 술을 마시기도 했습니다. 하지만 이곳을 그만둔 다음부터는 거의 만나지 못했습니다."

"왜 그만두신 거죠?"

말해도 되는지 주저하며 여성은 잠시 머뭇거렸다.

"사실 그대로 이야기해주세요."

"그녀는…, 스토커에게 시달리고 있었어요."

그녀가 답했다.

"스토커요?"

"네. 아야노 씨는 이전 남자친구에게 계속 시달려왔어요. 그 사람과 1년 정도 사귀었지만 너무 폭력적인 모습을 보여 헤어지게 되었는데, 그 후로도 계속 집까지 찾아와서 소란을 피운 적도 있대요. 또 여기까지 찾아와서 하루 종일 반대편 도로에서 회사 안을 엿보던 때도 있었습니다."

여성이 나가미의 뒤쪽을 가리켰다. 돌아보니 유리문

너머로 메지로도오리 거리가 보였다.

"그 남성의 이름을 아시나요?"

"아마…, 가미야…, 가미야라고 했던 것 같습니다."

나츠메가 이름을 메모한다.

"정확한 이름은 모르십니까?"

"죄송합니다. 거기까지는 잘 모르겠어요. 하지만 아야노가 그 남자에게 시달리다 여기를 그만두었다는 사실만큼은 분명히 기억해요."

"그게 1년 전 일이군요."

나가미가 묻자 여성이 고개를 끄덕였다.

아야노가 현재 사는 연립주택으로 이사를 온 것도 1년 전이었다. 아마 그 남자 때문에 집까지 옮기게 되었을 것이다.

"그 남자의 직장이나 집 주소는 아십니까?"

"직장은 모릅니다. 하지만 나리마스에 살고 있다는 이야기를 들은 적이 있습니다. 이전에 아야노가 나리마스에 있는 여행사에 근무했었는데 거기서 알게 된 게 아닐까요? 그녀는 입버릇처럼 자기는 정말 남자 운이 없다고 투덜거렸습니다."

"남자 운이 없다라…."

"네. 그 남자뿐만 아니라 사귀었던 남자들 전부 제대로 된 사람이 없다고 하면서 자기한테 무슨 문제가 있는 것 같다고 자책도 했고요. 여기를 그만둘 때 이제 더 이상 남자는 만나지 않겠다고 선언했었으니까요."

하지만 사건 현장을 떠올리면 현재도 남성과 관계를 맺고 있는 것 같다.

"여기를 그만둔 이후에도 아야노 씨를 만나신 적이 있나요?"

"그만둔 직후에는 아야노에게 몇 번 문자도 보내고 했지만 점점 소원해져서…. 아, 그녀와 2주 전쯤 우연히 이케부쿠로에서 만났습니다."

"정말입니까?"

"네, 그날 백화점에 있는 카페에서 간단히 차를 마셨습니다. 제가 알던 때보다 한결 밝아보여서 안심했습니다."

"그날 무슨 이야기를 나누셨죠? 현재 사귀는 남성이나 친구에 대한 이야기는 없던가요?"

"새로운 남자친구가 생겼다고 했습니다."

"어떤 사람인가요?"

나가미가 몸을 기울여 바짝 다가가며 물었다.

"으음, 그 정도 자세한 이야기는 듣지 못했습니다. 그렇지만 정말 남자다운 사람이라고 했습니다. 자신을 정말로 잘 이해해주고…, 또 목숨 걸고 자신을 지켜주었다고 했어요. 지금까지 만난 사람 중에서 가장 남자다운 사람이라고 자랑했습니다."

'2주 전이라면…, 그 남성이 아야노의 현재 연인이겠군.'

"하지만…."

여성이 거기서 말을 멈춘다.

"왜요? 무슨 일이 있었나요?"

"좋은 사람을 만나 다행이라고 말했더니, 그녀가 이런 말을 했습니다. 정말 좋아하지만…, 이루어질 수 없는 사랑일지도 모른다고요."

'이루어질 수 없는 사랑이라. 불륜이라도 저지르고 있던 건가.'

나가미의 머릿속에 불륜 남녀 중 어느 한쪽이 헤어지자고 하자 격분한 나머지 한쪽이 살인을 저지르는 시나리오가 그려진다.

"그 남자의 이름도 들으셨나요?"

"이야기하던 중에 마침 그에게서 전화가 왔었는데, '카이'라고 부르는 것 같았습니다. 그 사람이 남자친구인지는 모르겠습니다만…, 무척 행복해했던 걸 보면 아마도 그 '카이'라는 사람이 아야노의 남자친구였던 것 같습니다. 그런데 설마 그게 마지막 모습이었을 줄이야…."

여성이 눈물을 글썽이며 중얼거린다.

'카이… 아야노 핸드폰의 통화기록에서 그 남자를 찾아낼 수 있으면 좋을 텐데.'

차가 카와고에 도로에서 좌회전하여 칸파치도오리 길가에 들어선다.

여행사를 나온 그들은 아야노가 1년 전까지 살던 네리마 구(區) 카스가쵸에 있는 아파트로 향한다.

조수석에 앉아 익숙한 거리 풍경을 바라보던 나가미의 머릿속에서 우울한 기억이 되살아난다.

10년 정도 전, 이 거리는 질릴 정도로 뛰어다녔던 거리다.

이 부근에서 여자아이를 노린 묻지 마 테러 사건이 연쇄적으로 발생했다. 나가미가 수사1과에 배속되어 처음으로 맡은 큰 사건이었다.

혼자 놀고 있던 여자아이의 머리를 망치로 내려치는 사건이 연속적으로 두 번이나 발생한 것이다. 그리고 그중 한 명은 사망했다.

제보를 토대로 범인은 15~16세 소년으로 추정되었다. 이 부근을 계속 수사했지만 범인은 아직도 잡히지 않고 있다. 그 후 사건은 후속 수사팀에게 넘어갔지만 사건이 해결될 기미는 여전히 보이지 않는다.

"난 이 거리를 별로 좋아하지 않아…."

나가미가 혼잣말처럼 중얼거렸다.

"저도 그렇습니다."

그 말을 듣고 나가미가 운전석으로 눈길을 돌렸다.

"저는 10년 전까지 이 부근에 살았습니다." 나츠메가 말했다.

운전하는 나츠메의 옆모습을 보던 나가미의 뇌리에 TV에서 봤던 어떤 장면 하나가 스친다. 통곡을 하면서 안간힘을 다해 범인에게 호소하는 피해자 아버지의 모습이었다.

피해 여아 중 한 명의 이름이 '나츠메 에미'라는 이름이었던 것 같다.

'나츠메…. 그렇다면 내 옆에 있는 이 사람이 그 피해 아동의 아버지란 말인가?'

하지만 피해자의 아버지가 경찰이라는 소리를 듣지 못했다. 기억을 더듬어 보건대, 소년분류심사원에서 일하고 있다고 들은 것 같다.

'30세에 경찰학교에 들어갔습니다.'

그렇다면 그 사건을 계기로 경찰이 되었단 말인가.

나가미는 무슨 말을 해야 할지 몰랐다.

아야노가 살던 아파트의 이웃 주민을 찾아가 이야기를 들어보기로 했다.

"글쎄요…, 언젠가 이상한 남자가 옆집에 자주 찾아왔었어요. 새벽에 문을 계속 차면서 소리를 지르기도 해서…, 정말 민폐가 따로 없었죠."

옆집 남자가 불쾌한 표정으로 말했다.

"아야노가 이사를 간 다음에는 나타나지 않았겠네요?"

"아뇨, 그 후에도 이 근처에서 몇 번 본 적이 있습니다."

"그녀가 이사 간 다음에도요?"

"아마 그녀의 친구를 찾아온 게 아닐까 싶어요."

"친구요…?"

"네. 최근에도 저기 있는 편의점 근처에서 그 남자가 어떤 여성을 위협하는 걸 봤어요. 뭔가 협박당하는 것 같은 모습이더군요."

불쌍하다고 하면서도 남 일처럼 말한다.

"어떤 친구였죠?"

"화장을 하지 않은 수수한 인상의 여자였어요. 아야노가 살던 때에는 종종 여기에 놀러왔던 것 같은데…, 아마 아야노가 이사 간 주소를 그 친구로부터 알아내려고 한 게 아닐까요? 연약한 여성을 위협하다니 이상한 양아치 녀석이겠죠?"

그렇게 생각했다면 좀 도와주거나 최소한 경찰에 신고라도 해줄 것이지, 라는 말을 하고 싶었지만 입 밖으로 뱉지는 않았다.

"그 친구라는 여성이 지금도 이 근처에 살고 있나요?"

"아마 그렇겠죠. 이전에도 몇 번 본 적이 있고요. 그런데 볼 때마다 헤어스타일이 달라져서 신기했어요. 예전에 봤을 때는 단발이었는데, 또 어느 날엔가는 긴 생머리였어요."

"가발이군요?"

"그렇겠죠? 키도 상당히 크고 스타일이 좋아서 모델 일이라도 하나 싶었습니다."

그 여성이라면 아야노의 현재 연인에 대해서 알고 있을지 모른다.

"말씀 감사합니다."

나가미는 나츠메와 함께 차로 향했다. 손목시계를 보니 저녁 6시를 지나고 있었다.

경찰서로 돌아가기 위해 차에 타자 운전석에 앉은 나츠메가 미심쩍다는 얼굴을 하고 있다.

"무슨 일이지?" 나가미가 물었다.

"…한 가지 마음에 걸리는 게 있어서요."

"뭔데?"

"아야노는 가미야를 그렇게 두려워했으면서도 왜 이케부쿠로 같은 어중간하게 가까운 곳으로 이사했을까요? 가미야가 나리마스에 살고 있었다면 우연히라도 만날 가능성이 있을 것 아니겠어요? 보통은 좀 더 멀리 떨어진 곳으로 가지 않았을까요?"

'음, 확실히 그것도 틀린 말은 아니야. 하지만…'

"그것은 이번 사건 해결에 큰 의미가 없을 것 같아."

나츠메는 나가미의 반론에 납득하지 않은 모습이었다. 그러나 살짝 고개를 끄덕이더니 일단 시동을 걸었다.

밤새 진행된 수사회의에서 몇 가지 새로운 정보가 나왔다.

경찰이 통신사에 통화기록 조회를 신청한 결과 아야노는 1년 전에 핸드폰을 바꾸었고, 1년간의 통화기록에 '가미야'라는 이름이 없다는 사실을 알아낼 수 있었다. 그래서 내일부터 나가미를 포함한 몇 명의 형사가 통화기록에 있는 인물을 하나씩 조사하는 것으로 회의가 마무리되었다.

"자네는…."

회의실에서 나가는 나츠메를 나가미가 갑자기 불렀다.

뒤돌아선 나츠메가 왜 불렀냐는 표정으로 멀뚱히 서 있다.

"처음 만났을 때부터 계속 어디선가 본 것 같다고 생각했는데, 아까 떠올랐어. 나츠메 씨…, 그 사건 피해

아동의 아버지였지?"

"네, 딸은 아직도 입원 중입니다."

'아직도 입원 중이라고…?'

"그날 이후 의식이 돌아오지 않았습니다."

'식물인간이라는 건가.'

나가미는 무슨 말을 건네야 할지 몰랐다.

"혹시 나가미 씨가 그 사건을 수사하셨습니까?"

"그래…, 비참한 사건이었어."

"'이었어'가 아닙니다."

아무리 시간이 지나도 피해자 가족에게는 과거형이 될 수 없는 사건이다. 나츠메의 눈빛이 그렇게 말하고 있었다.

"그렇군, 지금이라도 범인을 잡을 가능성이 없는 건 아니지."

나가미는 이제 그 사건의 담당수사관이 아니지만, 범인을 잡을 수 있는 단서가 아예 없는 것은 아니다.

묻지 마 테러 사건의 범인은 결정적인 증거를 남겼다. 두 번째 사건 범행현장 근처에 장갑이 버려져 있었다. 장갑 바깥쪽에 피해자의 혈흔이 묻어 있었기에 범인이 사용한 것임이 틀림없었다. 범인은 지문을 남기지 않기 위해 장갑을 썼지만, 장갑 안쪽에 남아 있는 땀까지는 미처 생각하지 못한 모양이다. 땀을 통해 추출한 DNA가 있는 한 10년이 지난 지금이라도 범인을 잡아낼 수 있다.

"자네는 그 범인을 잡기 위해서 경찰이 된 건가?"

나가미가 반신반의하며 물었다.

"제가 잡는다기보다…, 경찰이 잡아야만 하는 거겠죠? 그렇지 않습니까?"

나츠메의 눈이 날카롭게 빛난다.

다음 날, 나가미와 나츠메는 미나미오오즈카에 있는 택배회사의 물류센터로 향했다.

아야노의 핸드폰에 통화기록이 남아 있는 '카이타니 쇼이치'라는 인물을 만나기 위해서다. 카이타니는 사건 당일 밤 6시 15분에 아야노에게 전화를 했다. 카이타니는 28세로 유부남이다.

카이.

실제로 그를 만나봐야 아는 것이지만, '카이타니'를 '카이'라고 줄여 부를 가능성도 있기에 나가미는 카이타니가 아야노의 연인이었을 거라 생각했다.

안내데스크 여직원이 카이타니에게 방문 사실을 알리고, 나가미와 나츠메를 카이타니가 있는 하역장으로 안내했다.

"카이타니 씨. 경찰분들이 오셨습니다!"

여직원이 부르자, 트럭에 짐을 싣고 있던 카이타니가 놀란 눈으로 그들을 쳐다본다. 듬직한 체격과 둔한 거동이 마치 만화에 나오는 소심한 곰 캐릭터를 연상시킨다.

"바쁘신 중에 실례합니다."

경찰 신분증을 보이며 다가가자, 카이타니가 노골적으로 겁먹은 얼굴을 한다.

"사쿠라이 아야노 씨 일로 질문드리고 싶은데요."

"무슨 일이시죠…?"

평정심을 유지하려고 애쓰지만 상당히 허둥대는 것을 느낄 수 있다.

"아야노 씨 사건은 알고 계신가요?"

"네, 어제 뉴스를 보고 알았습니다. 너무 놀랐습니다. 설마…, 그녀가 그렇게 되다니…."

카이타니가 부르르 몸서리 쳤다.

"아야노 씨와는 어떤 관계셨습니까?"

"어떤 관계라뇨…? 그냥 좀 아는 사이였습니다."

애매한 대답이었다.

"언제부터 아시던 사이인가요?"

"어, 언제부터였나…? 아, 아마 2개월 정도 된 것 같습니다. 동료인 아이카와 씨가 소개해줘서…"

아이카와 씨.

같은 택배회사에서 일하는 '아이카와 미우'라는 사람일 테지. 아야노의 핸드폰 통화기록에 '미우'라는 사람과의 통과기록도 있었다.

"이케부쿠로에 있는 술집에서 술을 마시던 중 우연히 아이카와 씨와 아야노 씨가 합석하는 바람에 셋이서 마시게 된 겁니다…"

"그러고는요…?"

"몇 번 전화나 문자메시지를 주고받다가…, 연락하는 정도…"

"그저께…, 그러니깐 사건 당일 저녁에 아야노 씨에게 연락하셨죠?"

카이타니의 얼굴이 순식간에 새파래진다.

"무슨 용건으로 전화하셨습니까?"

"별일 아니었습니다. 그냥…, 잘 지내냐는 안부를 묻

는 정도…."

"정말입니까? 혹시 그 전화통화 후에 아야노 씨의 연립주택에 가신 건 아닌가요?"

"안 갔습니다. 정말입니다."

고개를 절레절레 좌우로 흔든다.

"그저께 밤 7시부터 10시 사이에는 어디에 계셨죠?"

"잘 기억이 나지 않습니다. 아마 일을 마치고…, 이케부쿠로를 돌아다녔던 것 같습니다. 백화점에 가거나 서점에서 책을 읽거나 하면서…."

그 말이 거짓말이라고 나가미는 생각했다. 하지만 일단 어디에 갔는지 물어보기로 했다.

"죄송합니다. 다 물어보셨으면 이제 돌아가도 될까요? 일이 밀려 있어서…."

카이타니가 급하게 짐을 들고 트럭에 올라탄다.

'그래, 오늘은 이정도로 충분해. 하지만 다음에 올 때는 결정적인 증거를 가지고 와야겠다.'

멀어지는 트럭을 보면서 마음속으로 다짐했다.

"수상해…."

나가미가 작은 목소리로 옆에 있는 나츠메에게 귓속 말을 했다.

"아이카와 미우 씨도 만나볼까요?"

나츠메는 안내데스크 여직원에게 아이카와 미우가 일하고 있는 곳이 어디인지 물었다.

다른 하역장에 가자 미우가 트럭에 짐을 싣고 있었다.

"아이카와 씨, 경찰분들이 오셨는데요."

미우가 뒤를 돌아본다. 나가미는 아야노의 연립주택 근처에서 목격된 친구라는 게 미우가 아닐까 생각했다. 그녀는 단발머리에 모자를 쓰고 있었다. 화장기 없는 얼굴에 쌍꺼풀 없는 눈매의 미우가 모자를 깊게 눌러쓰면서 다가온다.

"아야노 때문에 오셨나요?"

미우가 물어본다.

"그렇습니다. 아야노 씨에 대해 질문 좀 드리고 싶습니다."

"범인을 체포하기 위해서라면 뭐든지 괜찮습니다. 하지만 지금 시간이 없는 터라 일하면서 말해도 될까요?"

"네."

나가미가 순순히 응하자 미우는 짐을 트럭에 싣기

시작했다.

미우가 무거운 상자를 힘껏 들어올린다. 키는 165센티 정도 될까. 일반 성인 여성보다는 큰 키지만, 체격이 호리호리하다는 것은 헐렁한 작업복을 입고 있어도 알 수 있다.

"이런 무거운 것을 옮기는 건 힘들겠죠? 제가 돕겠습니다."

나가미가 상자를 집자마자, 미우가 쏘아붙인다.

"쓸데없는 짓 하지 마세요!"

'뭐야, 이 여자는. 기껏 생각해서 도와주려고 했더니….' 나가미가 생각한다.

"아야노 이야기를 하러 오신 거잖아요?"

'그래, 이렇게 된 거 물어볼 것만 물어보고 가자.'

"알겠습니다. 괜히 귀찮게 해드렸네요. …아야노 씨와는 친하셨나요?"

"그런 셈이죠. 종종 만나기도 하고, 전화나 문자메시지도 나누면서…."

"언제부터 알고 지내셨습니까?"

"알게 된 건 1년 전일 거예요…."

"어떤 계기로 친해지셨습니까?"

"집이 가까워서요."

'과연 그렇군.'

"카스가죠?"

"네. 그리고 동갑이기도 했고…. 그래서 자연스럽게 친해졌어요."

'최근에도 당신 집 주변에서 어떤 남자가 당신을 위협하는 걸 본 사람이 있다고 했거든요.' 나가미는 속으로 생각했다.

"혹시 가미야라는 남자를 아십니까?"

"네, 알죠. 스토커 녀석이잖아요. 정말 최악의 남자죠."

"미우 씨도 가미야로부터 최근까지 협박당하지 않았습니까? 아야노 씨가 이사 간 곳을 알려달라면서."

"과연 형사군요. 이미 잘 알고 계시네요."

미우가 아야노의 새로운 주소를 알려주는 바람에 그날 밤 가미야가 아야노의 연립주택에 갔었다고도 가정해볼 수 있다.

"가미야에게 아야노 씨의 주소를 알려주었나요?"

"아니요."

"정말입니까? 미우 씨 같은 힘없는 여성이 스토커로

부터 협박을 받는다면 그 두려움에 아야노 씨의 주소를 알려줄 수 있으리라 이해할 수 있습니다. 그러니까 아야노를 죽인 범인을 잡기 위한 진실을 알려주십시오."

미우가 이쪽으로 시선을 돌린다. 그러고는 나가미를 노려본다.

"무슨 일이 있어도 저는 소중한 사람을 배신하지 않아요."

증오심으로 이글거리는 그 눈빛에 나가미는 할 말을 잃는다.

"그렇다면 아야노 씨의 연인에 대해서 뭐라도 들으신 것 없나요?"

나츠메가 미우에게 다가가 물었다.

"아야노가 그런 이야기를 한 적은 없었어요."

"사람들의 말에 의하면 아야노 씨는 '카이'라는 사람과 사귀고 있다고 했어요. 혹시 짐작 가는 사람은 없나요?"

"아뇨…."

"미우 씨는 여기 택배회사에서 같이 일하는 카이타니 씨와 친한가요?"

"딱히 친한 건 아니지만…, 같은 회사에 다니니까 이야기는 좀 하는 편이죠."

"혹시 아야노 씨와 카이타니 씨가 사귀던 사이는 아니었을까요? 작은 낌새라도 느낀 게 있다면…"

미우가 나츠메를 쳐다보더니 피식 웃었다.

"말도 안 돼요."

미우가 손사래를 친다.

"카이타니 씨가 유부남이라 그렇게 생각하시는 건가요?"

나츠메가 물끄러미 미우를 쳐다본다.

"아야노는 눈이 높으니까요."

"그렇군요, 시간 내주셔서 감사합니다. 마지막으로 하나만 더 여쭙겠습니다. 그저께 저녁 7시부터 10시까지 어디에 계셨습니까?"

"메지로 역 근처에 있는 도장에 있었습니다."

"도장이라고 하시면 헬스장을 말씀하시는 건가요?"

"아뇨…, 복싱 도장입니다."

"여성이 복싱까지 하시다니 남자들보다 더 남성적이시군요." 나가미가 비꼬며 말했다.

"이봐요. 형사 양반, 말조심하시는 게 좋아요. 요즘

세상이 어떤 세상인데 그런 시대착오적인 말을…"

미우가 사납게 노려본다.

"아하하, 농담입니다."

"농담 같은 가벼운 말로도 다른 사람의 마음에 상처를 줄 수 있어요. 아무튼 저는 이만 가봐도 될까요?"

미우가 나가미에게서 시선을 거두더니 나츠메에게 말한다.

"네. 말씀 나눠주셔서 감사합니다."

미우가 고개를 꾸벅 숙여 인사하고는 택배 트럭 운전석으로 향한다.

"아, 죄송하지만 하나만 더 대답해주세요. 현재 카스가쵸에서 혼자 살고 계신가요?" 나츠메가 물었다.

"아뇨, 어머니와 둘이서 살고 있습니다. 고등학생 때 아버지가 돌아가셔서 저와 어머니만 남았습니다. 왜 그러시죠?"

"죄송합니다. 딱히 큰 의미는 없습니다." 나츠메가 답했다.

나가미가 멀어지는 미우의 트럭을 보며 혀를 찼다.

"정말이지 드센 여자야. 어휴."

"세상에는 이런 사람, 저런 사람이 있는 거죠. 자, 가시죠."

그렇게 말하고 나츠메가 앞서 걸어갔다.

"그저께라…, 그저께…."

복싱 도장의 관장이 벽에 걸린 출석부를 만지작거리며 말한다.

"네, 미우가 왔었군요. 하긴 일일이 확인하지 않아도 미우는 거의 매일 와서 연습을 하고 가니까요."

"그렇군요."

나츠메가 고개를 끄덕이며 도장 안을 둘러본다. 샌드백을 두들기거나 링 위에서 연습을 하는 사람들을 즐거운 얼굴로 바라본다.

복싱에 대한 개인적 관심 때문에 도장에 가자고 한 건 아닌지 나가미는 의심스러웠다.

아야노의 주변 인물을 수사하다보니 벌써 저녁 5시가 지났다. 나가미는 그대로 경찰서로 돌아가려고 했지만, 나츠메가 미우의 알리바이를 확인하러 굳이 복싱 도장에 가자고 주장했던 것이다.

"슬슬 돌아가볼까? 곧 수사회의가 시작될 시간이

야."

손목시계를 보며 나츠메에게 그렇게 말했다. 하지만 나츠메는 조금만 시간을 더 달라고 하면서 관장에게 말을 건다.

'멋대로 해라.'

나가미는 속으로 그렇게 중얼거리면서 간이 의자에 앉았다.

"아이카와 미우 씨는 언제부터 이 도장을 다녔나요?"

나츠메가 관장에게 물었다.

"아마 1년 정도 되었을 거예요. 처음엔 다이어트가 목적인 줄 알았는데 열심히 연습하더니 1년 만에 실력이 엄청 늘었어요. 타고난 감각도 좋아서 프로 복서에 도전해보라고 말했는데 그런 쪽으로는 전혀 관심이 없는 모양이더군요."

"요즘 여성 프로복싱도 인기가 많더군요."

"네, 그렇습니다. 우리 도장에도 '퓨마 아사미'라는 여자 복싱 상위 랭킹 선수가 다녀요. 아아, 호랑이도 제 말하면 온다더니…."

입구로 시선을 돌리자 추리닝을 입은 여성이 조깅을

마치고 돌아왔다. 그녀는 그대로 링에 올라가 남자 연습생들 사이에서 쉐도우 복싱을 시작했다. 남자 뺨치는 가벼운 스텝으로 펀치를 반복한다.

"아이카와 미우가 프로가 되면 아사미와도 좋은 경쟁 상대가 될 텐데…."

관장이 아쉬워하며 말했다.

"미우 씨는 왜 복싱을 시작했다고 했습니까?"

링 위에 있는 퓨마 아사미를 보던 나츠메가 관장에게로 시선을 돌린다.

"그냥 강해지고 싶다고…, 지금보다 더욱 강해지고 싶다고 항상 말했어요. 무엇이 그녀를 그렇게 만들었는지는 모르겠지만, 그녀가 처음 이 도장에 왔을 때 얼굴에 멍도 있었죠. 여러 가지 의문이 들었지만, 이성과의 관계에서 무슨 일이 있겠거니 막연히 생각했습니다. 깊게는 물어볼 수 없었죠."

'1년 전…, 얼굴의 멍이라….'

혹시 가미야에게 협박 이상의 폭행을 당했던 것이 아닐까.

'무슨 일이 있어도 저는 소중한 사람을 배신하지 않아요.'

나가미는 증오로 가득한 눈으로 미우가 자신을 바라보던 모습을 떠올렸다.

나가미와 나츠메는 공원 벤치에 앉아 주스를 마시는 카이타니를 몰래 지켜보았다.

카이타니가 빈 캔을 쓰레기통에 버리고, 공원 밖에 주차해놓은 자신의 트럭으로 향한다.

"갈까."

나가미가 나츠메에게 그렇게 말하고 쓰레기통으로 다가간다. 그러고는 장갑을 끼고 카이나티가 입 댄 부분을 만지지 않도록 조심하면서 캔을 꺼낸다.

"저는 죽이지 않았어요!"

카이타니가 울부짖는 소리가 취조실에 울려 퍼진다.

취조실 문 근처에서 조서를 작성하고 있던 나츠메의 시선과 뒤를 돌아보던 나가미의 시선이 부딪친다.

"거짓말하지 마. 네 머리칼에서 채취한 DNA가 아야노 씨 방에 있던 콘돔 속 정액의 DNA와 일치했어. 이걸 어떻게 설명할 거야?" 나가미가 카이타니를 응시하며 말했다.

"그러니까…, 그날 밤에 아야노 방에 간 건 인정합니다. 부적절한 관계인 것도 인정해요. 하지만 저는 아야노와 섹스를 마치고 샤워를 한 다음에 곧바로 아야노의 집에서 나갔습니다. 한 달 전 아야노와 이케부쿠로에서 우연히 만나 같이 술을 마셨던 적이 있어요. 그날 아야노가 완전히 취해버리는 바람에 집까지 데려다주었는데…, 그때 실수로 그런 관계가 되었습니다. 그 뒤로도 몇 번 그런 관계를 맺었지만…, 저는 죽이지 않았습니다!"

"웃기지 마! 켕기는 게 없으면 왜 지난번에 만났을 때 사실대로 이야기하지 않았어?"

"바람을 피웠으니까 켕기는 게 있었던 거죠. 저번에 형사님이 왔을 때 사실대로 이야기하고 싶었지만, 아내에게 들키는 것이 무서워서…. 게다가 아야노가 살해당하기 직전까지 제가 그 방에 있었다는 것이 알려지면 가장 먼저 의심받을 테니까요."

"그런 게 아니라 아야노가 결혼해달라고 조른 거 아냐? 아니면 바람피우는 걸 아내에게 말하겠다고 협박했다거나…. 그러다가 싸움 끝에 죽인 거 아냐…?"

"아니에요! 저도 실수였지만, 그녀도 실수였어요. 아

야노는 저 같은 놈을 남자로 생각하지도 않았어요. 그녀에게는 따로 연인이 있었으니까요. '카이'라는…. 둘이서 술을 마실 때면 늘 그 녀석 자랑을 늘어놨어요."

"무슨 소리야. '카이'는 바로 너잖아."

"아니에요. 그녀는 저를 사랑하지 않았어요. 카이는 저보다 훨씬 더 멋진 남자라고 했어요. 저랑 섹스하면서도 분명 그 남자 생각을 했을 거예요."

"그렇다면 그런 연인이 있는데 왜 바람을 폈겠어?"

"그야 저도 모르죠, 아마도…, 완벽한 그에게도 뭔가 부족했던 게 있었는지도 모르죠. 그날도 돌아가려는데 '오늘로 우리 관계는 마지막으로 해요.'라고 했어요. 어차피 저도 그럴 생각이었어요. 제 품에 안겨 있으면서도 아야노는 늘 다른 남자를 생각하는 것만 같았어요. 남자로서 그런 모습을 보는 건 자존심 상하는 일이니까, 저도 알았다고 수긍하면서 방에서 나갔어요. 어쨌든 저는 죽이지 않았어요!"

카이타니는 온몸으로 격렬하게 호소했다.

"어때?"

취조실에서 나오자 복도에 서 있던 야부사 계장이

물었다.

"인정을 안 하네요."

"그런가. 그럼 다른 녀석에게 취조를 부탁해볼까."

나가미는 어깨를 축 늘어뜨리고 수사본부로 향한다.

"어떻게 생각하나?"

옆에서 걷고 있는 나츠메에게 물었다.

"아직 뭐라고 장담하긴 힘듭니다. 하지만 아야노가 평소 말했다던 '지금까지 만난 사람 중에서 가장 남자다운 사람'이라는 이미지와는 상당히 차이가 있는 남자로 보입니다."

"에이, 사람은 겉보기와는 다른 법이잖아."

"그렇긴 하죠. 사람은 누구나 겉보기와는 다르죠."

나츠메가 멈춰 섰다. 그러고는 나가미를 뚫어지게 바라본다.

"그럼 지금부터 그걸 확인하러 가시지 않겠습니까?"

그렇게 말하고는 계단을 향해 걸어간다.

"잠깐! 대체 무슨 생각이야?"

복싱 도장 앞까지 따라온 나가미가 나츠메에게 화를 냈다.

"이렇게 수사가 안 풀릴 때에는 스트레스도 좀 풀어야죠."

나츠메가 천진난만한 표정으로 나가미의 소매를 잡아당긴다.

"정신 차려. 곧 수사회의가 열릴 시간이잖아!"

호통을 쳤지만, 나츠메는 신경 쓰지 않고 도장 안에 냉큼 들어갔다.

'젠장, 웃기는 놈이야.'

"아니, 저번에 오신 형사님이군요? 무슨 일이시죠?"

도장에 들어가자 관장이 말을 건다.

"오늘은 아이카와 미우 씨가 안 왔나요?"

나츠메가 도장 안을 살피며 묻는다.

"몸을 풀려고 조깅 중입니다."

"그렇군요."

나츠메가 샌드백으로 다가가 가볍게 스텝을 밟는다.

"형사님 꽤 자세가 잡혀 있네요."

관장이 나츠메의 날렵한 움직임을 보며 감탄한다.

"옛날에 복싱을 배운 적이 있습니다. 학생 때 좀 했었죠."

"아마추어 복서입니까?"

"이래 봬도 전국 체전에서 3위 안에 든 적도 있습니다."

"이야, 그럼 좀 보여주시겠습니까?"

관장이 나츠메에게 권투 글러브를 건네주었고, 나츠메가 상의를 벗고 글러브를 낀다. 그러고는 지금까지 본 적이 없는 활기찬 표정으로 샌드백을 두들긴다.

나츠메의 움직임을 보고 있자니 그 말처럼 과연 초보는 아닌 것 같다. 하지만 형사로서는 초보도 되지 못 한다고 나가미는 속으로 욕한다.

"저에게 또 무슨 일이시죠?"

뒤를 돌아보니 조깅에서 돌아온 미우가 서 있었다.

"아뇨…, 딱히 미우 씨에게 볼일이 있던 건 아닙니다. 오랜만에 몸을 좀 움직여보고 싶어서요."

"여기 형사님이 학창 시절에 권투를 했대. 전국 체전에서 3위 안에도 든 적이 있다는 거야. 그래서 그런지 움직임이 좋더군."

"그래요…?"

미우가 시큰둥하게 답하더니 샌드백으로 향한다.

"저기, 미우!"

링 위에서 연습하던 퓨마 아사미가 미우를 부른다.

"잠깐 같이 스파링하지 않을래?"

"아니, 미안하지만 거절할래."

"쳇, 겁쟁이!"

링 위에서 내려온 아사미가 코웃음을 치더니, 그대로 탈의실로 들어간다.

미우는 치미는 분노를 삼키는 듯했다. 그녀는 날카로운 시선으로 샌드백으로 가서 두들기기 시작한다.

"아이카와 미우 씨!"

나츠메가 미우를 부르자, 미우가 나츠메를 돌아본다.

"저와 스파링하시지 않겠습니까?"

'잠깐! 이건 또 뭐야? 나츠메는 대체 무슨 생각인 거야?'

"형사님, 그건 좀…."

관장도 말린다.

"안 하시렵니까?"

나츠메가 도발하듯 미우에게 외쳤다.

지금까지 나츠메가 젠틀맨인 줄 알았는데 이렇게 미우를 깔보는 걸 보니, 나가미는 그가 의외로 찌질한 남자가 아닌가 의심스러웠다.

"좋아요. 그 대신 봐주진 않을 거예요."

미우가 머리 보호대를 쓰고 링에 오른다.

"물론이죠."

안절부절못하던 관장도 어쩔 수 없다는 듯 체념하며 나츠메에게 머리 보호대를 건네준다.

"그럼 1라운드만 하죠."

'나츠메는 대체 무슨 생각인가. 이런 걸 왜 하는 거야.'

체격 차이도 크다. 미우는 나츠메보다 더 가냘픈 몸매다. 가슴도 없어서 마치 소년과도 같다. 키도 나츠메와 상당한 차이가 난다.

서로 봐주지 않기로 말은 했지만 아무래도 나츠메가 미우를 가지고 놀 심산인가보다, 하고 나가미는 생각했다.

종이 울리자 나츠메가 맹렬하게 미우에게 다가간다. 그리고 아무 거리낌 없이 미우의 얼굴이나 몸에 날카로운 펀치를 날린다.

관장은 물론 다른 연습생들도 놀라서 링 위를 쳐다본다.

나츠메의 공격에 전혀 대처하지 못했던 미우는 몸을 회전하여 나츠메의 등 뒤로 피한다. 나츠메가 뒤를 돌아본 순간에 미우가 나츠메의 복부에 펀치를 날렸다. 그러자 나츠메의 상체가 앞으로 꺾이면서 움찔했다. 그 순간을 놓치지 않은 미우가 화려한 스텝으로 나츠메의 얼굴에 주먹을 꽂아 넣는다.

하지만 미우가 우세를 점한 것도 한순간이었다. 이번에는 나츠메가 미우의 얼굴에 주먹을 날렸고, 미우의 코에서 피가 흐른다. 하지만 미우는 물러나지 않고 나츠메의 몸과 턱에 펀치를 계속 날린다.

타격음이 울려 퍼진다. 처절한 시합이었다.

종이 울리고 두 사람 다 동작을 멈춘다. 그리고 각자 반대편 코너로 돌아간다.

머리 보호대를 벗은 미우의 얼굴이 새빨갛게 물들었다. 거친 숨을 몰아쉬며 코에서 흐르는 피를 수건으로 닦는다.

반대편 코너에 있는 나츠메도 거칠게 숨을 내쉰다. 나츠메의 코에서도 코피가 나고 있다.

"형사님!"

미우가 다가와 나츠메에게 자신이 사용한 수건을 던진다.

"꽤 움직임이 좋네요."

"미우 씨도요. 프로가 되면 틀림없이 챔피언이 될 거예요."

"하지만 여자 프로복싱에서 챔피언이 되면 뭐 하겠습니까."

"어머님은 미우 씨가 복싱하는 걸 알고 계신가요?" 나츠메가 물었다.

"설마요. 우리 어머니는 여자는 항상 조신해야 한다고 주장하시는 분이에요. 제가 이러고 있는 걸 보면 쓰러지실걸요."

미우는 그렇게 말하며 웃더니, 링에서 내려와 탈의실로 들어간다.

나츠메도 수건으로 얼굴을 닦고서는 링에서 내려온다. 관장과 연습생들이 당황스러운 표정으로 나츠메를 쳐다본다.

"실례했습니다."

나츠메가 상의를 손에 들고 도장에서 나간다.

"무슨 생각인 거야! 상대는 여자잖아. 좀 봐주지 그랬어."

"그건 진검승부를 걸어온 상대에게 실례잖아요."

'이건 또 뭔 말이야?'

"어쨌든 저는 이걸로 확신했습니다."

모자를 깊게 눌러쓰고 청바지에 수수한 셔츠를 입은 미우가 메지리 역 안으로 내려간다. 그리고 야마노테선을 타고 이케부쿠로 역에서 내린다.

나츠메는 인파 속에 숨어 미우의 뒤를 쫓는다. 나가미도 뒤따르고 있다.

'대체 나츠메는 무슨 생각인 거야.'

수사회의를 불참한 게 알려지면 야부사 계장을 비롯한 모든 상사에게 혼날 것이다. 나가미는 손목시계를 보며 속으로 짜증을 낸다.

개찰구를 나온 미우는 역 안에 있는 화장실로 들어간다. 나츠메는 멈춰서 잠시 동안 화장실 문을 본다.

10분 정도 지나자, 나츠메가 갑자기 역 안을 가로지른다.

"카이!"

나츠메가 그렇게 부르자, 한 여성이 뒤를 돌아본다.

긴 생머리에 치마를 입은 세련된 여성이다.

나츠메를 본 여자의 표정이 경직된다. 그 얼굴을 찬찬히 뜯어보던 나가미는 크게 놀라지 않을 수 없었다.

화장을 했기 때문에 곧바로 알아채지는 못했다. 하지만 눈앞에 서 있는 사람은 틀림없이 미우였다. 가슴에는 패드를 넣었는지 크게 부풀어 있었다.

　"잠시 이야기할 수 있을까요…?"

　나츠메가 미우에게 다가갔다.

　"경찰서에서 말이지…?"

　"네."

　"좋아. 단, 두 가지 조건이 있어."

　"뭐죠?"

　"당신하고만 이야기하고 싶어. 날 이해하지 못하는 인간에겐 말하고 싶지 않으니까."

　"다른 하나는요?"

　"옷 좀 갈아입어도 될까…? 이 차림으로는 답답하거든. …어머니 앞이나 고향에서는 이런 차림을 해야 하지만."

　나가미는 미우의 얼굴과 나츠메의 뒷모습을 본다.

　관할 경찰서의 형사가 취조를 담당하고, 본청에서 파견된 자신이 고작 조서를 쓰는 게 분했다. 하지만 미우와 약속을 했으니 어쩔 수 없는 일이다.

"당신이 아야노 씨의 연인 카이인 거죠?" 나츠메가 물었다.

"어떻게 된 거야?" 나가미도 일어나 묻는다.

"당신은 입 좀 다물고 있어줄래? 다 이야기할 테니까."

미우의 말에 나가미는 맥없이 자리에 주저앉는다.

'대체 어떻게 된 거야?' 나가미는 아까 전의 풍만함과는 전혀 다른 미우의 납작한 가슴을 보며 생각했다.

"압박붕대로 가슴을 감은 것입니까?" 나츠메가 미우에게 물었다.

"맞아. 부푼 가슴이 너무 싫어서 직장이나 도장에서는 압박붕대로 가슴을 감고 있어."

"성 정체성에 혼란을 겪고 있는 거군요."

나츠메가 묻자 미우가 고개를 끄덕인다.

"정확히 말하면 '성 정체성 장애'라는 것이야."

성 정체성 장애란 신체 성별과 성의 자의식이 일치하지 않는 상태로, 미우는 자신이 운 나쁘게 여성으로 태어났지만 스스로는 남성이라고 믿는다고 설명했다.

"어릴 때부터 내가 여자란 것에 막연히 의문을 가지고 있었어. 머리를 기르거나 치마를 입는 것도 싫었고,

사랑에 빠지는 상대도 항상 여자였어. 고등학생 때에 내가 성 정체성 장애라는 걸 확신했지만 누구에게도 말할 수 없었어. 부모님께서는 외동딸인 나에게 어릴 때부터 계속 여성스러움을 강조하셨거든. 하지만 견딜 수 없이 괴로워서 부모님께 고백하려던 찰나에 아버지께서 사고로 돌아가신 거야. 그 일로 상당한 충격을 받은 어머니께 더 큰 걱정을 끼쳐드릴 수 없었어. 그래서 결국 성 정체성 장애에 대해서 말씀드리지 못했어. 그러니까 나는 26년간 계속 혼자였던 거야."

"그러던 차에 1년 전쯤 그녀를 알게 되신 거군요?"

"그래, 집 근처에서 아야노가 이상한 남자에게 시달리는 것을 보고 구해주었던 게 시작이었지. 그러다 오히려 그 스토커 가미야에게 두들겨 맞았지만… 아무튼 그때 일로 아야노는 자신의 집으로 날 데려가 치료해주었어. 아야노가 자꾸 미안해하기에, 나는 훈장이라며 웃어줬지. 그리고 나는 처음으로 진짜 나 자신을 고백했어."

"그래서 그녀와 사귀게 되신 거군요."

미우가 고개를 끄덕인다.

"내가 고백한다 해도 이루어질 수 없는 사랑이라

는 걸 알고 있었어. 하지만 예상과 달리 아야노도 이런 내가 좋다고 했어. 그 뒤로…, 나는 아야노를 지켜줄 수 있는 남자가 되기 위해 노력했어. 언제나 그녀가 날 의지할 수 있도록 든든한 남자가 되려고 했지. 아야노를 정말 사랑했으니까. 누군가가 이토록 소중하다고 느낀 건 처음이었으니까. 아야노도 똑같이 나를 사랑한다고 믿었어. 하지만 아무래도 그건 아니었나 봐…."

미우가 씁쓸한 표정으로 몸을 움츠렸다.

"그날 밤 조깅을 하던 중에 카이타니가 아야노의 집에서 나오는 걸 보신 거군요?"

"그래. 나는 바로 아야노의 집에 찾아갔어. 어째서 카이타니가 아야노의 집에서 나오는 건지 확인하고 싶었어. 방을 뒤지던 중 콘돔을 발견한 나는 그녀를 격하게 몰아붙였어. 그렇게 헤프니까 제대로 된 남자가 안 생기는 거라면서 있는 대로 욕을 했어. 그랬더니 아야노도 '네가 날 비난할 자격이 있어?'라며 흥분하는 거야. 아야노는 목욕 가운을 풀어헤치면서 나에게 다가왔어. '그럼 날 만족시켜줘. 내 모든 걸 만족시켜줘. 그것도 못 하는 주제에 나만 비난하지 말라고!'라는 거야. 너무나 굴욕적이었어. 내 안에 아슬아슬하게 남아 있던 자존심이 무너져 내린 순간이었어."

"그래서 그녀를 침대에 쓰러트려 목을 조른 거군요."

"솔직히 그 다음부터는 머리가 새하얘져서 기억이 잘 안 나… 하지만 어떻게든 눈물만은 참았던 것이 기억나."

"제가 봐도 미우 씨는 남자다운 남자였습니다. 적어도 여성에게 폭력이나 위해를 가하는 남자와는 다른 자존감을 가지고 있었을 겁니다."

'여자 프로복싱에서 챔피언이 되면 뭐 하겠습니까.'

나츠메의 말을 듣던 나가미의 머릿속에 문득 도장에서 미우가 했던 말이 떠올랐다.

그건 남성으로서 여성을 때리고 싶지 않다는 미우의 진심이 아니었을까.

"미우 씨가 그 자존감을 유지했으면 좋았을 텐데요."

"그래, 맞아…." 미우의 몸이 축 처진다.

"그런데 하나 물어봐도 될까…?" 갑자기 미우가 물었다.

"네."

"어떻게…, 내가 이런 성 정체성 장애를 겪는 줄 알

았지?"

"처음엔 사소한 의문이었습니다. 우선 나가미 형사님이 미우 씨를 '남성적'이라고 했을 때 미우 씨가 너무 격하게 반응하기에 그게 좀 이상했습니다. 당신이 스스로를 여성이라 생각했다면, 무거운 짐을 나르고 복싱을 하는 자신에게 '남성적'이라는 말은 어찌 생각하면 당연하니까 가볍게 흘려들었을 것입니다. 하지만 그때 당신의 분노는 과했습니다. 그때 나가미 형사님이 말했던 '남성적'이라는 말은 '여자면서 남자 못지않다'는 의미잖아요. 그래서 당신이 그렇게 격분했던 거고요. 하지만 그때까지는 확신할 수 없었기에, 당신의 몸에게 직접 물어보기로 한 겁니다."

"그래서 결과는 어땠지…?"

"그 펀치는 꽤 강렬했습니다. 미우 씨의 내면은 틀림없이 남자라고 확신했을 정도로요."

"그랬군. 당신과 스파링했을 때부터 불길한 예감이 들었었어."

"그리고…, 미우 씨가 아야노 씨의 연인이었다면 아야노 씨가 자신의 전 남자친구인 가미야 씨와 마주칠 수 있는 위험을 감수하면서까지 이케부쿠로에 이사

온 것도 납득이 갑니다. 당신을 사랑했기에 당신의 직장과 도장이 있는 이케부쿠로 근처로 온 거죠. 조금이라도 당신과 함께 있고 싶어서요."

"그래, 지난 1년간은 내 인생에 있어 특별한 시간이었어. 그런 걸 목격하지만 않았다면 지금도 잘 지내고 있겠지."

미우가 깊은 한숨을 쉰다.

"사건 현장에서 아야노 씨의 핸드폰을 수거해 간 것은 아야노 씨의 주변 인물을 조사하면 본인이 잡힐 것 같아서 그런 겁니까?"

"응. 경찰이 문자메시지를 보면 나와 아야노가 그런 관계라는 걸 바로 알아챌 테니까. 핸드폰에서 문자메시지를 삭제해도 경찰이 내용을 복원할 수 있다고 TV에서 본 적이 있거든."

미우의 대답에 나츠메가 고개를 끄덕인다.

"그런데 어째서 이름이 '카이'였던 거지?"

나가미가 질문을 하자, 나츠메가 잠시 나가미를 보더니 다시 미우에게로 시선을 돌린다.

"'미우'라는 이름은 너무나 여성적인 어감의 이름입니다. 그 이름은 남성적이기를 원하는 당신에게는 어울리지 않았겠죠? 미우…, 우미…, 카이…, 아마도 아야노 씨가 고민을 거듭한 끝에 남자다운 이름을 지어준 게 아닐까요?('미우'를 거꾸로 하면 '우미'인데 이는 '海'의 독음과 발음이 같다. 그래서 '海'의 훈음인 '카이'가 연상된 것이다-옮긴이 주)"

"그 말대로야…"

힘이 빠진 미우가 어깨를 떨어뜨린다.

"아야노 씨는 지인들에게 당신이 목숨을 걸고 자신을 지켜줄 수 있는 사람이라고, 지금까지 만난 누구보다도 가장 남자다운 사람이라 자랑했다고 합니다. 그와 동시에 너무 사랑하지만 이루어질 수 없는 사랑이라고도 했고요. 소중한 사람을 지키는 방법에는 여러 방법이 있다고 생각합니다. 그런데 두 사람에게는 이런 결말뿐이었을까요?"

미우의 눈이 눈물로 글썽거린다. 터져 나오는 오열을 간신히 억누르고 있는 것 같았다.

"참지 않으셔도 됩니다. 남자도 울고 싶을 때가 있는 법이니까요."

그 순간 취조실 뒤쪽에서 흐느껴 우는 소리가 울렸다.

아
버
지
의

휴
일

◆

'오늘 몇 시에 들어오세요?'

회사를 나왔을 때 류타에게서 문자메시지가 왔다.

요시자와 아츠로는 역으로 향하는 발걸음을 늦춘다. 지금부터 부하 핫토리와 함께 중요 거래처 분들을 접대해야 한다. 아마도 늦게 귀가할 것이다.

"잠깐 문자 좀 보내도 될까?"

옆에서 걷는 핫토리에게 그렇게 말하고 문자메시지를 보낸다.

'접대하느라 늦을 테니 먼저 식사해. 야채도 꼭 먹고.'

문자메시지를 보내자 몇십 초 후에 답이 왔다.

'YES'

무뚝뚝한 답장이었다.

"아드님이신가요?"

핫토리가 묻자 요시자와가 고개를 끄덕인다.

"나이는 어떻게 되나요?"

"14살. 중학교 2학년이야."

"문자메시지까지 주고받는 걸 보니 사이가 좋으신가봐요."

"그런가?"

"그 나이 때는 사춘기가 오거나 하잖아요."

'사춘기인가.'

하지만 아직 류타에게 그런 징후는 없다.

"우리 애는 그런 거 없을 거야."

요시자와는 약간 자랑하듯 말하며 역으로 향했다.

오늘 접대는 생각보다 빨리 끝났다.

이다바시 역에서 핫토리와 헤어진 뒤 요시자와는 지하철을 탔다.

10시가 넘었는데도 지하철 안은 퇴근하는 회사원들로 혼잡했다. 요시자와는 오늘의 성과를 되짚어본다.

접대 상대는 도쿄에 40개 이상 점포를 출점하고 있는 대형마트의 발주 담당이었다. 다음 달 요시자와의 회사에서 출시하는 과자에 대한 담당자의 반응은 아주 좋았다.

요시자와는 지하철 창문에 비친 자신의 얼굴을 바라본다. 피곤한 표정이다. 그도 그럴 것이, 4개월 전에 영업과장으로 승진한 다음부터 휴가다운 휴가가 없었다.

'이런 불경기에 사치스런 생각이야.'

새어나오는 한숨을 꾹 참으며 스스로를 위로한다.

요시자와는 지하철 안을 둘러본다. 자신뿐만 아니다. 주위에 있는 많은 사람들이 가족을 지키기 위해 최선을 다해 일하고 있다. 가족을 지키기 위해….

'그 나이 때는 사춘기가 오거나 하잖아요.'

문득 핫토리의 말이 떠오른다.

'류타에게 사춘기가 올 리가 없어.'

아내가 일찍 죽은 영향인지 모르겠지만 류타는 아버지의 속을 썩이지 않는 착한 아이였다.

아내인 아키코와는 7년 전에 유방암으로 사별했다. 류타가 초등학교 1학년 때의 일이다.

'혼자 있는 날이 많아 외로울 때도 있었겠지.'

하지만 류타는 요시자와에게 불평을 하거나 우는소리를 한 적이 없다. 학교에서 특별활동도 열심히 하고 있고, 집안일도 제대로 하고 있다.

하지만 최근에 거의 대화를 하지 않았다는 사실이 맘에 걸렸다.

류타가 초등학생 시절에는 일 때문에 늦게 들어갈 때에도 집으로 전화를 걸었었다. 10분 정도의 짧은 대화였지만 학교에서 있었던 일이나 친구에 대해서도 물어보곤 했다. 그런데 핸드폰 시대가 되면서 언제부턴가 모든 것이 문자메시지로 소통하는 것으로 바뀌었다.

밤 11시가 되기 전에 오오이즈미가쿠엔 역에 도착했다. 요시자와가 사는 연립주택은 여기서부터 걸어서 10분 정도 걸린다.

최근에는 자정이 다 되어서야 귀가하는 것이 빈번하여 류타와 제대로 이야기를 나누지 못했다. 그래도 이 시간대라면 아직 깨어 있을 것이다.

요시자와는 걸음을 재촉하며 집으로 향했다.

어두운 주택가를 걷는데, 연립주택 근처 공원 앞에 주차된 흰색 봉고차가 보였다. 그 차에서 누군가가 나오는 모습을 본 요시자와는 발걸음을 늦춘다. 언젠가 만난 적이 있는 소년이었기 때문이다. 류타와 같은 반 친구인…, 히구치 준페이가 아닌가.

'이런 밤중에 뭘 하는 거지.'

말을 걸어 볼까 잠시 망설이던 요시자와는 이어서 차에서 나오는 사람을 보고 발걸음을 멈추지 않을 수 없었다.

'류타?'

요시자와는 스웨터를 입고 등에 가방을 멘 소년을 응시했다.

'틀림없어. 류타다!'

운전석에서 내린 젊은 남자가 류타에게 무슨 이야기를 했다. 그러더니 지갑에서 지폐를 꺼내 류타에게 건네준다.

류타는 그 돈을 받고 준페이와 연립주택 쪽으로 걸어간다.

둘의 모습이 멀어진 뒤, 요시자와는 봉고차를 향해 다가갔다.

류타에게 돈을 건넨 젊은 남성이 담배를 피며 소리 내어 웃고 있었다. 차 안에는 다른 남자가 있었다. 둘 다 20세 전후로 보였다. 민소매로 드러난 팔에는 여러 가지 요란한 문신이 있다.

봉고차 옆을 지나며 요시자와는 은근슬쩍 열린 차문 속을 봤다. 그 안에는 철선인지 케이블 뭉치인지 알 수 없는 건설자재 같은 것들이 쌓여 있었다.

'무슨 공사를 하는 남자들인 건가. 그렇다면 왜 류타와 준페이와 함께 있던 거지? 아르바이트를 하는 건가…?'

아이들이 아르바이트를 하는 건가 생각했지만 그건 아닐 것이다. 고작 중학교 2학년 아이들을 공사 현장에서 고용할 리가 없다.

'대체 무슨 일이지…?'

지금 당장 류타에게 달려가 물어보고 싶지만 그럴 수 없었다.

아까 본 류타의 얼굴이 머릿속을 떠나지 않는다. 돈을 건네받은 류타는 갈등하는 표정을 짓고 있었다. 저런 무거운 표정은 이제껏 본 적이 없었다.

갑자기 발걸음이 무거워졌다. 집까지 가는 길이 평소보다 더 멀게 느껴졌다.

집 앞까지 와서도 초인종을 누를까 열쇠로 열까 고민한다. 그러다 결국 열쇠로 열었다.

"다녀왔다…."

문을 열자 현관에 류타가 있었다. 류타는 마침 자기 방으로 들어가려던 참이었다. 요시자와와 눈이 마주치자 류타는 순간적으로 놀란 표정을 짓는다.

"일찍 오셨네요?"

류타가 요시자와의 시선을 살짝 피하며 말했다.

"그래…."

당장 이것저것 물어보고 싶지만 막상 말이 나오지 않는다.

요시자와는 집 안에 들어가며 회사에서 가져온 과자를 꺼낸다.

"이번에 새로 나온 거야. 거실에서 같이 먹을까?"

"괜찮아요. 내일도 학교에 가야 하니까 일찍 잘래요."

류타는 요시자와를 쳐다보지도 않고 방으로 들어가버렸다.

요시자와는 닫힌 문을 바라보며 어찌할 바를 모른 채 멍하니 서 있었다.

다음 날 아침, 요시자와는 평소보다 30분 일찍 일어났다.

아침에 자연스럽게 류타와 이야기해보려고 30분 일찍 알람을 설정해둔 것이다.

'간단하잖아. 어젯밤 공원 앞에서 류타를 봤다고 말하기만 하면 돼. 그 남자들과 무슨 관계인지 물어보면 된다고. 분명 별거 아닐 거야. 차림새는 좀 그랬지만 요즘 젊은 애들 패션이 다 그렇잖아. 나쁜 사람들이 아닐 수도 있어. TV에도 문신한 연예인이나 운동선수가 많이 나오잖아. 사람을 겉모습만으로 판단해서는 안 돼. 애초에 우리 류타가 그런 질 나쁜 사람들과 어울릴 리도 없고.'

이불 속에서 이런 저런 생각을 하다보니 결국 새벽까지 잠들지 못했다.

머리가 무거웠지만 요시자와는 침대에서 일어나 침실을 나왔다. 그런데 거실에는 류타가 없었다.

류타는 항상 요시자와가 일어날 때쯤 학교에 간다. 전에는 요시자와도 류타와 비슷한 시간에 일어나 같이 아침을 먹기도 했지만, 요즘엔 피로가 쌓여 아침밥을 거르고 잠을 자게 되었다.

'이 시간이라면 아침을 먹고 있을 텐데.'

아직 자고 있나 싶어 방으로 가보려다가 현관에 류타의 신발이 없는 걸 발견하였다. 요시자와 모르게 조용히 학교에 간 것 같았다.

'내가 잘 수 있도록 신경 써 준 것인가, 아니면…'

요시자와는 현관에서 신문을 가져와서 거실로 돌아왔다. 커피를 마시며 소파에 앉아 신문을 읽는데 사회면 구석에 있는 작은 기사를 보고 커피를 뿜을 뻔했다.

최근 도쿄 각지 공사현장 등에서 금속 케이블을 훔치는 절도 사건이 연이어 발생하고 있다는 기사였다.

'설마⋯. 아니, 그럴 리가 없어. 내가 대체 무슨 생각을 하는 거야. 류타가 그런 절도 사건에 관계될 리 없지.'

류타에게 식사비나 용돈을 매일 빼먹지 않고 준다. 금전적으로 부족함은 없을 것이다.

'하지만⋯, 절대 아니라고 단언할 수 있을까. 내가 현재의 류타에 대해 얼마나 알고 있다고 장담할 수 있을까.'

불안감이 가슴속에서 퍼져나간다.

최근 한 달 정도. 류타의 얼굴을 제대로 마주하지 못했다. 이야기도 하지 않았다.

'내가 집에 없을 때 류타가 어떻게 지내는지도 모르잖아.'

문자메시지로 주고받으니까 어디에 있었는지도 모른다.

요시자와는 도저히 가만히 있을 수 없어서 류타의 방으로 향했다.

하지만 문 앞에서 망설였다. 부모 자식 간에는 신뢰가 중요하다고 생각했기에 이제껏 마음대로 류타의 방에 들어간 적이 없었다. 하지만 지금은 그런 걸 따질 상황이 아니다. 빨리 이 불안을 해소하고 싶었다.

문을 열고 방에 들어간다. 맨 처음 눈에 들어오는 것은 책상이었다. 책상 위에는 구겨진 5천 엔짜리 지폐가 여섯 장 굴러다니고 있었다.

'어제 그 남자에게서 받은 돈인가.'

한쪽 구석으로 눈길을 돌리던 요시자와는 더 큰 충격을 받았다. 어제 입었던 스웨터 위에 더러워진 목장갑과 커다란 니퍼가 널브러져 있었다.

그날 요시자와는 저녁 6시 반에 회사를 나왔다.

이렇게 빨리 퇴근을 하는 것이 얼마 만인가. 접대가 없는 날에도 늦게까지 일하는 생활에 익숙해졌다. 하지만 오늘은 일이 전혀 손에 잡히지 않았다.

이런 상태로 회사에 있어봤자 의미가 없다. 그리고 아버지로서 반드시 해야 할 일이 있다. 하지만 그걸 알면서도 곧바로 집으로 돌아가는 게 두려웠다.

'만약 집에 왔는데 류타가 없다면…? 수많은 상상을 하면서 불안한 시간을 보내게 되겠지.'

집에 류타가 있다고 해도 대체 무슨 말을 어떻게 해야 할지 모르겠다.

정말 한심한 아버지다.

지금까지 이런 생각을 해본 적이 없었다. 류타가 나를 이렇게 고민하게 만들 줄은 상상도 못했다. 대체 어떻게 해야 할까. 이런 일을 누구에게 상담할 수 있을까….

문득 그 녀석의 얼굴이 떠올랐다.

그러면 무언가 좋은 조언을 해줄지도 모른다.

하지만 그에게 상담하는 것을 주저했다. 한심한 자신의 모습을 보이는 것이 싫어서가 아니다. 그는 어떠한 모습이라도 보여줄 수 있는 유일한 친구다. 하지만 그는 지금….

요시자와는 핸드폰을 쳐다보며 망설였다.

생맥주를 두 잔째 들이켰을 때 가게 문이 열린다.

"오랜만이네."

가게로 들어온 나츠메 노부히토가 가볍게 손을 흔들었다.

"아저씨, 여기 생맥주랑 꼬치구이, 모듬회…. 그리고

아게다시 두부에 풋콩 추가요."

나츠메가 카운터 앞에서 가게 주인에게 주문을 하고, 테이블에 앉아 있는 요시자와 앞에 앉는다.

"너무 기다리게 했나?" 나츠메가 웃었다.

"아냐, 나도 이제 막 두 잔째야. 미안해, 갑자기 불러내서…."

고민 끝에 요시자와는 나츠메에게 전화를 했다. 나츠메는 형사가 되어 24시간 교대로 일하고 있다. 시간이 안 맞으면 어쩔 수 없다고 생각했지만, 나츠메는 마침 일이 끝났다며 단골 이자카야에서 만나자고 했다.

나츠메와는 고등학생 때부터 친구다. 고등학교를 졸업한 후에 둘 다 도쿄에 있는 대학에 들어갔다. 대학은 달랐지만, 그와 계속 만났다. 대학을 졸업한 요시자와는 곧바로 지금 일하는 제과회사에 취업했다. 고등학생 때부터 교사가 되고 싶다고 했던 나츠메는 그쪽 길로 가나 싶더니, 졸업 후에 심리학 계열의 대학원에 진학한 뒤 법무부 직원이 되어 소년분류심사원에서 죄를 진 청소년들을 면접하는 일을 하게 되었다.

죄를 진 소년들을 봐온 경험이 있는 나츠메라면 류타에게 좋은 조언을 해줄 지도 모른다고 생각했다.

하지만 그런 동시에 이런 이야기를 꺼내는 게 두려
웠다. 현재는 나츠메가 이직하여 경찰이 되었기 때문
이다. 지금은 죄를 진 사람을 체포하는 입장이다.

나츠메가 주문한 맥주가 나오자 둘은 일단 건배를
했다.

"일은 좀 어때?" 나츠메가 물었다.

"뭐… 이제 막 과장이 돼서 너무 바빠."

"그렇구나. 어쨌든 축하해."

"너야말로…"

나츠메는 이케부쿠로 경찰서에 근무하고 있다. 전에
이케부쿠로에서 술을 마신 적이 있는데, 마침 파출소
앞에서 취객을 상대하는 경찰 제복 차림의 나츠메를
보고 정말 신기하고 대견하다고 생각했다.

"강력계에 배속되었어."

그렇게 말한 나츠메의 눈빛이 날카롭게 빛났다.

"그래…?"

나츠메가 지원한 것이 아닐 수도 있으니, 무턱대고
축하한다고 말할 수는 없었다.

"류타는 잘 지내?"

나츠메가 갑자기 류타 이야기를 물어서 요시자와는

흠칫했다.

"그래…"

"지금 몇 살이지?"

"중학교 2학년이야."

"그렇군. 벌써 그렇게 되었네."

나츠메가 감개무량하다는 듯 말했다.

요시자와는 나츠메가 무슨 생각을 하고 있는지 알아차렸다. 나츠메의 딸인 에미도 류타와 같은 나이이다. 에미와 류타가 어릴 때는 자주 서로의 집에 오가며 친하게 지냈었다. 하지만 10년 전부터는 그렇게 하지 못하고 있다.

"학교에서 특별활동이라도 하나?" 나츠메가 물었다.

"검도부를 하고 있어."

"너랑 똑같네."

요시자와는 초등학생 때부터 고등학생 때까지 검도를 했다. 류타에게 검도를 권한 것도 요시자와였다.

"반년 전쯤 대회가 있었어. 나를 닮았는지 정말 가슴 졸이게 하는 시합이었지."

"살을 내주고 뼈를 취한다, 였지. 네 전국체전 시합도 대단했어."

나츠메가 그리움에 젖은 얼굴로 웃는다.

나츠메는 고등학생 때 복싱부에 있었다. 나츠메도 전국체전에 출전했었다. 얌전해 보이는 인상이지만 권투 글러브를 낀 나츠메는 평소 모습과 전혀 달랐다. 활활 타오르는 승부욕으로 상대를 압박했던 것으로 요시자와는 기억하고 있다.

종목은 달랐지만 싸우는 자세는 자신과 닮았다. 요시자와는 그런 부분을 인간적으로 흠모하고 있는지도 모른다. 그리고 그것이 지금도 그와 계속 친구로 지내는 이유 중 하나일지도 모른다.

수비적 자세를 버리고 상대를 강하게 압박하는 공격 스타일을 가진 자신을 아들인 류타도 닮아 있다. 그 대회에서 류타는 결승전까지 올라갔지만 마지막에 졌다. 준우승으로는 만족하지 못했는지 류타는 돌아가는 길에 계속 눈물을 흘렸지만, 요시자와는 그런 아들이 자랑스러웠다.

그때였다. 주문한 음식들이 테이블에 가득 찼다.

"아무리 그래도 너무 많이 주문한 거 아냐. 식을 텐데 하나씩 주문하지 그랬나."

요시자와가 황당하다는 듯 말했다.

"이렇게 하는 게 더 이야기하기 좋잖아."

나츠메가 서빙하고 돌아가는 점원을 힐끔 본다.

"평소에는 바 자리에 앉았었잖아. 그런데 오늘 테이블에 앉은 건 류타 때문이지?"

'가게에 들어왔을 때부터 눈치챈 건가.'

여전히 날카로운 통찰력이다.

"그래, 맞아. 너에게 상담할 일은 아닌 것 같지만…, 달리 말할 상대가 없어서 말이야."

요시자와는 어제 류타가 젊은 남자로부터 돈을 받았다는 사실과 오늘 신문기사를 읽고 불안해졌다는 사실 등등을 나츠메에게 말했다.

"난 류타가 그런 사건에 관여했으리라고는 생각하지 않아. 하지만 어떻게 해도 불안이 사라지지 않네. 그래서 네 객관적인 의견을 듣고 싶었어."

요시자와의 이야기를 듣고 나츠메는 생각에 잠겼다.

"내가 이상해 보이지?"

"뭐가?" 나츠메가 고개를 들며 물었다.

"그냥 류타에게 물어보면 되는 문제일 수 있잖아. 단순한 오해일 수도 있으니까."

"그렇긴 해. 물어본다고 사실대로 말할지는 모르겠

지만…, 일단 당사자와 이야기하는 게 중요하다고 생각해."

"나도 알고 있어. 하지만 무서워. 범죄에 손을 댄 거 아니냐, 그런 말을 하는 순간 지금까지 쌓아온 아들과의 신뢰 관계가 무너질지도 모른다고 생각하니…"

"하지만 그대로 내버려둘 수는 없잖아."

나츠메의 질문에 요시자와가 고개를 끄덕인다.

"내일은 내가 쉬는 날이야. 함께 조사해보자."

"조사하다니…?"

"사실 난 이런 식의 뒷조사 같은 걸 좋아하지 않아. 하지만 아버지로서 네 감정을 이해 못하는 건 아니야. 그러니까 내일 류타가 어떻게 행동하는지 조사한 뒤에 다시 생각해보면 어때."

'내일은 중요한 영업회의가 있다.'

하지만 지금은 그딴 걸 생각할 상황이 아니다. 나에게는 일보다 류타가 더 중요하니까.

"알았어."

요시자와는 고개를 끄덕였다.

다음 날 아침, 류타의 방 문이 열리는 소리가 나서

요시자와는 현관으로 향했다.

"좋은 아침!"

인사를 하자 신발을 신던 류타가 놀라 돌아본다.

"좋은 아침이에요…"

류타가 작은 목소리로 대답한다.

손에도 가방을 들고, 등에도 가방을 멨다.

"아빠, 오늘 좀 늦을 것 같다."

"알았어요."

류타는 심드렁하게 답하고는 집을 나선다.

요시자와는 서둘러 준비를 한다. 먼저 회사에 전화를 걸어 꾀병을 부리면서 연차를 쓴다고 했다. 전화를 받은 부하 직원은 요시자와의 결근 소식에 당황해했다. 중요한 회의인데 과장이 출근을 안 하다니….

요시자와는 전화를 끊고 거실에 있는 아키코의 영정사진을 보았다.

언제나 미소 짓는 아내의 얼굴이 오늘은 자신을 나무라는 듯했다. 아들을 믿지 못하는 자신을 아키코는 어떻게 생각할까.

10시가 되자 요시자와도 집을 나와 역으로 향했다. 그리고 대형마트에 있는 신사복 코너에서 새로운 옷과 모자를 샀다. 류타의 행동을 조사한다는 것은 당연히 미행한다는 의미이다.

역 앞에서 기다리고 있자 경적이 울린다.

뒤를 돌아보니 검정색 세단이 있었다. 창문을 내리고 나츠메가 고개를 내민다. 요시자와는 냉큼 조수석에 앉았다.

"어땠어?"

차에 타자마자 나츠메가 물어본다.

"류타는 평소처럼 학교에 갔어."

"학교는 언제 끝나?"

"오늘은 6교시까지니까 3시 좀 넘어서. 그런 다음 특별활동이 있으니까 좀 늦어질 거야."

요시자와는 손목시계를 보았다. 이제 갓 11시가 지났다.

어제 나츠메와 만날 시간을 정하면서 요시자와는 조금 망설였다. 류타가 학교에서 나오는 건 오후 3시 넘어서니까 중요한 회의만이라도 참석한 뒤에 조퇴해도 충분하다고 생각했다. 하지만 나츠메는 류타가 핑계를 대고 학교를 조퇴할 수도 있다고 하면서 이 시간에 만나자고 했다.

"식사는 했나?"

"아니."

"일단 어딘가에서 먹을 것을 사서 류타 학교 앞으로 가자."

나츠메는 그렇게 말하고 출발했다.

가는 도중에 편의점에 들러 점심으로 먹을 김밥과 샌드위치를 샀다. 류타의 중학교 정문 근처에 주차를 하고 차 안에서 점심을 먹었다. 잠시 옛이야기를 나누며 시간을 보냈지만, 3~4시간 동안 차 안에 갇혀 잠복하고 있는 것은 고통스러웠다. 하지만 나츠메는 힘든 기색이 전혀 없었다.

"형사란 건 매일 이런 일을 하는 거야?" 요시자와가 물었다.

"매일 미행이나 잠복수사를 하진 않아. 하지만 가끔은 밤새도록 용의자를 기다리기도 해."

"힘들지 않아?"

"익숙해졌어."

"그거 말고. 사람을 의심하는 거 말이야."

나츠메가 요시자와를 쳐다본다.

요시자와는 지금도 생각한다. 나츠메는 경찰과 어울

리지 않는다고. 사람을 의심하는 것이 나츠메에게 있어서 얼마나 괴로운 일인지 오랜 친구인 요시자와는 잘 알고 있다.

하지만 나츠메가 그런 선택을 한 이유도 아이를 가진 아버지로서 너무나도 공감할 수 있다.

10년 전에 네리마 구(區)에서 아이를 대상으로 한 '묻지 마 테러 사건'이 연쇄적으로 발생했다. 나츠메의 딸인 에미는 그 사건의 피해자 중 한 명이다. 당시 머리를 망치로 맞아서 의식불명 상태가 되었다.

며칠 뒤 나츠메는 범죄피해자 가족을 대표해 TV에 나와 범인에게 호소했다.

이제 이런 사건을 일으키지 말아달라고, 빨리 자수해달라고.

하지만 나츠메의 눈물 어린 호소를 비웃기라도 하듯 그 후에도 같은 사건이 일어나 여자아이 하나가 사망했다.

그때 만약 범인이 자수했다면, 또는 범인이 잡혔다면, 나츠메는 경찰이 되지 않았을 것이다.

나츠메는 지금까지도 증오심에 휩싸인 채 사는 게 아닐까. 그 일만 없었더라면 매일 범죄자를 상대해야 하는 고된 형사 일을 하지 않고 좀 더 밝은 삶을 살 수 있었을 것이다.

나츠메의 지금 모습을 보면 친구로서 말로 표현하기 힘든 복잡한 감정이 복받쳐 오른다.

"그래, 지금 내 일은 사람을 의심하는 일이야. 사람은 거짓말을 하지. 죄를 지은 사람은 더욱 그렇고. 그런 사람을 잡는 것이 내 일이야."

나츠메는 시선을 피하지 않는다. 맑은 눈빛은 옛날과 변함이 없지만, 마음은 다른 무엇과 맞바꾼 것은 아닐까.

"난 이렇게 사람을 의심하는 게…, 아들을 의심하는 게 너무나 괴로워 견딜 수 없어. 눈앞에 증거가 있어도 모른 척하고 싶어."

그때 종이 울렸고, 둘은 학교 쪽을 본다. 하교를 알리는 종이다. 잠시 뒤에 교문에서 학생들이 쏟아져 나온다. 그 모습을 지긋이 바라본다.

류타가 나왔다. 준페이도 같이 나왔다.

"류타다!"

"저 파란 가방을 멘 아이 말이지?"

"맞아."

"같이 가는 아이는…?"

"히구치 준페이라는 류타의 친구야."

류타와 준페이는 초등학생 때부터 소꿉친구다. 전에는 자주 집에도 놀러왔던 것으로 기억한다. 준페이의 부모도 맞벌이라 집에 없는 경우가 많아서, 자주 서로의 집에 놀러간다고 들은 적이 있다.

나츠메가 천천히 액셀을 밟는다.

류타와 준페이는 학교 근처에 있는 버스정류장에서 버스를 탔다.

'어디에 가는 거지…?'

둘은 15분 정도 이동한 뒤 버스에서 내렸다. 그리고 다시 걸어서 공원에 들어갔다. 잠시 뒤 둘은 스웨터에 청바지로 갈아입고 나왔다. 아마도 공원 화장실에서 갈아입었나보다. 또다시 둘은 어디론가 걸어간다.

간선도로를 따라 둘은 한 패밀리 레스토랑에 들어간다. 주차장이 좁아서 들킬 우려가 있기에 나츠메는 패밀리 레스토랑에서 좀 떨어진 길가에 주차했다. 거기서는 가게 안에 있는 둘의 모습을 알 수 없다.

10분 정도 후에 지난번에 봤던 흰색 봉고차가 주차장에 들어선다.

"저 흰색 봉고차…."

"그저께 봤던 그 차야?"

비슷한 차는 얼마든지 있다. 하지만 틀림없다. 곧바로 차에서 내려 패밀리 레스토랑 안으로 들어간 것이 그 남자들이었기 때문이다.

'대체 류타와 준페이는 이런 데서 무엇을 하는 걸까. 저 남자들과 무슨 이야기를 하는 거지?'

불길한 예감이 든다. 차 안에서 가만히 있을 수밖에 없는 현실이 답답했다.

"내가 저 가게에 들어가볼까? 나라면 가까이 가도 눈치채지 못할 거야. 무슨 대화를 하는지 들을 수 있을지도 몰라."

요시자와의 불안한 마음을 헤아렸는지 나츠메가 먼저 말했다.

"그래, 부탁해…."

그때 류타가 가게에서 나온다. 류타는 횡단보도를 가로질러 패밀리 레스토랑 반대편에 있는 편의점에 들어간다. 잠시 뒤 준페이와 두 남자도 가게를 나와 뒤편에 있는 주차장으로 향했고, 류타는 금세 편의점에서 나왔다. 무엇을 샀는지 모르겠지만 한 손에는 비닐봉투를 들고 있다. 류타는 밖에 있는 공중전화 부스에 들어가 어디론가 전화를 걸었다. 그러다 잠시 후에 전화를 끊고는 다시 편의점 앞 도로로 향했다.

주차장에서 나오는 흰 봉고차를 기다리고 있는 것처럼 보였다.

요시자와의 마음속은 류타를 믿고 싶다는 생각과 지금 당장 류타를 집으로 데려가고 싶다는 충동이 뒤섞이고 있었다.

요시자와는 핸드폰을 꺼내 횡단보도 너머에 있는 류타에게 전화를 걸었다.

"여보세요…."

무뚝뚝한 류타의 목소리가 들린다.

"여보세요, 아빠다."

류타는 바로 대답하지 않았다.

"무슨 일이세요, 이런 시간에…?"

"지금 어디에 있니?"

"학교 근처에 있어요."

요시자와는 초초한 마음을 다잡으며 류타의 거짓말을 듣는다.

"오늘 일이 일찍 끝날 것 같은데 어디서 식사라도 할

까?"

"지금 할 일이 있어요."

이때 흰색 봉고차가 주차장에서 나온다. 나츠메가 시동을 걸어 봉고차 뒤를 따른다.

"무슨 일인데?"

요시자와가 류타를 눈으로 좇으며 물었다.

"그런 건 아빠가 상관할 바가 아니잖아요! 아빠에게 할 일이 있듯이 저에게도 할 일이 있단 말이에요!"

그렇게 말하고는 바로 전화를 끊어버렸다.

반대편 차선에서 차가 오기 전 아슬아슬한 타이밍에 앞에 있는 봉고차는 좌회전을 한 뒤, 류타 옆에 정차했다. 나츠메는 계속 이어져 오는 반대편 차량 때문에 좌회전을 할 수 없었다.

다시 한번 전화를 걸었지만 류타의 핸드폰은 전원이 꺼져 있었다. 요시자와와 나츠메는 류타를 태우고 떠난 봉고차를 멍하니 바라볼 수밖에 없었다.

드디어 좌회선 신호를 받아 요시자와와 나츠메의 차량도 출발했다. 하지만 아무리 뒤따라가도 그 봉고차를 발견할 수 없었다.

"미안해."

나츠메가 사과했다.

"네 탓이 아니야. 그리고…."

'이게 나았을 수도 있어.'라는 생각이 머릿속을 맴돈다.

아까 들은 류타의 말이 계속 귓가를 맴돈다. 처음 듣는 류타의 거친 말투에 많이 당황했다.

그 이후 류타의 모습을 지켜보는 게 두렵다. 그게 요시자와의 솔직한 심정이었다.

"어떻게 할까. 집에서 류타가 오길 기다릴까?"

나츠메가 미안해하며 물어본다.

"한 가지 부탁이 있어. 네 딸의 병문안을 가도 될까?"

어째서 갑자기 그런 생각을 했을까. 격렬한 자기혐오에 빠졌다. 지금의 자신보다 비참한 상황을 보고 위안을 얻고 싶었던 걸까.

'역시 나는 최악의 아버지다.'

"그래. 에미는 이다바시에 있는 병원에 있어. 지금이라면 면회 시간은 맞출 수 있을 거야."

"아…, 아니야. 역시…."

"부디 그렇게 해줘. 에미도 좋아할 거야."

나츠메가 요시자와를 보고 미소 지었다. 그 미소가 가시처럼 요시자와의 마음에 박혔다.

"그 전에 들를 데가 있어."

나츠메가 들른 곳은 조금 전에 류타가 들어간 편의점이었다. 주차장에 차를 주차한 뒤 나츠메가 내렸고, 요시자와도 같이 내렸다. 하지만 나츠메는 편의점 안에 들어가지 않고, 그 앞에 있는 공중전화 부스로 다가갔다.

"류타는 어디에 전화를 걸었을까?"

지긋이 공중전화기를 바라보던 나츠메가 중얼거렸다.

"글쎄, 모르지…"

요시자와는 류타의 마음을 전혀 알 수 없었다.

나츠메가 노크를 하고 병실 문을 연다.

"자, 들어와."

나츠메가 병실에 들어가자 침대 옆에 앉아 있던 나츠메의 아내 미나요가 놀란 눈으로 일어난다.

"요시자와 씨, 오랜만이에요." 미나요가 웃으며 반겼다.

생각해보니 나츠메와는 가끔 얼굴도 보았지만, 미나요와는 정말 오랜만이다.

'언제가 마지막이었지?'

확실히 기억도 나지 않았다. 하지만 그 사건 이후 그녀의 비통한 표정이 뇌리에 남아 있다. 요시자와는 다시 만난 그녀가 그때보다 조금이라도 밝은 모습인 것에 안도했다.

"잠깐 마실 거라도 사올게요."

그러면서 손에 들고 있던 그림책을 침대에 두고 병실을 나갔다.

"많이 컸지?"

침대에 누워 있는 에미에게로 시선을 돌린다. 나츠메의 말대로 정말 많이 컸다. 그 사건 전에 봤을 때는 정말 작았었는데.

10년이라는 세월의 무게를 그대로 체험한 기분이다.

동시에 잔혹한 광경이라고 생각했다.

에미의 코에는 관이 꽂혀 있다. 자신의 힘으로는 움직일 수 없는 상태로 침대 위에서 10년간 살아 있다. 나츠메와 미나요는 그런 에미의 모습을 10년 간 계속 지켜봤다.

소중한 사람을 잃는 것은 너무나 슬픈 일이다. 요시자와도 사랑하던 아내를 잃은 경험이 있어 그 기분을 충분히 안다. 하지만 그 슬픔은 조금씩 치유된다. 오랜 시간이 지나면 아름다운 추억으로 바뀐다.

하지만 나츠메 부부에게 펼쳐진 이 광경은 엄연한 현실이다. 그녀가 살아 있는 한 그 현실을 받아들이면서 살아야 한다.

"요시자와 아저씨가 왔단다. 기억하니? 자주 같이 놀아주셨잖아."

나츠메가 에미의 귓가에 대고 상냥한 목소리로 말하며 손을 잡는다.

그때 에미의 손가락이 꿈틀댄다.

"지금 움직였어."

요시자와가 놀라 말한다.

"그래, 살아있으니까. 많은 사람들은 뇌사 상태와 식물인간 상태를 혼동하지만 사실은 전혀 달라. 식물인간 상태는 호흡이나 동공반사 등 자율신경계를 다루는 뇌줄기가 남아 있으니까 스스로 호흡할 수 있고 부르면 반응도 해. 그리고 가끔 의식을 회복할 때도 있어. 몇 년 전에는 외국에서 19년간 식물인간 상태였던 남성이 의식을 회복했다는 뉴스도 있었어. 아주 낮은 가능성이겠지만…."

요시자와는 에미를 바라본다. 확실히 스스로 호흡하고 있고, 꿈틀꿈틀 눈꺼풀이 반응하고 있다.

"손 한번 잡아주지 않겠어?"

요시자와가 천천히 침대로 다가갔다. 에미의 손을 잡자 에미도 약한 힘이지만 요시자와의 손을 잡아주었다.

"저기, 요시자와!"

요시자와가 나츠메에게 시선을 돌린다.

"믿음을 가지라는 것은 꼭 눈앞에 보이는 것만 믿으라는 의미는 아니라고 봐."

그 말이 요시자와의 마음을 움직였다.

비록 현재 모습이 어떻든 미래의 가능성을 믿으라고 나츠메가 말하고 있었다.

"그래, 맞아…."

나츠메는 믿고 있었다. 비록 지금은 딸과 대화를 할 수 없어도, 딸이 웃을 수 없어도, 언젠가 딸이 다시 건강해질 수 있는 가능성을 믿고 있다.

그렇다면 자신은 어떤가. 아들인 류타를 믿고 있는

것일까. 어쩌면 그냥 두려워하고 있는 게 아닌가. 지금 눈앞에 있는 소중한 존재에게 배신당하는 것을. 류타를 믿고 싶다는 말로 현실로부터 도피하고 있던 건 아닐까.

"나, 집에 돌아갈래. 류타가 돌아오길 기다리려고. 그리고 제대로 이야기해볼게. 만약 정말 그 녀석이 범죄에 가담했다고 해도 나는 그 녀석을 믿어. 반드시 갱생시키겠어."

"그래. 너희 부자의 검도 스타일처럼 설령 당장은 상처를 입더라도 밀어붙여야지."

나츠메가 웃으면서 힘껏 고개를 끄덕였다.

집까지 태워다주겠다고 나츠메가 말했지만 요시자와는 거절했다. 쉬는 날 가족끼리 보낼 시간을 더는 뺏을 수 없다고 생각했기 때문이다. 그럼 입구까지라도 배웅하겠다는 나츠메와 병원 복도를 함께 걷는데, 주머니에 넣어둔 핸드폰이 울린다. 발신자 번호를 보니 처음 보는 번호였다.

"잠깐 실례할게."

나츠메에게 그렇게 말하고 전화를 받았다.

상대의 이름과 직함을 듣고, 요시자와는 심장이 크

게 요동쳤다.

요시자와는 나츠메의 차로 키요세 경찰서로 향했다.

나츠메가 주차하는 사이 요시자와는 안내데스크로 달려갔다.

"아까 전에 전화를 받은 요시자와 류타의 아버지입니다."

"저쪽 의자에서 잠시 기다려주세요."

안내원의 지시에 따라 요시자와는 의자에 앉아 기다렸다.

'역시 그랬던 거구나.'

형사의 말에 따르면, 류타와 준페이, 그리고 그 두 남자들이 키요세 시내에 있는 공사현장에서 케이블선을 훔치려던 것을 경찰에 들켜 체포되었다고 한다.

근처 무인 주차장에 차를 세우고 온 나츠메가 옆에 앉는다.

"그때 나한테 좀 더 용기가 있었다면 이런 일은 일어나지 않았을 텐데…."

요시자와가 힘없이 말했다.

"네가 알았을 때 이미 류타는 범행을 저지른 후였잖

아."

"그렇지…. 어쩌다가 류타가 그런 짓을 한 걸까. 모르 겠어. 아키코가 죽은 후부터 내 나름대로는 그 녀석을 위해 온 힘을 다해 노력해왔다고 생각했는데…."

잠시 뒤 양복을 입은 중년 남성이 다가온다.

"강력계의 스기모토입니다. 류타의 아버지는 어느 분이신가요?"

"접니다."

요시자와가 의자에서 일어났다.

"이쪽 분은…?"

스기모토가 나츠메를 가리킨다.

"친구입니다."

"그렇군요. 아버님만 잠시 같이 가시겠습니까?"

"알겠습니다."

스기모토의 뒤를 따르던 요시자와를 나츠메가 불러 세운다.

그에게서 두 번 접은 메모지를 건네받았다. 펼쳐보 니, 의미를 알 수 없는 다섯 자리 숫자가 쓰여 있었다.

"뭐야, 이건?"

"네가 풀어야 될 수수께끼야."

나츠메의 말을 이해하지 못했다.

'지금 수수께끼나 풀 상황이 아니잖아.'

요시자와는 일단 메모지를 주머니에 넣고 계단을 오른다. '강력계'라고 쓰여 있는 방에 들어가자 류타의 모습이 보인다. 요시자와와 눈이 마주친 류타가 퉁명스럽게 고개를 돌린다.

나츠메와 이야기했을 때만 해도 미래에 대해서 냉정히 생각할 수 있었는데, 막상 류타의 뚱한 표정을 보니 화가 치밀었다.

'대체 왜 이런 짓을 한 거니. 내가 알던 류타는 어디로 간 거냐고.'

"잡혀왔는데 아무 말도 안 해서요. 어쩔 수 없이 핸드폰에서 아버님 번호를 구해서 연락드렸습니다."

요시자와가 류타에게 다가가 힘껏 따귀를 때렸다.

"왜 이런 짓을 한 거야! 아빠는 널 믿고 있었는데."

류타가 손으로 뺨을 감싸면서 요시자와를 노려본다.

"글쎄, 이유 따윈 없었어."

"뭐라고!"

요시자와가 류타의 멱살을 잡는다.

"아버님, 일단 진정하시고요."

스기모토가 말렸지만 요시자와는 그 손을 풀지 않는다.

나츠메의 조언처럼 류타의 미래를 믿고 싶었다. 하지만 그를 위해서는 엄하게 해서라도 갱생시켜야 한다.

"뭐야, 그 태도는…. 경찰에 잡힐 나쁜 짓이나 하면서 부끄럽지도 않냐! 언제부터 그렇게 변한 거야!"

"아빤 아무것도 모르잖아…."

류타가 바닥으로 눈을 내리깔고 내뱉었다.

그때 문득 나츠메가 한 말이 떠올랐다.

'네가 풀어야 될 수수께끼야.'

그 다섯 자리 숫자의 의미… 오늘 어디선가 본 적이 있는 숫자다. '어디였지?'

류타의 쓸쓸한 표정을 보며 기억을 더듬는다.

편의점 앞에 있던 공중전화! 다섯 자리 숫자는 오늘 본 편의점 앞 공중전화에 할당된 숫자였다.(일본에는 공중전화마다 다섯 자리 숫자가 부여되어 있다-옮긴이 주)

'설마….'

류타의 멱살을 잡은 손을 놓고 스기모토에게로 시선을 돌린다.

"류타는 어떻게 잡혔나요?"

"밀고 전화가 있었습니다. 오늘 오후 7시에 어떤 사람이 키요세 시내에 있는 공사현장에서 케이블 선을 훔칠 거라고요."

"그 전화가 혹시 편의점 앞에 있던 공중전화에서 걸려온 건가요?"

"그건 조사를 해봐야 알 수 있습니다만…."

"그래, 그랬구나! 공중전화로 경찰에 밀고 전화를 건 게 너였구나." 류타에게 말했다.

"어떻게…, 어떻게 아빠가 그걸…?"

"계속 따라다니면서 널 지켜봤어. 오늘 네 행동을."

"웃기지 마!" 류타가 요시자와를 힘껏 밀쳤다. "웃기지 마! 이제 와서 무슨 소리야? 아빠는 나한테 하나도 관심이 없었으면서 오늘 날 따라다녔다고? 나 따윈 아무래도 상관없다고 생각하잖아! 아빠는 항상 날 믿는다고 했지만 사실은 그냥 편하게 살고 싶었을 뿐이잖아. 난 그렇게 강하지 않아. 왜 날 제대로 봐주지 않았던 거야. 왜 좀 더 빨리 날 막지 않았던 거야!"

류타가 울면서 요시자와의 가슴을 때린다.

그 말 한마디 한마디가 요시자와의 온몸을 난도질한다.

요시자와는 류타의 말을 그저 듣고 있을 수밖에 없었다.

힘없이 계단을 내려가자 안내데스크 옆 의자에서 나츠메가 기다리고 있었다.

"…어떻게 됐어?"

나츠메가 일어나 물어본다.

"어떻게 안 거야?"

나츠메에게 숫자가 적힌 메모를 건넨다.

"류타는 핸드폰이 있는데 왜 군이 공중전화로 전화를 걸었을까 이상하다고 생각했어. 그래서 어디로 전화를 건 걸까 추측해 봤어."

"아버지인 난 전혀 눈치채지 못했어."

"아버지니까…. 그 상황에서는 냉정하기 힘들어."

나츠메가 위로한다.

'하지만 정말로 그럴까.'

아버지인 자신은 류타를 제대로 보지 못했다. 류타의 진심을 전혀 읽어주지 못했다.

요시자와나 류타 둘 다 검도에서는 수비적 자세를 버리고 상대를 공격하는 스타일을 가졌는데, 평소에는 둘 다 겁쟁이였다.

그렇게 본심을 드러내는 류타를 처음 보았다. 류타는 자신의 감정을 울면서 쏟아내었다.

처음에는 가벼운 마음이었다고 한다. 오락실에서 준페이와 놀던 중에 그 남자들이 말을 걸어왔다고 한다. 한가하면 시급 2,500엔짜리 알바라도 하지 않겠냐며.

그 일이 절도라는 걸 안 뒤에 류타와 준페이가 거절하려고 했지만 그 남자들이 위협했다. 그러면서 점점 수렁에 빠져들었다. 둘 다 마음속으로는 정말 간절히 그만두고 싶었다.

류타는 요시자와가 자신의 변화를 알아주길 기대했다.

방문을 일부러 잠그지 않고 책상 위에 5천 엔 지폐가 보이도록 해뒀고, 쇠사슬을 자르는 커다란 니퍼를 방 안에 두었는데도 요시자와는 아들의 SOS를 전혀 눈치채지 못했다. 그래서 최후의 수단으로 자신들이 경찰에 밀고하기로 한 것이다.

그동안 류타를 제대로 살피지 못했다. 류타와 대화를 하기 위해 30분 일찍 일어나는 것조차 하지 못했다. 류타의 말처럼 요시자와는 널 믿는다는 속 편한 말로 그냥 방치했던 것이다.

"나는 아버지로서 실격이야."

요시자와가 중얼거렸다.

"마음이 많이 아팠어?"

"그래…. 너무 아프더라."

요시자와가 가슴에 손을 얹고 나츠메를 본다.

"하지만 나는 네가 너무 부러워. 아이가 자신을 봐 달라고 온몸으로 부딪쳐온다는 것이. 이제 다시…." 나츠메가 말했다.

"알고 있어. 이제 다시 시작해보려고 해." 요시자와가 나츠메에게 말했다.

"오늘은 서로에게 유익한 하루였네. 고마웠어."

"무슨 소리야? 고마운 건 나지."

"넌 류타의 미래를 믿고 있잖아."

"그래. 물론이야."

"류타도 분명 널 믿고 있을 거야. 자식의 그런 모습을 볼 수 있는 것도 지금의 나에겐 쉽지 않아. 게다가 나는 내일부터 또 일해야 하거든…."

나츠메는 그렇게 말하고는 발걸음을 돌렸다.

쓸쓸함이 묻어나는 나츠메의 뒷모습을 요시자와는 잠시 동안 물끄러미 바라보았다.

흉터

◆

타나베 쿠미코는 1시 10분 전에 히가시 이케부쿠로 고등학교에 도착했다.

교무실을 보니 식사를 마친 많은 교사들이 차를 마시며 잡담을 하고 있었다.

쿠미코는 교무실에 들어가 마츠다 선생님을 찾는다. 2학년 C반 담임인 마츠다는 오후 수업을 준비하느라 교과서를 보고 있다.

"마츠다 선생님, 수고 많으십니다."

쿠미코가 말을 걸자 마츠다가 교과서에서 눈을 떼고 고개를 든다.

"안녕하세요, 쿠미코 씨. 수고가 많으십니다."

"오늘 유카는 학교에 왔나요?"

줄곧 마음에 걸려 있던 것을 물었다.

"유카요…? 으음, 그러고 보니 오늘도 안 온 것 같네요."

어딘지 모르게 남 일처럼 말한다.

정말 믿음직하지 못한 담임이다. 쿠미코는 마츠다 선생님에게 화가 나는 것 이상으로 나카무라 유카에 대한 실망이 컸다.

"그렇군요⋯."

그렇게 말하고 교무실을 나왔다. 그러고는 교무실에서 방 하나 건너에 있는 상담실에 들어가 큰 한숨을 쉰다.

오늘도 나카무라 유카는 학교에 오지 않았다.

'어제 유카의 집에서 이야기를 나눴을 때 내일은 학교에 갈 거라고 했었는데⋯.'

고등학교 2학년인 유카는 1년 전부터 결석을 반복하고 있다. 그런데 그것보다 걱정인 것은 자해하는 버릇이 있다는 것이다. 유카의 왼팔에는 칼로 그은 수많은 흉터가 있다. 아무리 유카에게 물어도 결석이나 자해를 하는 이유가 무엇인지 알려주지 않는다.

쿠미코에게 상담을 받기 위해 찾아오는 많은 학생들 중에서 유카가 가장 요주의 학생이었다.

쿠미코는 핸드폰을 꺼냈다.

'유카, 오늘은 왜 안 왔니? 연락 좀 해줘.'

유카에게 문자메시지를 보냈다.

저녁 5시가 지나 쿠미코는 업무일지를 작성하기 시작했다.

오늘 상담을 받으러 온 학생은 두 명이었다. 한 명은 3학년 남학생으로 진학에 대해 고민이 있었다. 다른 한 명은 1학년 여학생의 보호자로 최근 밤늦게까지 놀러 다니는 딸 때문에 상담을 하러 왔다.

그때 핸드폰이 울린다. 유카에게서 문자메시지가 왔다.

'너무 괴로워. 이제 뭘 해야 할지 모르겠어. 나 따윈 태어나지 말았어야 했어.'

평소보다 더 격한 감정이 담긴 문자메시지에 불길한 예감이 들었다.

쿠미코는 유카의 핸드폰에 전화를 걸었다. 하지만 신호음만 공허하게 울릴 뿐 유카는 전화를 받지 않았다.

쿠미코는 쓰던 업무일지를 가방에 넣고 상담실을 나섰다. 복도를 걸으며 유카의 어머니에게 전화를 건다.

지금부터 유카의 집을 방문할 생각이지만 어머니는 일을 하러 가서 이 시간에는 집에 안 계실 것이다. 유카가 문을 열어주지 않으면 집에 들어갈 수 없다.

어머님께 걱정을 끼쳐드리고 싶지 않지만 그래도 최악의 사태에 대비하여 연락하는 게 좋겠다고 생각했다.

전화를 받은 어머님께 사정을 설명하자 어머님은 가능한 한 빨리 퇴근해서 집에 가겠다고 약속했다.

쿠미코 역시 서둘러 유카의 집이 있는 히바리가오카로 향했다.

히바리가오카 역에 내린 쿠미코는 많은 인파 속에서 유카의 어머님을 발견했다. 아무래도 같은 지하철을 타고 온 모양이다. 유카의 어머님은 네리마에 있는 보험회사에서 외판원으로 일한다.

"유카 어머님!"

쿠미코가 말을 걸자 어머님이 뒤를 돌아본다.

"아아, 쿠미코 씨. 여러 차례 어려운 걸음 하시게 해서 죄송합니다. 오늘 아침에 힘차게 집을 나갔는데…. 대체 왜 학교에…." 어머님이 당황해하며 말했다.

"일단 서둘러 집으로 가시죠."

함께 택시를 타고 유카의 집으로 향했다.

5분 정도 후, 유카가 사는 연립주택에 도착했다. 집안 현관을 지나 바로 왼쪽에 유카의 방이 있다. 쿠미코가 노크를 한다.

"유카, 나야…. 있으면 대답해줘."

"날 내버려둬!"

방 안에서 유카가 외치는 소리가 들린다.

세상 모든 것과 단절하려는 것만 같은 처절한 외침
이었지만, 쿠미코는 그나마 안심했다. 유카는 살아 있
다.

"유카, 진정하렴. 잠깐이라도 이야기하자. 방문 열어
도 될까?"

"싫어! 오지 마! 전부 내 탓이야! 나 따윈 어떻게 되
어도 좋아!"

유카는 많이 흥분한 모양이다. 그사이 대체 무슨 일
이 있던 걸까.

"쿠미코 선생님! 저, 힘내볼게요. 도망치지 말고 힘내
볼게요."

'어제 이야기했을 때만 해도 웃으면서 그렇게 말해주
었는데….'

"유카, 얼굴 좀 보여줘. 말하고 싶지 않으면 안 해도
돼. …연다?"

"싫어!"

하지만 쿠미코는 아랑곳하지 않고 천천히 손잡이를
돌려 문을 연다.

처음에는 어두컴컴해 아무것도 보이지 않았다. 잠시 뒤, 복도에서 들어오는 불빛으로 침대 위에 앉아 있는 유카가 흐릿하게 보인다.

유카의 흐느낌이 들린다.

"유카…. 불을 켤게."

쿠미코가 스위치에 손을 뻗어 불을 켠다.

유카의 모습을 본 순간 쿠미코는 크게 놀라지 않을 수 없었다.

유카의 왼손이 붉게 물들어 있었다. 왼손뿐만이 아니다. 침대시트가 많은 양의 피로 물들어 있었다. 바닥에는 커터 칼이 나뒹굴고 있다.

"유카!"

유카에게 달려간 쿠미코가 곧바로 유카의 손을 잡고 상처를 확인한다. 상당히 깊게 찔렀다.

"어머님, 빨리 구급차를 불러주세요!"

쿠미코가 미친 듯이 외치면서 손수건으로 유카의 손목을 지혈했다.

"쿠미코 선생님! 전 뭘 어떻게 해야 할까요?"

병원에서 돌아오는 길에 유카의 어머님이 넋 나간

얼굴로 말했다.

"전 이제 뭘 해야 하는지 모르겠어요."

유카의 상처는 생명에 지장을 줄 정도는 아니었다. 하지만 유카의 흥분은 아직 진정되지 않았다. 상태가 좋아질 때까지 병원에 입원하는 게 좋겠다고 판단하여 유카는 그대로 병원에 남았다.

사색이 된 어머님의 표정을 보고 유카를 입원시키는 것이 유카의 어머님을 위해서라도 필요하다고 의사는 판단했다. 어머님은 생계를 위해 일도 해야 한다.

"옛날에는 정말 밝은 아이였는데…"

어머님의 말이 울먹임으로 바뀌었다.

'대체 무엇이 그녀를 이렇게 괴롭히는 것일까.'

1년 6개월 이상 유카를 지켜봐왔지만 그 이유를 전혀 모르겠다. 자신이 아무 도움이 되지 못한 것이 안타까웠다.

유카를 처음 만난 건 1년 6개월 전에 유카의 어머님이 담임과 함께 상담실에 찾아왔을 때였다.

최근 딸이 학교에 가지 않고 밤늦게 놀러 다닌다는 상담이었다.

당시 유카가 학교에 가지 않는 이유는 쉽게 이해할

수 있었다. 그때로부터 얼마 전에 유카의 아버지가 경찰에 체포된 것이다. 당시 유카의 아버지는 건설회사에 다녔는데 주택 재개발을 둘러싼 부정한 돈을 수수한 혐의로 체포되었다.

유카의 부모는 그 사건을 계기로 이혼했고, 아버지는 현재까지도 감옥에 있다. 그게 유카의 마음에 검은 그림자를 만든 거라고 쿠미코는 막연히 생각했다.

그 뒤, 쿠미코는 유카의 상담을 맡기 시작했다. 유카는 점차 밝아져서 학교에 오기도 하였지만 1년 전부터 다시 등교 거부를 하고 있다. 그러면서 팔이나 손목을 칼로 긋기 시작한 것이다.

'한 번 회복했었는데, 대체 왜…?'

결석은 그렇다 치고 어떻게든 자해는 막아야겠다고 생각해서 상담을 계속했다. 그러나 지금까지도 좋은 징조가 보이지 않는다. 유카를 자해하게 만드는 원인을 전혀 알 수 없었다.

단, 유카가 자해를 시작하기 직전에 그녀에게 어떤 사건이 일어났다.

'하지만 정말 그게 원인이 된 걸까.'

쿠미코는 앞으로 어떻게 해야 할지 몰라 고민하고

있었다.

"교감 선생님, 큰일입니다!"

교무실에서 마츠다 선생님과 유카에 대해 이야기를 하고 있을 때, 교직원 한 명이 들어와 큰 소리로 말했다.

무슨 일인가 싶어 교감 선생님에게 다가가는 교직원을 보았다. 교직원이 교감 선생님에게 뭐라 이야기한다. '경찰'이라는 이야기를 듣고 주위에 있던 선생님들이 웅성거린다.

"경찰이 무슨 일일까요?" 마츠다 선생님이 말했다.

"글쎄요."

쿠미코는 고개를 갸우뚱거릴 뿐이다.

교직원이 교감 선생님에게 이야기를 마치고 교무실을 나간다. 바깥 복도에 경찰관이 있었다.

모든 사람들이 지켜보는 가운데 교직원의 안내에 따라 양복을 입은 남자가 들어온다.

그 모습을 본 쿠미코는 크게 놀랐다.

'나츠메 노부히토!'

믿을 수 없는 심정으로 계속 쳐다봤지만 틀림없다.

쿠미코는 교감 선생님에게 걸어가는 나츠메에게서 시선이 떨어지지 않는다. 나츠메도 쿠미코를 알아보았는지 조금 놀란 표정이다.

나츠메는 교감 선생님에게 경찰 신분증을 보이고 무언가 이야기를 한다. 그리고 교감 선생님과 함께 교무실을 나선다.

쿠미코는 멍하니 나츠메의 뒷모습을 바라본다.

교무실을 나와 상담실로 돌아가려는데 교장실 문이 열리더니 나츠메가 나온다. 나츠메는 교장 선생님과 교감 선생님에게 정중히 인사를 하고 현관을 향해 걸어간다.

자기도 모르게 쿠미코는 나츠메 뒤를 쫓는다.

"나츠메!"

쿠미코가 뒤에서 부르자 나츠메가 멈춰서 뒤를 돌아본다.

"여기서 일하고 있었구나."

나츠메가 웃으며 다가온다.

"얼마 만이지? 대학원을 졸업하고 다 같이 술을 마시러 간 게 마지막이었으니 14~15년 만인가."

호리호리한 체형에 깔끔한 헤어스타일과 옷차림, 상

대를 포근하게 감싸는 부드러운 눈빛은 그때와 달라지지 않았다.

아까 전에 나츠메가 보인 경찰 신분증만이 예전과 달라졌다.

"어쩌다가…." 쿠미코가 묻는다.

"어제 이 부근에서 사건이 발생해서 탐문 중이야."

"그런 말이 아니라…, 왜 나츠메가 경찰 신분증을 가지고 있냐고 묻는 거야!"

흥분한 쿠미코가 추궁하자 나츠메가 웃는다.

"이거 가짜 신분증 아니야. 경찰로 이직했어."

"법무부를 그만두고?"

나츠메가 고개를 끄덕인다.

'나츠메가 경찰관이 되었다니…. 대체 무슨 일이 있던 걸까.'

"어째서…?"

"이야기하자면 길어. 난 일이 있어서 바로 경찰서에 돌아가야 돼."

"아까 말한 그 사건 수사?"

"그래."

"우리 학교와 무슨 관련이라도 있어?" 쿠미코가 신

경이 쓰여 물었다.

"직접 관계가 있는지는 잘 모르겠어. 어제 점심 때 미나미 이케부쿠로에 있는 연립주택에서 한 남성의 시체가 발견되었어. 부근에서 목격자를 조사하던 중에 이 학교 교복을 입은 여자아이가 연립주택 근처에 있었다는 증언이 있었거든. 그래서 오게 된 거야."

"우리 학교 학생이 그 사건과 관련이 있다는 거야?"

"아니, 아직 몰라. 그냥 우연히 그 근처에 있었을 수도 있고. 하지만 범인을 목격했을 수도 있으니까 일단 이야기를 들어보려고 한 거야. 그래서 어제 그 시간대에 학교에 없었던 학생을 알려달라고 했던 거고."

"오늘 아침에 힘차게 집을 나갔는데…"

유카 어머님의 말이 떠오르자 가슴이 떨려왔다.

"슬슬 가봐야겠어. 그럼 나중에 다 같이 술 한잔하러 가자."

나츠메는 손을 흔들며 현관으로 향했다.

쿠미코가 나츠메를 처음 만난 건 대학원에 들어갔을 때였다. 둘은 같은 나이였고, 같은 대학을 다녔지만 학부는 달랐다. 나츠메는 교육학과에서 교육심리학을 전공했고, 쿠미코는 문학부에서 사회심리학을 전공했다.

친구로 지내면서 쿠미코는 나츠메의 따스한 인품을 알 수 있었다.

누가 이름을 지어주었는지 몰라도 정말 '사람(人)을 믿는(信)다'는 의미인 '노부히토(信人)'라는 이름이 잘 어울리는 사람이었다.

나츠메 노부히토는 아이들을 좋아했다. 학교 선생님이 되고 싶다는 희망에 교육심리학을 전공했는데, 그것이 아이들을 가르치는 데 도움이 될 것 같아 같은 전공으로 대학원에도 진학했다고 한다.

하지만 대학원을 졸업한 나츠메는 교사가 되지 않고 법무부에 들어갔다. 나츠메가 왜 교사를 포기하고 법무부에 들어갔는지 쿠미코도 그 이유를 알고 있었다.

둘은 대학원생 실습 과정에서 사이타마 현에 있는 아동보호시설에 간 적이 있다.

그곳은 보호자가 없거나 학대를 당하는 등 여러 이유로 가정교육이 힘든 아이들을 돌보는 시설이었다.

거기서도 나츠메의 밝고 자상한 성격 덕분에 많은 아이들이 그를 따랐다.

그중에 '하시모토 요시오'라는 17살 소년이 있었는데, 요시오는 부모로부터 가혹한 학대를 받다가 이 시설에 왔다고 한다. 그런 요시오도 18세가 되어 건축 관련 회사에 취업하여 아동보호시설을 떠났다. 나츠메는 요시오의 자립과 새로운 출발을 자기 일처럼 기뻐했다. 가끔 요시오에게 식사를 대접하며 고민을 들어주기도 했다고 한다. 그런데 시설을 나가고 6개월 후, 요시오는 상해치사 용의자가 되어 경찰에 잡혔다. 계속된 직장 상사의 괴롭힘을 참을 수 없어서 그를 때렸는데, 운이 없게도 책상 모서리에 머리가 찍혀 뇌출혈로 사망했다고 한다.

자신이 좀 더 제대로 요시오의 고민을 들어주었다면 이런 일이 일어나지 않았을 거라며 나츠메는 자책했다. 나츠메는 요시오의 체포에 분노의 눈물을 흘렸다.

그 일로 인해 범죄를 저지른 소년을 관리하는 법무부 직원으로 진로를 바꾸게 된 것이다.

쿠미코도 나츠메의 그런 태도에 큰 감명을 받았다. 그때까지는 아이들에 대해 큰 관심이 없었지만, 대학원을 졸업한 다음에 임상심리사 자격시험을 쳐서 아이들의 마음을 치료하는 학교상담사가 되기로 결심했다.

그랬기 때문에 나츠메가 경찰이 된 것을 알고 큰 충격을 받았다. 남을 의심하는 일을 생업으로 하는 형사가 된 나츠메를 보니 왠지 배신을 당한 것 같았다.

'나츠메는 왜 경찰이 된 걸까.'

사람을 믿는 건 몰라도 사람을 의심하는 건 나츠메와 전혀 어울리지 않는다고 확신할 수 있다.

다만 하나 짐작가는 것은 바로 그 사건이다.

10년 전쯤 네리마 구(區)에서 여아를 노린 연쇄 묻지마 테러사건이 발생했다.

피해자 아버지였던 나츠메는 TV에 나와 눈물을 흘리며 범인에게 호소했다. 더 이상 이런 사건을 일으키지 말라고, 빨리 자수해달라고.

당시 피해를 당한 나츠메의 딸이 의식불명이라고 들었는데, 그 후에 어떻게 되었는지 모르겠다.

대학원 졸업 후, 동기들이 모여 술을 마실 때 나츠메는 이미 결혼해서 아이가 생겼다는 소식을 전했다. 나츠메가 자랑하면서 딸의 사진을 보여준 것이 떠오른 쿠미코는 TV화면을 보며 마음이 아팠다.

'그 사건 때문에 나츠메는 형사가 된 것인가. 그 사

건이 나츠메를 바꿔버린 것일까.'

집에 돌아오자마자 쿠미코는 조간신문을 보았다.

사건 이야기를 듣고 계속 마음에 걸리던 것이 있었
다.

그 사건에 관한 기사는 사회면 한구석에 실려 있었
다. 어제 오후 미나미 이케부쿠로 거리에 있는 빌라에
서 시신이 발견되었다. 집 안에는 싸운 흔적이 있었고,
시신의 머리에는 외상이 있었다고 한다. 피해자는 '사
와무라 코우지'라는 20세의 남성이었다.

'전부 내 탓이야! 나 따윈 어떻게 되어도 좋아!'

어제 했던 유카의 말이 떠오르자 오한이 들었다.

'그 사건하고 관계가 있을 리가 없어.'

쿠미코는 자연적으로 떠오르는 상상을 머릿속에서
지우려고 노력했다.

노크 소리에 쿠미코가 고개를 든다.

"들어오세요."

상담실 문이 열리며 나츠메가 들어온다.

"바쁜데 실례할게."

나츠메를 보자 어제부터 억눌러왔던 불안감이 엄습해온다.

"벌써 마시러 가자고 온 거야?"

쿠미코가 억지로 농담을 건넸다.

"아쉽게도 어제 말한 사건이 해결될 때까지는 무리야."

농담으로 말한 건데 나츠메는 진지하게 대답한다.

"쿠미코, 나카무라 유카라는 학생에 대해 알려줘."

불길한 예감은 적중했다. 나츠메는 학생 시절부터 예리하고 통찰력이 좋았다. 쿠미코의 어떤 언행 때문에 불필요한 오해를 사서는 곤란하다.

"담임인 마츠다 선생님에게 문의드렸더니 네가 더 잘 알고 있을 거라고 하셨어."

"어떤 게 궁금한 거야?"

"그 아이가 어떤 아이인지…, 뭐든지. 만나기 전에 사전 정보를 얻고 싶었어."

"왜? 그 아이가 어제 말한 사건과 관계가 있어?"

"미안하지만 수사와 관련해서는 자세하게 말해줄 수 없어."

"수사관의 비밀유지의무란 거지? 그렇게 따지자면

상담사도 의뢰인에 대해 말해서는 안 돼. 나 역시 신뢰 관계가 생명이야."

"그 말도 맞아. 그럼 사건에 대해 좀 이야기를 할게. 내가 왜 그 아이에 대해 알고 싶어 하는지 이해할 수 있을 거야."

"서서 말하기 뭐한데, 일단 앉아."

쿠미코가 일어나서 허브티 두 잔을 만든다. 나츠메의 이야기를 듣기 전에 마음을 조금이라도 차분하게 가라앉히고 싶다.

쿠미코가 나츠메 앞에 허브티를 내려놓고 마주 앉는다.

"고마워."

나츠메가 허브티를 마신다.

쿠미코도 허브티를 천천히 마시면서 마른 목을 축인다.

"먼저 간단히 사건을 설명할게. 그저께 오후 1시 무렵 빌라에서 시신이 발견되었어. 피해자는 사와무라 코우지라는 20세 남성으로, 최초로 시신을 발견한 사람은 그 집에 방문한 친구라고 해. 방에는 격렬하게 싸운 흔적이 있었어. 테이블 모서리에서 피해자의 혈흔이 발견되었고, 사인은 쓰러지면서 머리에 가해진 충격이라고 보고 있어. 사망추정시각은 그저께 오전 9시에서 정오 사이라는 결과가 나왔어."

그 말을 듣자 요시오의 사건이 떠오른다. 그것도 상해치사 사건이었다. 피해자가 칼에 찔리거나 목을 졸리는 등 직접적인 살인 행위에 의해 죽은 게 아니었기 때문에 그나마 다행이라고 생각했다.

"피해자는 어떤 사람이야?" 쿠미코가 물었다.

"죽은 사람을 이렇게 말하는 것은 좀 그렇지만 솔직히 말해 그리 평판이 좋은 사람은 아니었어."

"평판이 좋지 않다니, 어떤 의미에서?"

"상해 전과가 있어. 지금은 전혀 일을 하지 않는 것 같은데 상당히 호화로운 빌라에서 살았지. 아무래도 여러 가지 불법적인 일로 돈을 벌었나 봐."

"불법적인 일?"

"최근에는 어떤 일을 하고 있었는지 모르겠어. 하지만 예전에 검거되었을 때는 아는 여성들을 이용해서 남자들에게 미팅 제안을 하는 전화를 걸게 한 다음에, 그 남성들에게 공갈 협박을 해서 돈을 뜯어냈대. 속된 말로 '꽃뱀'이라는 거지."

"많은 사람들에게 원한을 샀겠네."

"그렇겠지. 피해자 방 안에 지갑이 남아 있었으니까 금품을 노린 범행은 아닐 거야. 다만 핸드폰은 없어졌어."

"핸드폰?"

"그래. 아마도 범인은 자신의 존재를 숨기려 핸드폰을 가져간 것 같아."

"그럼 피해자의 지인 중에 범인이 있다는 거네."

"단언할 순 없지만 그럴 가능성이 높지. 하지만 핸드폰을 가져가도 통신사를 통해 피해자의 통화기록을 조회하면 통화 상대방을 어느 정도 파악할 수 있어. 그 중에 나카무라 유카의 번호도 있었어."

나츠메의 말에 쿠미코는 마음이 무거워졌다.

"게다가 학생들 중에 그 아이 외에는 전부 알리바이가 있기도 했고. 이걸로 내가 그 아이에 대해 질문하려는 이유를 알겠지?"

"유카는 매우 불안정한 애야."

어떻게 설명해야 할지 몰라 그렇게만 말했다.

"불안정…?"

나츠메가 흥미롭다는 눈빛으로 묻는다.

"1년 전부터 학교에 오지 않고 있고, 자해하는 버릇도 있어. 그저께 자신의 손목을 커터 칼로 그어서 지금 병원에 있고."

쿠미코의 말에 나츠메는 팔짱을 끼고 생각한다.

'그런 불안정한 상태로 형사가 찾아가면 유카가 어떻게 될지 모른다.'

그렇게 생각하니 너무나도 불안해졌다.

나츠메가 고개를 들고 쿠미코를 바라본다.

"함께 가줄 수는 없니?"

쿠미코는 나츠메와 함께 병원으로 향했다.

유카를 나츠메와 만나게 하는 게 좋은 건지 모르겠다. 하지만 나츠메는 분명 혼자서라도 유카를 만나러 갈 것이다. 그게 형사로서의 일이니까. 그래서 나츠메와 단둘이 있게 하는 것보다는 자신도 함께 있는 편이 나을 거라고 생각했다.

"잠깐 기다려줄래?" 유카의 병실 앞에서 쿠미코가 말했다.

나츠메는 알았다면서 고개를 끄덕인다.

쿠미코가 노크를 하고 병실 문을 연다. 유카는 침대

에 누워서 창가를 보고 있었다.

"유카, 좀 어때?"

쿠미코가 물어도 유카는 아무 반응이 없다. 혹시 자고 있나 싶어 가까이 다가가 유카의 얼굴을 확인했다. 유카는 깨어 있었다. 공허한 눈빛으로 창밖을 멍하니 보고 있었다.

유카의 상태를 본 쿠미코는 역시 오늘은 나츠메와 만나게 해서는 안 되겠다고 생각했다.

쿠미코가 문 쪽을 돌아본다. 나츠메가 이쪽을 바라보고 있다. 미세하게 고개를 끄덕이는 나츠메를 보니 한숨이 저절로 나온다.

"저기, 유카…. 유카와 잠깐 이야기하고 싶다는 사람과 같이 왔어."

쿠미코의 말에 유카의 눈동자가 반응했다. 천천히 고개를 문 쪽으로 돌린다.

"안녕? 몸도 안 좋은데 갑자기 찾아와서 미안해. 난 히가시 이케부쿠로 경찰서의 나츠메라고 해. 유카와 잠시 이야기를 하고 싶은데 괜찮겠니?"

나츠메가 병실 안으로 들어오며 말했다.

"히가시 이케부쿠로 경찰서…?"

유카의 몸이 조금씩 떨리는 게 느껴졌다.

나츠메가 간이 의자 두 개를 침대 옆에 놓는다. 그리고 쿠미코에게 그중 하나를 권한다.

"유카, 사와무라 코우지라는 남자를 알고 있지?"

유카는 허공에 시선을 둔 채 반응하지 않는다.

"그저께 사와무라 씨가 돌아가셨단다. 알고 있니?"

유카가 고개를 살짝 흔든다.

"그렇구나. 넌 사와무라 씨와 어떤 사이였니? 최근 통화기록을 보면 5일 전에 핸드폰으로 연락을 취했더구나."

나츠메가 넌지시 둘이 아는 사이라는 것을 이미 알고 있다는 뉘앙스를 풍긴다.

"어떤 사이라뇨? 그렇게 친하지 않아요. 가끔 '지금 뭐 해?'라고 전화가 걸려오는 정도예요."

유카가 쥐어짜듯이 가는 목소리로 말한다.

"그가 사는 빌라에 놀러 간 적 있니?"

유카가 고개를 젓는다.

"장소도 모르니?"

유카가 끄덕인다.

"그렇구나. 그제 오전 10시에 너희 학교 교복을 입은 여학생이 그 빌라 근처에서 목격되었단다. 미나미 이케부쿠로에 있는 공원 반대편에 있는 큰 흰색 빌라인데, 짐작 가는 건 없니?"

"없어요."

나츠메가 잠시 날카로운 눈빛으로 유카를 본다. 그리고 자리에서 일어났다.

"고마워. 또 생각나는 게 있으면 연락 줘."

침대 옆 책상에 명함을 놓고 나츠메는 병실을 나섰다.

"유카가 그 사람을 죽였다고 의심하는 거야?"

병원에서 나오자마자 쿠미코가 나츠메에게 물었다.

"여러 가능성을 고려하는 거야. 그런데 적어도 그 아이는 무언가를 숨기고 있어."

나츠메가 날카로운 눈빛으로 쿠미코를 쳐다본다. 아까 전에 유카를 보던 눈빛과 닮았다. 예전에는 본 적 없는 예리한 눈빛이다.

'이것이 형사의 눈빛이란 건가.'

"나츠메…, 완전히 변했구나." 쿠미코는 씁쓸히 중얼거렸다.

자신이 알던 나츠메는 이제 여기에 없었다.

"그래 보여…?" 나츠메가 묻는다.

"10년 전 사건의 범인은 잡혔어?"

괴로웠지만 그 사건을 묻지 않을 수 없었다.

"아니, 아직 잡히지 않았어."

"딸은…?"

"그때부터 계속 병원에 있어."

"그때부터?"

'사건이 발생하고 벌써 10년 이상 지났는데, 아직도 병원에 있다니 무슨 소리지?'

"식물인간이야."

놀란 쿠미코가 그를 쳐다보았다.

"딸을 그렇게 만든 범인을 잡기 위해 형사가 된 거야?"

"반은 그래."

안색 하나 바꾸지 않고 나츠메가 고개를 끄덕였다.

"나머지 반은?"

"현실로부터 도피한 거야."

"현실로부터 도피한 거라니?"

"요시오 사건 생각나?"

"물론이지."

"요시오 사건이 있었을 때 나는 이렇게 생각했어. 죄를 지은 소년들의 고민이나 범죄에 이르게 된 원인을 제대로 파악해서 그들이 갱생하는 데 도움을 주자고. 그래서 법무부에 들어가자고. 하지만 딸이 피해를 당했을 때 그 신념이 크게 흔들렸어."

나츠메의 눈빛이 슬픔을 머금은 무언가로 바뀌었다.

"목격자들의 제보에 의하면, 내 딸을 그렇게 만든 범인은 청소년이라는 결론이 났어. 매일 소년분류심사원에 오는 소년들과 만날 때마다 혹시 눈앞에 있는 소년이 내 딸을 공격한 범인이 아닐까 싶어 분노가 끓어올랐어. 그러다보니 다른 마음이 내 안에 생겨나는 거야."

"범죄자에 대한 증오인가?"

"그런 셈이지."

"그래서 요시오 같은 소년에게 다가가는 것보다 범죄자를 쫓는 길을 택한 거구나."

나츠메는 시선을 아래로 떨구더니 고개를 끄덕인다. 그리고 입술을 깨문다.

어쩌면 나츠메의 마음속에는 지금까지도 격한 갈등

이 있을지 모른다. 쿠미코는 그런 나츠메를 보는 것이 괴로웠다.

"너무 쓸데없는 말을 많이 했네."

그렇게 말하더니 나츠메는 뒤를 돌아 걸어갔다.

"그런데…, 그녀가 결석하고 자해한 원인은 뭐야?"

나츠메가 쿠미코에게 물어본다.

"확실히는 몰라. 그녀는 아무 이야기도 해주지 않아. 하지만…"

쿠미코는 유카의 아버지가 경찰에 체포된 일과 그 후의 상담 과정을 말해주었다.

"하지만 그 후엔 밝혀져서 학교에도 오게 되었잖아. 그런데 왜 다시 결석을 하고 자해까지 한 거야?"

"정확히는 모르겠지만 1년 전에 그 아이가 치한한테 성추행을 당한 일이 있었어."

"성추행?"

학교에 다시 오게 된 지 얼마 지나지 않아, 유카는 지하철 안에서 치한을 만났다. 유카의 호소로 곁에 있던 승객이 치한을 잡아서 역무원에 넘겼는데, 그 남자는 중학교 선생님인 데다가 유카와 비슷한 나이의 딸이 있다고 했다. 그 이야기를 들은 쿠미코 역시 그 남자에 대한 증오와 분노로 괴로웠다.

그 사건 이후 유카는 다시 방 안에 틀어박혔고, 자신은 더럽혀졌다면서 손목을 칼로 찌르게 되었다. 유카의 마음에 깊은 상처를 입힌 사건이었다.

"한 여자의 마음에 그렇게나 깊은 상처를 주었는데도 범인은 집행유예를 받았어. 정말 믿을 수가 없는 일이야."

"그런 일이 있었구나."

학교 앞에 도착한 쿠미코는 차에서 내렸다.

"그럼 난 경찰서로 돌아갈게. 오늘은 고마웠어."

멀어져 가는 차를 잠시 바라보던 쿠미코는 학교로 들어갔다.

다시 근무를 마치고 역으로 향하던 중에 전화가 울렸다. 유카의 어머님이었다.

"선생님, 큰일 났어요!"

전화를 받자 어머님의 비명이 귀에 울렸다.

"무슨 일인데요?"

"지금 병원에서 전화가 왔어요. 유카가…, 유카가 병원에서 사라졌다고…."

유카가 사라지다니…, 쿠미코는 격렬한 초조함에 휩싸였다.

'실수했다!'

나츠메를 병실에 데려간 다음에 유카가 사라졌다.

'유카에게 좀 더 주의를 기울였어야 했는데….'

"알겠습니다. 어머님은 일단 집에 가서서 혹시 유카가 집에 왔는지 확인해주세요. 저는 병원 주변을 찾아볼게요."

전화를 끊고 역을 향해 달려갔다.

지하철로 히바리가오카 역까지 가서 택시를 타고 병원 부근으로 향했다. 하지만 유카를 찾을 작은 실마리조차 없다. 쿠미코는 그저 유카의 이름만 부르며 병원 주변을 돌아다녔다.

그때 유카 어머님으로부터 전화가 왔다.

"유카가…, 집에 있었어요…. 그런데 손목을 그어서 엄청 피가 나고…, 어떡하죠? 유카…, 유카…!"

어머님은 미친 듯이 괴성을 질렀다.

"어머님, 진정하세요! 우선 빨리 구급차를 불러주세요!"

"아까 불렀어요…."

"그럼 제가 병원 앞에서 기다릴게요. 괜찮아요. 마음을 단단히 잡수세요."

쿠미코는 곧바로 병원으로 향했다. 10분 정도 병원 앞에서 서성이자 사이렌 소리가 가까이 들렸다. 병원 앞에 이내 구급차가 멈춘다.

"유카!"

구급차에서 들것이 나오자 쿠미코가 달려간다.

"유카! 유카!"

어머님이 울면서 유카의 이름을 부른다.

들것에 실린 유카가 병원으로 운반되어 들어간다.

잠든 유카의 얼굴이 창백하다.

창밖에서 밝은 햇살이 비치고 있다. 쿠미코는 한숨도 못 잔 채 계속 유카만 바라본다.

유카의 생명에 지장이 없다는 말을 듣자마자 어머님은 그대로 쓰러지셨다. 요 며칠간의 피로와 스트레스가 쌓였던 모양이다. 지금은 다른 병실에서 링거액을 맞으며 자고 있다.

유카가 자는 얼굴을 보고 있노라니 쿠미코는 분노가 밀려와 견딜 수 없었다. 생명을 가벼이 여기는 유카에 대한 분노, 그런 유카를 구할 수 없었던 자신에 대한 분노였다.

천천히 눈을 뜬 유카가 주위를 둘러보았다. 그러다 이내 쿠미코를 발견하고는 침울한 표정을 짓는다.

"왜…, 왜 나를 죽게 내버려 두지 않는 거예요?"

그 말에 쿠미코는 어금니를 꽉 깨물었다.

"나 따윈 살 가치도 없는데…. 그냥 죽었으면 편했을 텐데."

그 순간 쿠미코의 마음속에서 무언가가 튀어나왔다. 쿠미코는 유카의 뺨을 힘껏 때리고 말았다.

"살 가치가 없는 사람은 없어! 네가 죽으면 얼마나 많은 사람들이 슬퍼할지 알기나 해? 어머님이 얼마나 슬플까 한 번이라도 생각해봤어! 그렇게 죽고 싶으면 멋대로 죽어, 대신 어머님이 돌아가신 다음에."

쿠미코는 유카를 노려보며 쏘아붙였다.

유카는 왼손을 뺨에 대고 쿠미코를 멀뚱히 바라본다.

"어째서 그렇게 혼자 괴로워하는 거야? 어째서 아무 말도 하지 않는 거야? 너에게 나는 전혀 도움이 되지 않니?"

쿠미코는 눈물을 흘렸다. 참으려고 해도 참을 수가 없었다.

"쿠미코 선생님…! 사람을 죽이면 어떤 벌을 받나요?" 유카가 조용히 말했다.

그 말에 순간적으로 오한이 들었다.

눈앞이 새까매져 유카가 무슨 얼굴을 하고 있는지도 알 수 없었다.

"뇌물로 체포된 아빠는 2년 6개월이나 감옥에 있어야 해요. 그러니깐 사람을 죽이면 그보다 얼마나 더 감옥에 있어야 하나요?"

유카가 하는 말을 이해할 수 없었다.

'네가 사람을 죽였다는 뜻이니…?'

그걸 확인하는 것이 두려워서 차마 물어보지 못했다.

그때 유카가 이불 속으로 손을 집어넣는다. 그러더니 주머니에 넣어 두었던 명함을 꺼내 쿠미코에게 준다. 어제 이곳에 두고 간 나츠메의 명함이다. 뒤에는 그의 핸드폰 번호가 적혀 있었다.

"어제 왔던 형사님을 불러주세요." 유카가 부탁했다.

"나츠메를…?"

"그 형사에게라면 진실을 이야기할 수 있을 것 같아
서요."

"왜 하필 그 사람이야?" 쿠미코가 물었다.

"지금 쿠미코 선생님처럼 저를 제대로 혼내주실 수
있을 것 같아서요."

쿠미코는 잠시 망설였다. 이제부터 시작될 유카의 고
백이 너무 무서웠다. 하지만 유카는 눈물을 닦으며 진
지하게 자신을 바라보고 있었다. 쿠미코는 가방에서
핸드폰을 꺼내 전화를 걸었다.

"한 시간 정도면 올 수 있대."

병실에는 무거운 침묵이 흘렀다. 너무나 답답하다고
생각되었을 때쯤 문이 열리면서 나츠메가 들어온다.

순간 나츠메와 눈이 마주쳤다. 슬픈 눈빛처럼 보였
다.

"형사님께 사실대로 이야기할게요." 유카가 말했다.

나츠메는 조용히 쿠미코 옆에 있는 의자에 앉았다.
그리고 유카를 향해 고개를 끄덕인다.

"저희 아빠는 1년 6개월 전에 체포되었어요. 가족을
위해 열심히 일하시는 정말 자상한 아빠였어요. 아빠
가 체포된 충격에 전 모든 게 될 대로 되라는 식으로

학교에도 가지 않고 매일 밤 방황했어요. 클럽에 가서 새벽까지 술도 마시고요. 그때 만난 게 사와무라 코우지였어요. 처음엔 제 외로움을 달래주는 자상한 사람인 줄 알았는데, 그의 집에 놀러 갔을 때 억지로…"

유카는 거기서 말을 멈췄다. 그리고 이불 속에 손을 넣어 핸드폰을 꺼냈다. 그러더니 전원 버튼을 누르고 쿠미코에게 핸드폰을 보여준다. 처음 보는 핸드폰이었다.

핸드폰을 들여다본 쿠미코는 저도 모르게 고개를 돌릴 뻔했다. 핸드폰에는 속옷만 입은 유카의 모습이 찍혀 있었다.

"이것 말고도 많은 사진이나 영상을 찍었어요. 이게 세상에 유포되고 싶지 않으면 자기가 시키는 대로 하라고 했어요. 하고 싶지 않은 일을 많이 강요했어요."

'어떤 일을 강요받은 걸까.'

그러나 굳이 유카가 말하지 않더라도 대충 상상할 수 있었다.

'나는 더럽혀졌어요.'

유카는 그 고통과 자기혐오를 견디지 못하고 자해를 하게 된 건가.

"쿠미코 선생님의 격려에 어떻게든 힘을 내보려고 했는데 그 녀석이 있는 한…, 이 사진이 있는 한…. 그렇게 생각해서…, 그 남자를 죽였어요. 이 핸드폰을 가지고 있는 것이 제가 그를 죽였다는 증거입니다."

쿠미코는 유카의 고백에 심장이 철렁 내려앉았다. 그리고 옆에 앉은 나츠메를 바라본다.

나츠메는 유카를 쳐다보고 있다. 그 눈빛에는 어제 느꼈던 날카로움도, 과거에 느꼈던 부드러움도 없었다. 눈 한번 깜빡이지 않고 유카가 한 이야기의 진위만 파악하려는 듯 보였다.

"하지만…, 그다음부터 계속 사람을 죽였다는 죄책감에 시달렸어요. 자살해서 속죄하려고 생각한 거고요."

"그건 속죄가 아니라 도망치는 거야." 나츠메가 말했다.

"알고 있어요. 그래서…."

"그리고 자신의 몸을 자해하는 것도 속죄가 아니야." 나츠메가 유카의 말을 잘랐다.

"너에게 있어 속죄란 진실을 이야기하는 거야."

"무슨 뜻이야?" 쿠미코가 나츠메에게 물었다.

"너의 첫 번째 자해 원인은 이와사키 미츠오 씨에 대한 속죄와 자기혐오 아니었니?"

그 이름을 듣자 유카의 어깨가 흠칫 떨린다.

'이와사키 미츠오…. 어디선가 들어본 이름이다. 누구였지?'

열심히 기억을 더듬던 쿠미코는 겨우 그 이름을 떠올렸다. 지하철에서 유카에게 성추행을 한 남자다.

'그런데 이와사키에 대한 속죄와 자기혐오라니…, 무슨 뜻이지?'

"형사님, 지금 무슨 말씀을 하시는 거예요? 저는 잘 모르겠어요." 유카가 나츠메를 노려보았다.

"넌 사와무라와 짜고 이와사키 미츠오 씨에게 성추행을 당했다고 사실을 날조했던 거야."

나츠메의 말을 들은 유카의 표정이 싸늘히 굳는다.

"네가 사와무라에게 강요받은 불쾌한 일이란 그거 아니니?"

"아니에요. 저는 그런 짓을 하지 않았어요."

유카가 격렬히 고개를 젓는다.

"그 첫 타깃이 이와사키 씨였지? 아니니? 지하철 안에서 네가 '치한이에요!'라고 소리치면 사와무라가 나타나 그 남성을 역무원에게 넘기는 척하면서 실제로는 지하철에서 내리게 하려는 계획이었겠지. 그러고는 경찰에 신고당하고 싶지 않으면 돈을 내놓으라고 요구하려고 했던 거지. 치한에게 성추행을 당했다는 여성과 그 현장을 목격했다는 남성이 입을 맞추면 상대는 꼼짝없이 당할 수밖에 없거든. 하지만 처음이라 그랬는지 서로 손발이 맞지 않았어. 그래서 의도하지 않은 다른 승객이 이와사키 씨를 잡아서 역무원에게 넘겨버린 거야. 그 바람에 경찰서에까지 가게 된 너는 그대로 이와사키 씨를 고발한 거지."

"아니에요!"

유카가 격하게 저항했다.

"만약 그렇지 않다면 너는 왜 널 성추행한 이와사키 씨를 보호하려는 거지?"

"보호한다고요?"

유카가 어리둥절한 표정으로 나츠메를 쳐다본다.

"이와사키 씨가 오늘 아침 경찰서에 자수를 해왔어. 사와무라를 죽인 게 바로 자신이라면서."

그 말을 들은 유카의 얼굴이 창백해진다.

"너는 줄곧 이와사키 씨에 대한 죄책감으로 시달렸

겠지. 하지만 그 후에도 사와무라는 널 성추행 사건을 날조하는 데 이용했어. 넌 그 공갈 협박에 성공할 때마다 죄책감으로 손목을 긋게 된 거야."

나츠메가 거기까지 말하자 유카는 어깨를 축 늘어트렸다.

"아까도 말했지만…, 네가 해야 할 속죄는 진실을 말해주는 거야."

유카는 입을 다문 채 고개만 숙이고 있다.

"유카! 진실을 이야기해줘." 쿠미코가 호소했다.

유카가 무엇 때문에 고통을 받고 있는지 알고 싶었다. 그래서 두 번 다시 자살 시도를 하지 않도록 돕고 싶었다.

"그날…, 쿠미코 선생님의 격려를 받고 나도 용기를 내서 학교에 가려고 했어요. 하지만 등굣길에 우연히 이와사키 씨를 만났어요. 나를 알아본 이와사키 씨가 무서운 표정으로 쫓아왔어요. 힘껏 도망쳤지만, 결국 공원에서 붙잡히고 말았어요. 이와사키 씨는 자신이 절대 성추행을 하지 않았다며 큰 소리로 저에게 호소했어요. 엄청 무서웠는데 제 손목의 흉터를 본 순간 표정이 바뀌더니 손을 놓아주었어요. 자신에게도 나와 비슷한 또래의 딸이 있다면서, 만약 딸의 이런 모습을 본다면 분명 심장을 후벼 파듯 괴로울 거라고 했어요. 그 말을 듣고 저는 그 자리에서 울음을 터트리고 말았어요."

유카의 눈에 눈물이 글썽거린다.

"공원에 앉아 이와사키 씨와 이야기를 했어요. 이와사키 씨는 그 사건 때문에 학교에서 잘리고 아내분과 아이와도 떨어지게 되었고, 지금은 허름한 아파트에서 혼자 살고 있다고 했어요. 오늘도 이곳저곳을 돌아다니면서 일거리를 찾고 있다고… 하지만 이와사키 씨는 저를 원망하지 않았어요. 오히려 저도 불쌍하다면서 동정해주셨어요. 그러면서 자신은 맹세하건대 절대 성추행을 하지 않았다고, 그것만은 꼭 믿어달라고 했어요. 이와사키 씨의 딸을 생각하니 저는 도저히 참을 수 없었어요. 아빠가 경찰에 체포되었을 때 저도 정말 괴로웠으니까요. 저는 그날 모든 사실을 숨김없이 이와사키 씨에게 털어놓았어요. 그때 그 일은 협박당해서 어쩔 수 없이 한 거라고. 울면서 이와사키 씨에게 사죄했어요. 지금이라도 경찰서에 가서 이와사키 씨의 무죄를 증언하고 싶다고도요. 하지만 그렇게 하면 사와무라 코우지가….."

"사진이나 영상으로 협박당해 성추행을 날조하고 있었다고 이와사키 씨에게 고백한 거구나."

나츠메의 말에 유카는 고개를 끄덕였다.

"그러자 이와사키 씨는 사와무라가 어디에 사는지 물었어요. 자신이 사와무라와 담판을 짓고 그 사진을 빼앗아 올 테니, 함께 경찰서에 가서 자신이 치한이 아니었다고 솔직하게 이야기해주겠냐고 했어요. 제가 그러겠다고 고개를 끄덕이자, 여기서 기다리라고 한 뒤에 이와사키 씨 혼자 사와무라의 집으로 갔어요."

"그리고 너도 이와사키 씨가 걱정되어 그 빌라에 갔던 거구나."

"네. 빌라 앞에 가니까 사와무라의 집에서 이와사키 씨가 나오는 걸 봤어요. 아저씨는 아까와는 달리 겁먹은 모습이었어요. 문손잡이를 수건으로 닦는 걸 보고 불길한 예감이 들었죠. 이와사키 씨가 빌라를 벗어난 뒤 사와무라의 집에 들어가 보니…."

그곳에서 유카는 사와무라의 시신을 발견한 것이다. 그리고 사와무라의 핸드폰을 들고 나왔다.

"제가 그렇게 하지 않았다면…, 제가 이와사키 씨에

게 사와무라의 주소를 알려주지 않았다면 일이 이렇게 되지 않았을 거예요. 전 두 번이나 이와사키 씨를 범죄자로 만든 거예요. 전부 제 탓이에요! 저는 이 세상에 태어나지 말았어야 했어요!"

유카가 격렬히 흐느껴 운다.

"이와사키 씨는 널 보고 딸이 생각났다고 진술했어. 자신의 무죄를 증명하기 위해, 아니 그 이상으로 널 괴롭혀온 사진을 어떻게든 손에 넣어야 한다고 생각했다는군. 하지만 사와무라는 절대로 사진을 넘겨주지 않았대. 오히려 이와사키 씨의 멱살을 잡고 주먹을 휘둘렀지. 그렇게 엎치락뒤치락하다가 사와무라를 쓰러트려 죽게 만들었다고…."

유카가 고개를 들어 나츠메를 바라본다. 눈이 붉게 충혈되어 있었다.

"이와사키 씨는 자신이 저지른 잘못으로부터 도망치면 안 된다고 생각했대. 게다가 이대로 자신이 도망쳐버리면 네가 누명을 쓰게 될지도 모른다면서 경찰서에 자수하러 온 거야. 그러니까 너도 네가 한 잘못으로부터 도망쳐서는 안 돼. 경찰서나 이와사키 씨의 재판에서 진실을 이야기해주지 않겠니?"

쿠미코는 나츠메의 옆모습을 본다. 대학원생 시절
아이들에게 뜨거운 열정으로 이야기하던 그때의 눈빛
이었다.

"그게 네가 다해야 할 책임이며 속죄야."

유카가 콧물을 닦으며 격하게 고개를 끄덕인다.

"그럼…, 이제 네 차례야."

나츠메는 쿠미코의 어깨를 살짝 두들기고는 병실에
서 나갔다.

쿠미코는 바로 일어나 나츠메를 따라 나간다.

"나츠메!"

쿠미코가 부르자 나츠메가 뒤돌아본다.

"역시 넌 하나도 바뀌지 않았구나."

"그건 전혀 성장하지 않았다는 뜻이니?" 나츠메가
빙긋 웃는다.

"그럴지도."

쿠미코도 웃으며 어깨를 으쓱였다.

쿠미코는 지금도 나츠메가 경찰이라는 직업과 가장
어울리지 않는 사람이라고 단언한다. 하지만 이런 형
사가 세상에 하나쯤은 있어도 괜찮겠다고 생각했다.

형사의 눈빛

◆

"나 아무래도 들어가지 말까 봐…"

이자카야가 보이자, 츠카모토 세이지는 겁이 났는지 발걸음을 멈춘다.

"여기까지 와서 무슨 소리야? 다들 세이지 당신이 오기만을 기다리고 있다고."

아내인 쿄코가 재촉하며 세이지의 소매를 잡아당긴다.

"장인, 장모님께 죄송하잖아. 아이만 맡겨두고 우리끼리 술이나 마시러 가다니. 난 그냥 노조미를 데리고 집으로 돌아갈 테니까 당신 혼자서 잘 놀다 와."

이 모든 것은 앞으로 있을 모임에 참가하고 싶지 않아서 나온 변명이었다.

"죄송하게 생각 안 해도 돼. 오히려 오늘 밤은 노조미를 데리러 오지 않아도 되니까 천천히 있다가 오라고 하셨는걸. 자, 망설이지 말고 얼른 가. 가서 제대로 영업을 해야지. 앞으로는 노조미 때문에라도 돈이 많이 들 텐데…"

쿄코가 억지로 세이지의 손을 잡고 이자카야로 향한다.

가까워지는 간판을 보며 세이지는 무거운 한숨을 내쉰다.

지금부터 몇 시간 동안 저 이자카야에서 중학교 동창회를 한다. 쿄코는 정기적으로 동창들과 만나왔지만, 세이지는 졸업하고 나서 11년간 한 번도 만난 적이 없다. 아니, 엄밀히 따지면 졸업하고 나서가 아니다. 졸업식 때도 철창신세여서 졸업식에 참석하지 못했기 때문이다.

세이지는 중학생 시절에 자신이 했던 짓을 되돌아보면, 앞으로 몇 시간 동안 가시방석에 앉은 기분이 들 것 같아서 마음이 무거웠다.

"어서옵셔!"

이자카야 종업원의 안내를 받아 세이지는 쿄코 뒤를 따라간다. 신발장에 늘어선 많은 신발들에 세이지의 긴장감이 절정에 달했다.

"늦어서 미안해."

그렇게 말하고 세이지는 쿄코 뒤에 숨듯 신발을 벗는다.

그 순간, 그때까지 떠들썩했던 동창회 자리가 갑자기 조용해진다. 20명 정도의 동창들이 세이지를 응시

한다. 다들 분위기는 많이 변했지만, 옛 모습이 조금씩 남아 있는 터라 자연스레 이름들이 떠올랐다. 하지만 중학생 때의 기억이 주마등처럼 지나가 곧바로 인삿말이 튀어나오지는 않았다.

"안녕…, 오랜만…, 입니다."

쥐어짜듯이 말을 꺼냈지만, 다들 멍하니 세이지만 바라볼 뿐 반응하지 않는다.

"다들 들었어? 그 츠카모토가 '입니다'래. 대체 언제 그런 말투를 배운 거야?"

스도우가 그렇게 말하자 그 자리에 있던 모두의 입에서 웃음이 터져 나온다.

"아…, 최근…, 입니다."

세이지가 머리를 긁적이자 웃음이 더 퍼져나간다.

중간쯤에 앉아 있던 동창이 자리를 양보해주어 세이지와 쿄코는 거기에 앉았다.

누군가 세이지 부부에게 맥주를 따라주었고, 둘은 모두와 건배를 했다. 다들 신기하다는 얼굴로 세이지에게 계속 술을 권한다. 세이지는 무슨 말을 해야 할지 몰라 적당히 맞장구만 치며 맥주를 마셨다.

얼마 지나지 않아 긴장이 풀린 세이지는 모두와 자

연스럽게 이야기를 하게 되었다.

아무래도 세이지의 걱정은 기우였나 보다. 세이지가 학교에서 '일진'이었던 사실은 모두의 기억 속에 어렴풋이 남아 있는 옛이야기에 지나지 않은 듯했다.

"그건 그렇고 반장이었던 쿄코가 세이지와 결혼하다니…."

잠깐 세이지와 이야기를 나눈 하시모토가 그렇게 말했다. 하시모토는 학생 때 얌전한 모범생으로 통했다.

"어머, 정말? 난 그때부터 혹시 둘이 서로 좋아하는 거 아닐까 생각했어. 하지만 세이지는 항상 싸우느라 바빠서 데이트할 시간이 없었던 거지."

쿄코와 지금까지도 친한 세키구치 토모미가 말했다.

"정말 그때는 미안했어…. 너희들에게도 정말 민폐를 끼쳤어."

세이지가 진지한 표정으로 고개를 숙였다.

"그래, 정말 그때 너는 너무 난폭했어. 네가 너무 무서워서 다들 피해 다녔으니까…. 그래도 속으로는 다들 너를 동정하고 있었어."

그나마 여기서 가장 친했던 니시키도가 말했다.

세이지는 대답을 하지 못하고 술잔만 기울인다.

"어이, 이거 분위기 좋은데…?"

소란스러움을 압도하는 기괴한 목소리에 세이지는 입구 쪽을 돌아본다.

신발을 벗고 한 남자가 가게 안에 들어오려고 한다. 남자를 잠시 응시하던 세이지는 그가 오오타라는 것을 알아챘다.

오오타가 들어온 순간 분위기가 갑자기 싸해졌다. 다들 안절부절못하는 초조한 눈빛으로 오오타를 보면서 수군거린다.

오오타는 그런 시선에 전혀 개의치 않고 희미한 미소를 지으며 주위를 둘러보았다. 그러고는 빈자리에 앉아 자신의 잔에 맥주를 따르기 시작한다.

"대체 누가 부른 거야…?"불쾌하다는 표정으로 니시키도가 중얼거린다.

"아무도 부르지 않았을 거야."토모미가 차갑게 답한다.

"오오타가 뭘 어쨌길래…?"이 분위기에 적응하지 못한 세이지가 그렇게 물었다.

"아니, 이전에는 부르긴 했었는데…, 너무 언행이 이상하달까…, 아무튼 기분 나빠서 그 뒤로는 부르지 않기로 했거든."

"언행이 이상하다니…?"

"저 얼굴 좀 봐."

니시키도의 말에 세이지는 오오타를 쳐다봤다.

오오타는 희미한 미소를 머금은 채 주위를 둘러보면서 혼잣말을 중얼거리고 있다. 오오타와 눈이 마주친 순간 세이지는 뭔가 못 볼 것을 본 듯한 기분이 들어 냉큼 고개를 돌렸다.

"맛이 좀 간 거 같지 않아…?"

니시키도의 말처럼 오오타는 정상이 아니다. 중학교 시절의 기억을 더듬어보면 오오타는 어딘가 어둡고 사람을 짜증 나게 하는 녀석이었다. 그래서 세이지를 포함한 반 애들 몇몇이 그를 자주 왕따시켰었다.

세이지가 초등학생 때에는 가끔 오오타의 집에 놀러 가기도 했지만, 어느샌가 오오타는 세이지에게도 짜증 나는 존재가 되어 있었다.

"옛날에…, 괴롭힘당했던 남자가 동창회에 나와 동창들을 모조리 죽인 사건이 있었던 거 알아? 저 녀석을 보고 있으면 그런 얘기가 남 일 같지가 않아."

"에이… 설마…, 아니겠지?"

세이지는 옆에 있는 쿄코를 보았다. 쿄코도 표정이 딱딱하게 굳어 있다.

"저 녀석은 지금 뭘 하고 산대?"

"고등학교 1학년까지 다니다 중퇴한 다음부터는 집에만 있대. 10년이나 그런 생활을 했으니 저렇게 된 거겠지…."

그러고 보니 쿄코에게 그런 이야기를 들은 적이 있다.

쿄코는 중학교 시절부터 오오타와 같은 학원에 다녔는데, 고등학교 1학년 여름방학이 끝날 무렵부터 갑자기 나오지 않았다고 한다. 당시 학원에서는 학교도 그만두었다는 소문이 돌았다.

"저 녀석은 신경 쓰지 말고 우리끼리 즐기자. 그런데 세이지는 지금 뭐 하며 살아?"

"그게…, 20살 때부터 바텐더가 되어서 작년에 조그만 가게를 냈어."

"진짜? 대단하네. 다음에 가봐도 돼?"

그러자 세이지는 기다렸다는 듯이 주머니에서 명함을 꺼낸다.

"HOPE라…. 좋은 이름이네."

니시키도가 명함을 보며 중얼거렸다.

좀 평범한 이름이라고 생각했는데, 지금의 자신에게 가장 잘 어울리는 말이 아닐까 싶어 정했다.

"바 자리만 있는 작은 술집이야. 이케부쿠로에 있으니까 기회 되면 한번 와줘. 서비스도 팍팍 줄 테니까."

니시키도가 자리에서 일어나 세이지가 가게를 열었다고 큰 소리로 알리자, 다들 명함을 달라며 모여들었다. 그렇게 한참 명함을 돌리는데 등 뒤에서 심상치 않은 기척을 느꼈다. 뒤를 돌아보니, 오오타가 희미한 미소를 지으며 세이지를 보고 있었다.

"그럼 여기 끝나고 2차 갈 사람…?"

스도우가 2차에 갈 사람 수를 확인했다.

"미안하지만 우린 딸을 데리러 가야 해서 여기서 실례할게. 오늘은 즐거웠어. 또 모임 있으면 갈게."

세이지는 동창들에게 인사를 하고, 쿄코와 함께 밖으로 나섰다.

"세이지!"

신발을 신고 있는데, 뒤에서 자신을 부르는 소리가 들렸다. 왠지 모르게 온몸이 오싹했다. 뒤를 돌아보니 짐작대로 오오타가 있었다.

"나한테도 명함 좀 줘."

끈적끈적한 눈빛으로 손을 내민다.

주고 싶지는 않았지만, 달라붙는 그 더러운 눈빛에 도저히 거절할 수 없었다.

"그럼 또 봐…."

오오타가 명함을 손에 들고 음흉하게 웃으며 손을 흔든다.

"여보!"

쿄코가 부르는 소리에 정신을 차린 세이지가 쿄코를 쳐다본다.

"아까부터 무슨 생각을 그렇게 해?"

"아니, 그냥…, 좀 지쳤을 뿐이야."

아니라고 얼버무렸지만 사실 집으로 돌아오는 택시를 탔을 때부터 중학교 시절을 떠올리고 있었다.

"걱정할 거 없잖아."

쿄코가 세이지의 안색을 살핀다.

"그래, 정말 11년간 지고 있던 짐을 던 기분이야."

세이지는 억지로라도 동창회에 오게 해준 쿄코에게 감사했다.

"그럼 다행이네."

쿄코는 그렇게 말하더니 눈을 감는다.

쿄코 역시 피곤한 얼굴이다. 어쩌면 쿄코에게도 긴
장된 하루였을지 모른다. 쿄코의 친정집이 있는 나카
노까지는 시간이 꽤 걸릴 것이다.

'그때까지 실컷 자게 내버려두자.'

창문 너머로 보이는 풍경을 멍하니 바라보면서 세이
지는 좀 전까지 머릿속을 채우고 있던 생각을 다시 시
작한다.

'속으로는 다들 너를 동정하고 있었어.'

그때는 전혀 알아차리지도 못했다. 하지만 세이지의
가정 환경을 아는 사람이라면 모두 그렇게 생각했던
걸까.

확실히 불쌍한 가정환경이긴 했다. 아버지는 세이지
가 어렸을 때 절도와 폭행, 마약 거래 등으로 교도소
를 들락날락했다. 지금도 9번째 복역 중이다. 어머니는
아버지가 감옥에 들어갈 때마다 새로운 남자를 집에
들이더니, 결국 세이지가 14살이 되던 해 어디론가 도
망가 버렸다.

세이지는 어렸을 때부터 문제아였다. 부족한 가정환

경에서 오는 울분을 풀기 위해 다른 사람들에게 화풀이를 했다. 초등학생 때부터 절도나 공갈 협박을 일삼아서 아동보호소에 가게 되었고, 중학생 때는 누구도 손 쓸 수 없을 정도의 일진이 되어 매일같이 싸움이나 절도 행각을 반복했다. 그 바람에 경찰이나 소년분류심사원 신세도 졌다.

그때는 모든 것이 정해진 운명이라고 생각했다. 자신이 부모를 선택할 수 없는 것처럼 자신의 몸에 흐르는 난폭한 피도 결코 바꿀 수 없을 거라 생각했다. 모든 것은 이상한 부모에게서 태어난 것 때문이라고 핑계대면서 오히려 당당했다.

하지만 지금은 그것이 자신의 잘못에 대한 변명은 될 수 없다고 생각한다. 그렇게 변화시켜 준 사람이 바로 쿄코였다.

쿄코와는 초등학생 시절부터 같은 학교를 다녔다. 제대로 된 가정에서 자란 쿄코는 어릴 때부터 공부도 잘해서 교사나 친구들로부터 많은 신뢰를 받았다. 그런 쿄코와 어떻게 처음 인연이 시작되었는지는 지금 잘 기억나지 않는다. 다만 세이지가 문제를 일으키는 바람에 주위 사람들이 세이지를 멀리할 때도 쿄코만은 항상 세이지를 챙겨줬다.

세이지는 어릴 때부터 쿄코에 대해 아련한 감정을 지니고 있었다. 그 시절 쿄코도 혹시 자신과 같은 마음이 아닐까 느꼈을 때도 있었다.

하지만 16살이 되던 해, 세이지는 쿄코에게 아무 말도 하지 않고 고향을 떠났다. 그곳에서 계속 사는 것이 견딜 수 없었기 때문이다. 그 후로 이런저런 일을 하면서, 때로는 나쁜 짓도 하면서 어떻게든 살아왔다.

그러다 쿄코와 다시 만난 것은 20살 때였다. 당시 세이지가 아르바이트를 하던 술집에 쿄코가 우연히 들른 것이 계기였다. 친구들과 함께 가게에 들어서던 쿄코는 세이지와 눈이 마주치자 울음을 터트리더니, 갑자기 혼자 가게에서 도망쳐버렸다.

세이지는 가끔 그 눈물의 의미를 생각했다. 혹시 자신과 다시 만나게 되어 너무 기뻤던 게 아닐까 싶었지만, 반대로 자신이 다시는 나타나지 말길 바랐던 건 아니었을까 싶기도 했다.

며칠 뒤, 쿄코가 다시 가게로 찾아왔다.

쿄코는 세이지에게 왜 자신에게 한마디 말도 없이 고향을 떠났냐고 물었고, 세이지는 고향이 싫어졌다고 말할 수밖에 없었다.

거기에 계속 있을 수 없게 된 진짜 이유를, 자신이 범한 무거운 범죄를 쿄코에게 말할 수 없었다.

쿄코는 그때부터 자주 세이지를 만나러 왔다.

20살이 된 쿄코는 몰라볼 정도로 예뻐졌다. 그래서 어릴 때부터 가지고 있던 세이지의 아련한 감정이 더 커져갔지만, 그 마음을 쿄코에게 고백할 수 없었다.

그런데 뜻밖에도 쿄코가 예전부터 세이지를 좋아했었다고 고백했다.

세이지는 너무나 행복했지만 동시에 말로 표현할 수 없는 고통에 휩싸였다.

쿄코와 사귄다면 자신이 짊어진 십자가를 매일 마주하며 살아가는 것이나 마찬가지가 된다.

'그런 고통을 참을 수 있을까.'

쿄코를 다시 보지 않는다면 자신이 과거에 저지른 죄를 잊어버린 채 살아갈 수 있을 것이다. 지금껏 그렇게 해왔던 것처럼.

하지만 또 다른 자아가 마음속 깊은 곳에서 애원하고 있었다.

'어쩌면 이건 내게 주어진 숙명이 아닐까.'

마음을 후벼 파는 고통을 참으면서 살아가는 것이 진정 자신이 해야 할 속죄의 방법 아닐까. 진정한 참회란 죽기 직전까지 자신이 저지른 죄로부터 눈을 돌리면 안 되는 것이니까.

쿄코와 행복한 가정을 이루고 사는 동안에도 마음속으로는 고통을 느끼며 살라는 것이 법의 심판을 받지 않은 자신에게 내려진 형벌이 아닐까.

그런 마음가짐으로 세이지는 쿄코와 사귀기 시작했다.

하지만 세이지는 밀려드는 죄책감에 쿄코의 손조차 잡을 수 없었다. 먼저 고백한 쿄코 역시 왠지 모르게 세이지와 거리를 두는 듯한 기분이 들었다.

어릴 때부터 가지고 있던 감정의 연장선으로 고백을 하긴 했지만, 정말로 세이지 같은 남자와 사귀는 게 잘하는 것인지 고민했었던 건지도 모른다.

쿄코와 사귀기 시작하면서 세이지는 새로 태어난 기분으로 제대로 살아보겠다고 결심했다. 대충 입에 풀칠이나 하려고 시작했던 바텐더 일이었지만, 그때부터는 최선을 다해 쿄코에게 인정받을 수 있는 남자가 되고자 노력했다.

결국 서로가 서로에게 몸과 마음을 허락하게 될 때까지 2년 가까운 시간이 필요했다.

그 이후로 두 사람의 연애는 순조로웠지만, 쿄코의 부모님은 결혼을 완강하게 반대했다. 세이지의 가정환경이나 10대 시절의 모습을 알고 있었기 때문이다. 하지만 그들은 부모님의 반대를 무릅쓰고 3년 전에 결혼했다. 한동안 부모님의 인정을 받지 못했지만, 2년 전에 노조미가 태어나면서 드디어 부모님은 두 사람을 인정했다.

어릴 때부터 바라왔던 따뜻한 가정을 갖게 된 세이지는 행복했다. 하지만 그 행복과 동시에 영원히 계속될 고통도 느끼고 있었다.

"모처럼 참석한 동창회였으니까 좀 더 있다가 천천히 오지 그랬니?"

노조미를 안고 있는 장모님이 약간 책망하듯 말했다.

세이지가 쿄코를 쳐다보자, '거 봐, 내 말 맞지?'라는 듯한 우쭐한 표정을 짓고 있다.

"저기…, 동창회에 가기 전에 백화점에 들러서 미타

라시 경단을 좀 샀습니다. 어떠신가요? 야스코 처제가 경단을 좋아했었다고 쿄코가 그랬었는데…"

"어머, 항상 고맙네."

장모님을 따라 거실에 들어간다.

그릇에 미타라시 경단을 올려 불단에 공양한다. 정좌를 하고 불단에 모셔진 영정 사진을 바라본다. 귀여운 여자아이가 세이지를 향해 웃고 있다.

쿄코의 여동생 야스코는 8살 때 죽었다. 10년 전에 일어난 그 사건의 희생자였다.

이 사진을 볼 때마다 가슴이 찢어지는 고통을 느낀다.

세이지는 눈을 감고 합장을 한다.

'미안해…'

세이지는 한 번도 만난 적 없는 소녀에게 마음속으로 계속 용서를 구했다.

"어서옵셔…"

가게 문 쪽을 바라보던 세이지는 하마터면 얼굴을 찌푸릴 뻔했다.

오오타가 주위를 둘러보며 안으로 들어온다.

여덟 자리가 마련된 바 자리는 대부분 단골손님으로 채워져 있다. 오오타는 딱 하나 남은 자리에 앉아 세이지를 보며 히죽거린다.

"안녕? 잘 왔어. 벌써 와준 거야? 고마워."

세이지는 당황스러움을 감추며 오오타 앞에 컵 받침을 놓는다.

"어떤 것으로 하시겠습니까?"

"세이지가 나에게 존댓말이라니…. 그때는 '어이'라든가, '이 자식', '굼벵아'라고 밖에 안 했었는데 말이야."

옆에 앉은 단골손님이 슬쩍 오오타를 쳐다본다.

"서비스업이니까. 그리고…, 그때는 나도 잘못했어."

세이지가 부드럽게 넘기려 한다.

"뭐라도 좋으니까 도수 높은 술로 줘."

오오타가 퉁명스럽게 주문한다.

"버번위스키에 얼음 넣은 거면 될까?"

'대체 이놈은 무슨 목적으로 여기에 온 걸까…?'

불길한 예감이 들었다. 세이지는 얼음이 든 잔에 버번위스키를 따른 뒤, 오오타 앞에 내민다.

"HOPE라는 이름은 너와 어울리지 않지만, 그래도 꽤 좋은 가게네. 나 여기서 일해도 될까."

'농담하지 마!'

오오타 같은 음침한 남자가 가게에 있으면 아무도 오지 않을 것이다.

"근데 일은 안 한다면서? 오오타는 옛날부터 머리가 좋았으니까 어떤 일이라도 잘할 수 있을 거야."

화제를 돌리고자 에둘러 칭찬을 한다.

"이미 사회 복귀는 무리야. 너 때문에…."

옆에 있는 단골손님이 호기심 어린 시선으로 오오타와 세이지를 번갈아 쳐다본다.

"저기요, 내 말 좀 들어주세요."

오오타는 단골손님에게 친한 척 말을 건다.

"전 이 녀석 때문에 인생을 망쳤어요. 초등학교, 중학교까지 계속 이 녀석에게 괴롭힘을 당했죠. 이 녀석에게 지속적으로 자존감을 짓밟혀와서 지금도 사람들과 말하는 게 무서울 지경이에요."

그랬다. 사실 세이지는 마음에 들지 않는 일이 있을 때마다 오오타를 자주 때렸다.

옛날 같았으면 이 자리에서 벌써 두드려 팼을 텐데, 지금은 손님들 시선 때문에 아무것도 할 수 없다.

오오타는 계속해서 세이지의 중학교 시절 만행에 대

해 떠든다. 그리고 이야기를 듣던 단골손님들은 당황하여 하나둘 가게를 나간다.

"이제 그만해!"

마지막 손님이 돌아가자 세이지가 화를 내며 말했다.

"뭐야, 내가 거짓말이라도 했어?"

세이지가 화내는 것을 즐기기라도 하는 듯 오오타가 히죽거렸다.

"영업에 방해되니까 다시는 오지 마."

"그럴 순 없지. 이 가게가 마음에 들었으니까 매일 놀러 올 거야."

"거절하겠어."

"너에게 거절할 권리는 없어."

이글거리는 오오타의 눈을 보고 세이지도 조금 겁을 먹었다.

"학생 때 자주 강요했었지. 돈을 가져오라는 둥, 교실에서 알몸이 되라는 둥…. 내가 울면서 거절하면 넌 항상 그렇게 말했어."

"그땐 미안했다…."

이미 10년도 더 지난 이야기이지만 세이지는 오오타

를 꽤나 심하게 괴롭혔었다.

"그렇게 쉽게 사과하면 재미가 없지. 진짜 재미는 이제부터니까."

"재미…?"

오오타가 주머니에서 종이쪼가리를 꺼내 테이블 위에 던진다. 신문기사를 복사한 종이였다.

'또 여아가 표적이 되었다…'

신문기사 속 글자를 보자 심장이 멈출 듯한 충격을 받았다.

"기억하지? 우리가 살았던 곳에서 일어난 사건 말이야… 두 명의 어린 여자아이가 망치로 머리를 맞아서 그중 한 명은 죽었지."

오오타가 웃으며 말한다.

"기억하지. 불미스러운 사건이었어."

당황스러움을 들키지 않도록 노력하면서 세이지는 침착하게 대답했다.

하지만 도저히 진정이 되지 않는다. 세이지는 오오타로부터 멀리 떨어져 얼음송곳으로 얼음을 깨기 시작한다.

"나…, 보고 말았어."

그 말에 세이지의 손이 미끄러져 송곳으로 손가락을 찔렀다. 고통조차 느끼지 못한 채 세이지는 오오타를 쳐다본다.

"네가 여자아이 머리를 망치로 때리는 장면을 말이야."

"난 그런 짓을 하지 않았어."

쓰러질 것 같은 몸을 뒤쪽 선반에 겨우 지탱하며 말한다.

"그게 첫 범행이었지. 검은색 후드티를 입은 너는 머리에 후드를 뒤집어쓰고 있었어. 공원을 서성이는가 싶더니, 갑자기 여자아이 머리를 망치로 내려치고는 거기서 도망치는 거야. …그렇게 어린 여자아이를 공격하다니…."

목격당했다!

'그때 현장을 오오타가 목격했었다니….'

"증거도 있어."

"증거라니…?"

"이제야 좀 대화가 재밌어지네. 한 잔 더 따라줄래?"

오오타가 잔을 든다.

세이지는 떨리는 손으로 잔에 얼음을 넣고 버번위스

키를 따른다.

"그런데 왜 경찰에 신고하지 않았지?"

"그럼 재미없잖아."

"재미가 없다고…?"

"그래, 그때 넌 진짜 일진이었어. 소년분류심사원 단골이었지. 게다가 소년법도 있고. 그때 잡혀봤자 네 인생에 큰 타격도 없었을 거 아니야. 하지만 지금은 다르지. 난 지난 10년간 네가 행복해지기만을 학수고대해왔어. 그렇지 않으면 네가 잡혔을 때 재미가 없으니까."

쿄코와 노조미의 모습이 뇌리를 스친다.

"그런데 말이야…. 설마 그 쿄코와 결혼까지 하다니…. 그 이야기를 들었을 때는 정말 놀랐어. 쿄코가 이 사실을 알면 넌 어떻게 될까 하고 말이야."

오오타가 즐거운 표정으로 입가를 일그러트린다.

쿄코의 여동생 야스코는 그 후 발생한 모방 범죄에 의해 목숨을 잃었다. 범행 수법이 유사하고 목격자의 제보 등으로 인해 신문에서는 동일범의 소행처럼 보도되었다. 하지만 실제로 세이지가 야스코를 공격한 것은 아니다.

"쿄코의 여동생은 내가 그런 게 아니야." 간신히 선을 그었다.

"하지만 그걸 누가 믿겠어?" 오오타가 웃으며 비아냥거렸다.

"대체 목적이 뭐야?"

'돈이냐? 내가 줄 수 있는 돈은 거의 없지만…'

"어디 보자…. 넌 돈도 없어 보이니까…, 쿄코를 하룻밤 빌려주는 건 어때?"

그 말에 세이지가 오오타를 노려본다.

"오호, 그런 무서운 표정 짓지 마. 사실 초등학생 때부터 동경했거든. 한 번이라도 좋으니까 쿄코를 안아보고 싶었어. 쿄코를 맛볼 수 있다면 과거는 전부 잊어줄게. 그리고 증거도 돌려주고."

"웃기지 마."

"하룻밤이면 돼. 내가 그 사건을 경찰에 알리면 네 가정은 무너질 거야. 그건 쿄코도 바라지 않겠지. 네가 쿄코에게 부탁해 봐. 네가 안은 여자를 나도 안을 수 있다는 우월감만 느끼게 해주면 나는 그걸로 만족할 테니까."

오오타가 웃으면서 일어난다.

"또 올 테니까 외상으로 달아줘."

오오타는 가게를 나갔다.

세이지는 어금니를 꽉 깨물며 자신의 손을 바라본다. 송곳을 쥔 손에 힘이 잔뜩 들어가 있다.

다시 문 열리는 소리가 들려 놀란 세이지가 고개를 들어보니, 단골손님이 가게에 들어왔다.

"죄송합니다. 몸이 안 좋아서 오늘은 문을 일찍 닫으려고 합니다."

세이지는 얼음 주걱을 가방에 넣고 가게를 나와 큰 길로 향한다. 그러고는 택시를 잡아 세운다.

"히카리가오카 공원으로!"

기사에게 그렇게 말한다.

'대체 어떻게 해야 하지…?'

밀려드는 초조함에 돌아버릴 것 같았다.

그 녀석에게 쿄코를 빌려줄 수는 없다. 또 애초에 무슨 일 때문에 그러는지조차 쿄코에게 설명할 수 없다.

하지만 오오타는 쿄코를 빌려주지 않으면 세이지가 저지른 범행을 입증할 증거를 경찰서에 제출하겠다고 한다.

그렇게 되면 세이지는 묻지 마 테러 사건의 범인으로 체포될 것이다. 그뿐만 아니다. 쿄코의 여동생을 죽였다는, 자신이 짓지도 않은 죄까지 뒤집어쓰게 된다.

세이지가 야스코 사건과는 무관하다는 사실을 경찰이 믿어줄까. 만약 믿어주지 않는다면 쿄코와 장인, 장모는 대체 얼마나 큰 충격을 받을까.

택시가 멈추었다. 잔돈을 받는 시간도 아까워 그대로 공원으로 달려갔다. 그때의 기억을 되짚어 어두운 공원 안을 이 잡듯이 헤집으며 돌아다닌다.

그러다 마침내 머릿속에 남아 있는 광경을 찾았다. 지금 바로 앞에 있는 우거진 나무 밑에 구멍을 판 뒤, 범행에 쓰인 망치를 묻어놓았다. 세이지는 얼음주걱을 꺼내 구멍을 파기 시작한다. 하지만 아무리 파도 망치가 나오지 않는다. 틀림없이 여기에 묻었다. 그렇게 깊게 묻지 않았을 것이다. 범행도구를 계속 들고 있는 것이 겁나, 그 아이를 덮친 직후 범행현장으로부터 조금 떨어진 여기에 묻었다.

'오오타는 설마 여기까지 나를 미행했을까.'

만약 그랬다면 세이지가 묻은 망치를 오오타가 파내 갔을 것이다.

하지만 그 망치가 범행의 결정적 증거가 될 수는 없다. 아이의 혈흔이 망치에 묻어 있을 수 있지만, 망치를 묻기 전에 망치 자루를 손수건으로 여러 차례 잘 닦았기에 세이지의 지문은 없을 것이기 때문이다.

'망치 외에도 증거가 또 있단 말인가…!'

고심하던 중에 또 하나 뇌리를 스치는 것이 있었다.

그 시절 오오타는 사진 찍는 것이 취미라서 항상 카메라를 들고 다녔다.

'혹시 범행 순간을 사진으로 찍은 게 아닐까.'

세이지는 어두운 밤하늘을 올려다본다.

"어서 와. 수고했어, 여보."

문을 연 쿄코가 웃으며 맞이해준다.

"그래. 다녀왔어."

세이지의 술집은 원래 새벽 4시까지 한다. 뒷정리를 하고 집에 오면 항상 아침 6시쯤이다. 오늘은 쿄코가 의심하지 않도록 공원 근처 패밀리 레스토랑에서 시간을 때우다가 평소 귀가 시간에 맞춰 집에 왔다.

주방에 들어가자 식탁 위에 아침 식사가 준비되어 있었다. 저녁은 함께 먹을 수 없으니까 최소한 아침이라도 함께 먹기로 한 것이다.

"미안한데…, 오늘은 식욕이 없어."

"어디 몸이 안 좋아? 안색도 좋지 않은 것 같아."

쿄코가 걱정하며 말했다.

"별거 아니야. 피곤하니까 좀 잘게."

쿄코를 보는 것도 괴로웠다. 세이지는 곧바로 침실로 들어간다.

아직 깊은 잠에 빠져있는 노조미의 모습이 눈에 들어온다. 세이지는 그 옆에 앉아 노조미가 자는 모습을 지긋이 바라본다.

오오타는 자신이 소중히 여기는 모든 것을 빼앗아 갈 생각이다. 세이지가 괴롭혔던 과거에 대한 분풀이로 세이지뿐만 아니라 세이지 가족 전부를 불행하게 만들 셈이다. 오오타의 요구를 들든 안 들든 이 따스한 가족의 행복은 무너져내릴 것이다.

'어떻게 해야 하지…?'

계속 생각해봤지만 아무런 결론도 내리지 못했다.

'하지만…, 무슨 짓을 해서라도 이 행복을 지켜야해.'

"이 부근에서 멈춰주세요!"

앞에 경찰차가 보이자, 나가미 와타루는 기사에게 말했다.

택시가 멈추었지만 나가미는 차에서 내리지 않은 채 사건 현장인 집 주변을 먼저 둘러본다. 이미 많은 구경꾼들로 인산인해를 이루고 있다.

나가미는 택시에서 내려 현장으로 향했다. 먼저 와 있는 경찰들에게 신분증을 보여주며 접근금지 테이프를 넘어 들어갔다.

현관 바로 앞에 낯익은 남자가 서 있었다.

나츠메 노부히토.

"수고하십니다." 나츠메가 나가미를 알아보고 먼저 인사를 한다.

"이제 안에 들어가도 되나?"

"아직 감식하는 중입니다. 좀 더 시간이 걸릴 것 같다는군요."

"그럼 그사이에 탐문을 좀 다닐까?"

그렇게 말하자, 나츠메가 고개를 끄덕이고 뒤를 따른다.

그들은 1시간 정도 이웃 주민들에게 피해자에 대해 물어보고 다녔다. 그리고 다시 피해자의 집으로 돌아왔더니 감식반원들이 감식이 끝났다면서 이제 안에 들어가도 괜찮다고 했다.

현관에 들어서자 바로 계단이 보였다. 계단 위에서 대화 소리가 들린다. 아무래도 사건 현장은 2층인가 보다. 나가미는 나츠메를 데리고 계단을 올라 열려 있는 문으로 향한다.

방에 들어가려던 나가미가 잠시 멈칫했다. 상당히 넓은 방이었지만, 벽 쪽에 있는 침대를 제외하고는 발 디딜 틈도 없이 많은 것들이 널브러져 있었기 때문이다. 피규어 상자나 DVD, 19금 만화나 잡지 등이 잔뜩 있었고, 거기에 파묻힌 것처럼 남자가 엎어져 있었다.

야부사 계장과 감식반원이 겨우 빈 공간을 찾아 거의 몸을 맞대듯 가까이 서 있었다.

"수고하십니다."

나가미가 말을 걸자 야부사가 뒤를 돌아본다.

"그러고 보니 자네 관할이었군."

야부사가 나가미 뒤에 있는 나츠메를 보며 말했다. 야부사는 약간 쓴웃음을 짓는다.

나츠메는 이미 수사1과에서 약간 독특한 형사로 알려져 있다.

"들어가도 되겠습니까?"

"그래. 감식도 끝났고, 들어와야지 일을 하지."

나가미는 까치발을 하고 가능한 한 주위 물건을 밟지 않도록 조심하며 안으로 들어갔다. 나츠메도 똑같이 따라온다.

"그건 그렇고 엄청난 방이네요. 피해자의 사인은…?"

나가미는 무릎을 꿇고 앉아 시신의 얼굴을 들여다본다.

"교살이다. 전깃줄 같은 걸로 목을 졸랐어. 격렬하게 저항하는 바람에 이렇게 된 거겠지." 야부사가 답한다.

"피해자인 오오타 토오루는 10년 전부터 계속 집에 틀어박혀 살았다고 하네. 시신의 최초 발견자는 그의 어머님으로, 직장에서 돌아왔더니 거실 창문이 깨져 있는 걸 목격했대. 걱정되어 방문을 노크했는데 대답이 없기에 들어왔더니 이런 상태였다는군."

이웃 주민에게 이야기를 들어봐도 오오타 토오루를 아는 사람은 드물었다.

오오타 가족은 5년 전부터 여기 조시가야로 이사 왔다고 한다. 전에는 네리마 구(區)에 살았었다고 한다.

"좀 신경 쓰이는 것이 있었습니다."

감식반원이 바닥에 있던 가방을 들어 올리며 말했다.

"신경 쓰이는 것?"

나가미가 가방을 보며 물었다.

"이 가방 안에 비닐봉투가 하나 있는데, 거기에 망치가 들어 있었습니다. 흙으로 더러워져 있었습니다만, 망치머리 부분에 분명 혈흔이 있었습니다."

"가방 안에는 그 밖에도 수건과 함께 더 조그만 가방이 하나 들어 있었는데, 그 조그만 가방 안에 USB가 있었다네. 일단 경찰서에 가서 USB의 내용물을 확인해주겠나?" 야부사가 말했다.

"알겠습니다."

가방을 들고 돌아서던 나가미는 나츠메가 어느 한 곳을 노려보며 미동도 하지 않는 모습을 발견했다.

"왜 그래?"

"잠시 실례하겠습니다."

나츠메는 침대 위에 올라가 엎드렸다. 그리고 침대 머릿장과 그 뒤쪽 선반 사이에 손을 집어넣는다. 하지만 틈이 좁아서 손이 잘 들어가지 않는다.

"뭔가 쑤실 만한 거 없습니까?" 나츠메가 고개를 들어 물었다.

나가미가 주위를 둘러보니, 마침 책상 위에 30센티미터짜리 자가 있었다.

"이거면 어때?"

자를 건네자 나츠메는 그것을 선반 틈에 넣고 바닥을 긁어서 무언가를 꺼내려고 한다. 그러자 그 틈에서 반짝이는 것이 나타났다. 나츠메는 흰 장갑을 끼고 그것을 들어 올려 남들에게 보여준다. 형형색색의 비즈를 이어붙여 만든 하트 문양이 있는 머리띠였다. 그 머리띠에는 'YASUKO'라는 이름이 쓰여 있었다.

히가시 이케부쿠로 경찰서에 도착하자마자 나가미와 나츠메는 수사본부가 설치된 3층 강당으로 향했다.

강당에 들어서자 관할 경찰서의 형사들이 수사본부 설치를 위해 의자와 책상을 옮기고 있었다.

"노트북은?" 나가미가 물었다.

"이쪽입니다!"

나츠메가 그렇게 답하며 벽 쪽에 있는 책상으로 향했다.

노트북을 켜고 USB를 꽂는다. 그 안에는 8장의 사진 파일이 있었다. 사진을 노트북 화면에 띄웠다.

'뭐지, 이 사진은…?'

어느 공원에서 찍은 사진이다. 한가운데 검은색 후드티를 뒤집어 쓴 사람의 뒷모습이 있다. 공원 안쪽을 향해 달리고 있는 듯했다. 사진 구석에는 놀란 표정을 짓고 있는 여성이 있다.

사진 하단을 보는 순간, 나츠메가 거세게 몸을 들이민다. 나츠메는 나가미에게서 마우스를 빼앗아 조작하기 시작한다. 그러고는 사진을 확대한다. 작은 아이가 땅에 쓰러져 있는 모습이 보인다.

"에미…?"

나가미는 그렇게 중얼거리는 나츠메를 보았다.

창백한 표정의 나츠메가 화면에서 눈을 떼지 못하고 있었다.

"괜찮나…?"

나가미가 나츠메를 바라본다.

나츠메는 힘차게 고개를 끄덕였지만, 그 모습에 나가미의 가슴이 저민다.

피해자인 오오타 토오루가 가지고 있던 사진은 정확히 10년 전 누군가가 나츠메의 딸인 에미를 가격하는 모습을 찍은 것이었다. 다른 7장의 사진에도 마찬가지로 에미를 가격하기 전후의 상황이 찍혀 있었다. 하지만 후드를 눌러써서 누군지 알아볼 수 없었다. 그렇지만 오른손에 망치를 들고 있었기에 틀림없이 사진 속의 인물이 범인일 것이다. 그 당시 연속해서 발생한 묻지 마 테러사건 2건의 목격자 진술과도 일치한다.

그런데 8장 중 1장의 사진 구석에는 놀란 여성의 모습이 있었다. 그녀가 누군지 정확히 알아볼 수는 없었지만, 아마도 목격자로서 경찰에 제보를 했던 인물일 것이다.

문득 오오타의 방에서 발견한 머리띠가 떠올랐다.

그건 두 번째 피해아동인 토다 야스코의 것이 분명하다. 두 건의 범행은 모두 여자아이의 머리를 망치로 내려친 다음 머리띠를 가져가는 수법을 띠었다. 범행 기념으로 전리품을 가져가는 쾌락주의 범인이 보이는 특유의 일그러진 심리일 것이다.

망치를 이용했다는 범행 수법이 두 번 모두 같았고, 두 번 다 같은 옷차림의 젊은 남자가 도망쳤다는 목격

자들의 증언이 있었으며, 피해자가 가지고 있던 머리
띠를 가져갔다는 공통점 때문에 그동안 경찰은 두 건
의 범죄가 동일범의 소행이라고 짐작해왔다.

단, 범인이 피해자의 머리띠를 가져간 것은 언론에
공개하지 않았었다. 용의자와 마주했을 때 진범임을
확정하기 위한 마지막 수단으로 숨기고 있던 것이다.

'그런데 어째서 침대 밑에 머리띠가 있던 걸까. 망치
와 함께 머리띠도 가방 안에 숨겨두었다가 실수로 떨
어트린 것일까.'

어쨌든 오오타의 방에서 토다 야스코의 머리띠와
혈흔이 묻은 망치가 발견되었다는 것만큼은 엄연한
사실이다.

나가미는 초조한 마음을 억누르며 수사회의가 시작
되길 기다렸다.

야부사를 비롯한 간부들이 들어와서 정면에 있는
자리에 앉았다. 1차 수사회의가 시작되었다.

먼저 피해자인 오오타 토오루의 부검 결과가 발표되
었다.

오오타의 사인은 전깃줄 등으로 목이 졸려 죽은 질
식사다. 사망추정시각은 오늘 14시부터 16시 사이로

보고 있다.

오오타 집 주변에서 범인 체포에 도움이 될 만한 목격자들의 제보는 현재 없다고 한다.

"다음…!"

야부사 계장의 말에 나가미가 일어났다.

"오오타 토오루의 방에 있던 가방 안에는 혈흔이 묻은 망치와 수건, 그리고 조그만 가방이 있었습니다. 그 가방에 있던 USB 속 사진을 확인한 결과, 10년 전에 네리마 구(區)에서 연속해서 발생했던 묻지 마 테러사건의 범행 장면이 촬영되어 있는 것으로 판명되었습니다."

나가미의 말에 강당 안이 갑자기 술렁였고, 그 자리에 있던 수사관 대부분이 나가미 옆에 있는 나츠메를 바라본다.

"또한 오오타 토오루의 방에서 발견된 머리띠는 10년 전 사건의 피해자인 토다 야스코의 것으로 사료됩니다. 오오타 토오루가 어떤 형태로든 10년 전 사건에 관련되어 있을 가능성이 높기에, 망치 등에 묻어 있는 혈흔과 오오타 토오루의 DNA 대조를 부탁드립니다."

첫 번째 범행에서는 범인이 물증을 전혀 남기지 않

았지만, 두 번째 범행에서 범인은 현장 근처에 야스코의 피가 묻은 수건을 버렸다.

만약 오오타 방에서 발견된 수건에 남아 있는 체액과 오오타의 DNA가 일치한다면, 10년간 미제 사건으로 남아있던 묻지 마 테러사건의 범인이 오오타라는 것이다.

'하지만…'

나가미는 생각한다.

'그렇다면 그 사진은 대체 뭐지?'

그 사진은 범인을 촬영한 것이다. 그것을 오오타가 가지고 있었다.

'오오타는 나츠메 에미를 덮친 범인은 아니라는 건가. 아니면 오오타의 범행 장면을 찍은 누군가가 그를 협박하기 위해 오오타에게 사진을 보낸 건가?'

수사회의를 마치자 나츠메가 간부들에게 불리어 갔다. 간부들과 나츠메는 심각한 얼굴로 이야기를 나누고 있다. 분명 이번 수사에서 나츠메는 빠지라는 이야기를 듣고 있을 것이다.

자신의 딸이 피해를 당한 사건과 관계된 수사다. 도저히 냉정한 판단을 내릴 수 없을 것이라 모두들 예측

하고 있었다.

나가미도 이번만은 다른 수사관에게 맡기는 것이 좋을 것이라 생각했다.

그런 생각을 하며 그쪽을 보고 있었는데, 나츠메가 고개를 흔들면서 무언가를 절실하게 호소하고 있었다. 그리고 잠시 후에 이쪽으로 돌아왔다.

"밥이라도 먹으러 가지?"

나가미가 나츠메에게 말을 걸었다.

"간부들 말이 옳다고 생각해."

나츠메의 빈 잔을 맥주로 채우며 나가미가 이야기했다.

나가미 역시 다른 간부들처럼 나츠메는 이번 수사에서 빠지는 게 좋다고 이야기했다. 하지만 나츠메는 고개를 끄덕이지 않는다.

이전에 같이 수사하면서도 느꼈지만 부드러운 겉모습과는 달리 매우 고집스런 남자다.

"자네에겐 분명 힘든 수사가 될 거야."

"저에게 있어 수사란 늘 괴롭습니다." 나츠메가 조용히 말했다.

'그렇겠지.'

만약 자신의 가족이 살해당하거나 다치거나 했던 사건과 조우하게 된다면 나가미 자신은 이 일을 계속할 자신이 없다. 분명 범죄자에 대한 분노를 조절할 수 없게 될 것이기 때문이다.

그런데도 나츠메는 이전 직장을 버리고 형사가 되었다. 그 마음을 생각하면 고개가 절로 숙여진다. 나츠메가 이번 수사에서 절대 빠지고 싶지 않은 이유도 이해할 수 있을 것 같았다.

하지만 수사에는 사적인 감정이 일절 개입되어서는 안 된다.

"그렇다 하더라도 이번 수사는 이전까지의 수사와는 비교할 수 없을 거야. 만약 정말로 오오타 토오루가 자네 딸에게 그런 몹쓸 짓을 한 놈이라면, 오오타를 죽인 범인을 검거할 마음이 자네한테 생기겠나?"

"네."

나츠메가 선뜻 고개를 끄덕인다.

"에미를 덮친 범인을 반드시 잡아야 하는 것처럼, 오오타를 죽인 범인도 반드시 잡아야 할 대상이니까요."

"만에 하나 용의자가 자네와 같이 묻지 마 테러사건

의 피해자 유족 중 한 명이라고 해도 자네는 그자에게 전혀 사적인 감정 없이 심문할 수 있겠나?"

"물론이죠."

나츠메가 강하게 말했다.

"아앗!"

술잔에 넣을 얼음을 준비하던 세이지가 또 얼음송 곳으로 손을 찔렀다.

"마스터, 웬일이에요?"

바 자리에 앉은 단골손님이 세이지를 보며 말한다.

"원숭이도 나무에서 떨어질 때가 있는 법이죠."

견딜 수 없는 불안감이 마음속에서 소용돌이치고 있다.

그저께 밤에도 오오타가 또다시 가게에 찾아왔었다.

오오타는 음흉하게 웃으면서 다른 손님과 떨어진 자리에 앉았다.

"쿄코와 이야기는 해봤니?"

세이지가 얼굴을 구기자, 오오타는 가방에서 봉투를 꺼내 테이블 위에 올려놓는다.

"여기에 증거가 있어. 어서 쿄코에게 부탁해봐."

"도저히 그럴 순 없어. 어릴 때 널 괴롭혔던 것은 정말 미안해. 다른 거라면 뭐든지 할게."

세이지의 간절한 목소리에 오오타가 비웃는다.

"괜찮아. 쿄코는 분명 네가 시키는 대로 할 거야. 왜냐면 소중한 가족을 지키기 위해서니까. 네가 쿄코에게 내 요구를 전한다면 내가 더 재미있는 사실을 알려 주지."

"더 재미있는 사실…?"

오오타는 그 질문에 대답하지 않고 그저 웃으며 가게를 나갔다.

서둘러 오오타가 놓고 간 봉투를 열어보고 싶었다. 하지만 손님이 끊이지 않아 결국 가게 문을 닫고 나서야 열어볼 수 있었다.

그 안에 있는 사진을 본 세이지는 그대로 얼어붙었다.

자신의 범행 장면이 찍힌 사진이었다!

하지만 세이지는 쿄코에게 오오타의 요구를 전할 수 없었다. 앞으로 어떻게 해야 할까 계속 생각해봤지만 아무리 생각해도 결론은 하나밖에 없었다.

이 방법밖에 없다. 지금의 행복을 지키기 위해서는

달리 방법이 없다. 그렇게 굳은 결심을 하고 세이지는
이불에서 나왔다.

침실에서 아침 일찍 나오자, 쿄코가 이상하다는 얼
굴로 무슨 일이냐고 물었다. 평소엔 정오까지 자고 1시
쯤 집을 나서는데, 시계를 보니 아직 9시였다.

가게에 쓸 새로운 비품을 사러 가야 한다는 평계를
대고 집을 나선다. 그리고 택시를 타고 히카리가오카
로 향했다.

'내 기억이 맞다면 오오타의 부모님들은 맞벌이였어.
만약 지금도 그렇다면 집에 오오타 혼자 있겠지. …기
회를 엿보면 가능할 수도 있어.'

택시 안에서 계획을 세웠다.

히카리가오카에 도착한 세이지는 오오타가 살던 집
으로 향했지만 거기엔 다른 사람의 문패가 걸려 있었
다. 아무래도 이사를 간 모양이다.

니시키도에게 오오타의 주소를 아냐고 문자메시지
를 보내자, 오후 넘어 답장이 왔다. 거기에는 '도시마
구(區) 조시가야'라는 주소가 쓰여 있었다.

'그 녀석 집 주소는 왜?'라는 니시키도의 질문에, '어
제 가게에 녀석이 왔는데 놓고 간 물건이 있어 전해주

려고'라고 답한 뒤, 곧바로 조시가야로 향했다.

문자메시지에 적힌 주소를 찾아가자, 정말로 '오오타'라는 문패가 걸린 집이 있었다. 시계를 보니 3시쯤이었다.

'오오타와 가족들이 집에 있을까?'

벨을 눌러봤지만 아무도 없었다. 그러고도 몇 번 더 벨을 눌러 집에 아무도 없는 것을 확인하고 각오를 다졌다.

목장갑을 끼고 집 뒤편으로 갔다. 그리고 마당에 있던 커다란 돌을 던져 창문을 깨고 집 안에 들어갔다.

바로 거실이 보였다. 1층에 있는 방을 둘러봤지만 오오타의 방이 아니었다. 계단을 통해 2층으로 올라가자 문이 3개 있었다.

그것들을 하나씩 열어 보았고, 그리고 마지막 문을 열었을 때…!

그 이후의 광경은 기억하고 싶지도 않다.

세이지는 너무 놀란 나머지 그 집에 간 목적도 잊어버린 채 계단을 내려와 도망쳐버렸다.

"마스터, 계산 좀!"

손님의 목소리에 정신을 차렸다.

"뭘 그렇게 멍하니 있어요? 몸이 아직도 안 좋아요?"

"죄송합니다."

세이지는 고개를 숙이며 잔돈을 계산해준다.

세이지는 싱크대에 양손을 짚고 깊은 한숨을 내쉰다.

'오오타의 집으로 들어갈 때 누군가 나를 본 건 아닐까?'

아니, 문제는 그것만이 아니다. 앞으로 경찰은 오오타의 인간관계를 모조리 조사할 것이다. 어제 세이지가 오오타의 집 주소를 물어봤다고 니시키도가 경찰에 말할지도 모른다.

'그러다가 오오타의 집에서 10년 전 내가 찍힌 사진이나 사진 파일을 경찰이 발견한다면…?'

문 열리는 소리에 세이지가 고개를 든다.

양복을 입은 손님이었다.

"어서 오세요."

이어서 들어온 남자를 본 세이지는 그대로 숨을 삼켰다.

그 남자도 가게 안에 있는 세이지를 보고 놀란 표정으로 멈춰 섰다.

나츠메!

"바쁘신 중에 실례합니다. 경찰청 소속 나가미와 나츠메라고 합니다. 잠시 이야기 나누실 수 있으세요?"

나츠메 앞에 있는 남자가 경찰 신분증을 보여준다.

'나츠메가 경찰이라니…?'

어떻게 된 영문인지 몰라 세이지는 경찰 신분증과 그 뒤에 서 있는 나츠메만 번갈아 쳐다본다.

세이지는 자신이 무슨 꿈을 꾸고 있는 것은 아닐까 싶어 눈을 의심한다. 너무나 빨리 경찰이 나타났다는 사실도 놀라웠지만, 자신의 눈앞에 나츠메가 있다는 사실이 더 믿겨지지 않았다.

하지만 아무래도 꿈은 아닌 것 같았다.

"츠카모토…."

나츠메는 츠카모토 세이지의 이름을 기억하고 있다.

"아는 사이인가?"

나가미라는 형사가 나츠메에게 묻자, 나츠메가 고개를 작게 끄덕이더니 카운터로 다가온다.

"이 남성에 대해 이야기를 듣고 싶어 찾아왔습니다."

나가미가 테이블 위에 사진 한 장을 올려놓는다.

오오타의 사진을 본 순간 그때까지 몽롱했던 정신이 현실로 돌아온다.

"오오타 토오루 씨라고 합니다만, 아십니까?"

"네. 물론이죠. 초등학교, 중학교를 함께 다녔으니까요. 오늘 아침 뉴스를 보고 많이 놀랐습니다."

오늘 아침 오오타가 살해당했다는 뉴스를 보고, 세이지는 계속 무시무시한 괴물에게 쫓기는 듯한 공포에 시달렸다.

하지만 세이지는 형사들이 그걸 눈치채지 못하도록 마음을 다잡고 말했다.

"동창이셨군요. 오오타 씨의 지갑에 이 가게 명함이 있어서 와봤습니다. 최근에 언제 만나셨나요?" 나가미가 묻는다.

금방 들킬 거짓말을 해봤자 나중에 추궁당할 것이 뻔하다.

"그저께 밤에 여기에 온 게 마지막입니다. 동창회에서 오랜만에 만났는데 제가 여기서 가게를 하고 있다고 하자 그 다음 날 찾아와서…."

"그때 무슨 이야기를 하셨습니까?"

"그게…, 저기 계신 나츠메 씨라면 잘 알고 계실 거예요. 저는 어릴 때 무척 난폭했던 사람이라…, 오오타는 그때 제가 자신을 엄청 괴롭혔다면서 불평을 늘어놓았습니다. 그래서 그날 마신 건 서비스로 해주겠다고 했더니, 마지막에는 기분 좋게 돌아갔습니다. 그러고는 다음 날에도 잠깐 얼굴을 비쳤습니다."

"오오타 씨가 누군가에게서 원한을 살 만한 이야기는 하지 않던가요? 아니면 짐작 가는 사람이 있다거나…?"

"그런 이야기는 전혀 없었습니다. 게다가 저번 동창회에서 11년 만에 처음 만난 겁니다. 오오타가 지금 어떤 사람들과 친하게 지내는지 저는 전혀 모릅니다."

"초등학교나 중학교를 다닐 때는 누구와 가장 친했습니까?"

"글쎄요…. 잘 기억나지 않습니다. 솔직히 계속 같은 학교를 다니긴 했지만 크게 친하지 않아서요."

"마지막으로 어제 오후 1시부터 저녁 시간까지 츠카모토 세이지 씨는…."

'알리바이를 묻는 거겠지.'

"가게에 있었습니다. 원래 오후 2시에 출근하는데

새로운 칵테일을 만드느라 일찍 출근했습니다."

"고생하셨군요."

"형사님들보단 덜하죠. 어쨌든 그렇게 친하지는 않았지만 같은 학교를 다닌 동창입니다. 반드시 범인을 잡아주세요."

"네. 최선을 다해 수사하겠습니다. 협력해주셔서 감사합니다."

나가미가 인사를 하고 문으로 향한다. 나츠메도 가볍게 고개를 숙이고 따라나선다.

"저기…!"

세이지가 그들을 불러 세우자, 두 사람이 멈춰 서서 뒤를 돌아본다.

"그럼 난 밖에서 기다리지."

나가미가 나츠메에게 그렇게 말하고는 먼저 나간다.

나츠메를 불러 세웠지만 막상 무슨 이야기를 해야 할지 모르겠다.

"경찰이라니…?" 겨우 그 말을 꺼낸다.

"10년 전에 이직했어. 이젠 꽤 형사처럼 보이지?" 나츠메가 농담처럼 가볍게 말했다.

'어쩌다가 경찰이 된 거예요…?'라고 물으려다 말았

다.

그 이유는 세이지가 가장 잘 알고 있다.

아마도 자신을 잡기 위해서일 것이다. 딸에게 테러를 가한 범인을 잡기 위해 법무부를 그만두고 형사가 된 게 틀림없다.

그것 외에 하나 더 묻고 싶은 것이 있었다.

나츠메의 딸은 그 후 어떻게 되었을까. 피해자인 나츠메 에미가 머리에 중상을 입었다는 것은 뉴스로 들어서 알았지만, 그 후 어떻게 되었는지는 지금도 모른다.

만약 상처를 회복해서 건강하게 지낸다면 자신의 죄책감도 조금은 사라질 것 같았다.

"옛날에…, TV뉴스에 나오신 적이 있죠? 따님이 무슨 사건으로 피해를 입었다고…."

"그래."

"그럼 따님은 지금 어떻게…?"

"그때부터 지금까지 병원에 있어."

"지금도…? 벌써 10년 이상 지났는데요."

"식물인간이 되어버렸어."

식물인간…. 그 말이 세이지의 뇌리에 박혔다.

"다음에 시간이 되면 마시러 올게."

나츠메는 의미심장한 미소를 지으며 가게를 나섰다.

나츠메의 모습이 완전히 사라진 후에, 몸에 힘이 완전히 빠진 세이지는 그 자리에 주저앉았다. 그리고 두 손으로 얼굴을 감싼다.

식물인간….

망치로 내려치려는 순간 세이지를 돌아보던 에미의 사랑스러운 얼굴이 머릿속을 떠나지 않는다.

세이지가 많은 행복을 손에 넣은 지난 10년 동안, 에미는 회복되지 못하고 죽은 채로 살아왔다.

'어째서 난 그런 짓을 했을까…! 할 수만 있다면 그때로 돌아가고 싶다. 그때로 돌아가서 오래전 나츠메가 나에게 했던 말의 의미를 더 깊이 마음에 새기고 싶다. 그렇게만 했다면 모든 일이 이렇게 되지 않았을 텐데….'

세이지가 나츠메를 처음 만난 것은 세이지가 15살 때였다.

곧 졸업식을 할 시기에 세이지는 상해 사건을 일으켜 경찰에 체포되었다. 때문에 세이지는 근처에 있던 소년분류심사원에 들어갔다. 거기서 세이지를 조사했던 사람이 나츠메였다.

소년분류심사원에서는 죄를 지은 소년의 가정환경이나 인간관계, 범죄에 이르게 된 원인 등을 조사한다. 그리고 매일같이 면접이 행해진다.

세이지는 항상 될 대로 되라는 식으로 면접에 임했다.

'이대로 소년원에 들어가도 좋다. 어차피 여기를 나가도 나에겐 갈 곳이 없으니까.'

자신의 운명은 아무리 해도 바뀌지 않는다. 그딴 부모에게서 태어난 것 자체가 잘못이었다. 세이지는 매일같이 그렇게 생각했다.

하지만 나츠메는 세이지의 말을 일일이 반박했다.

부모나 사회에 대한 분노에 네 인생이 지배되어서는 안 된다고. 어떤 곤경에 처해도 자신의 힘으로 개척해야 한다고. 그 곤경에 맞설 힘을 앞으로도 키워야 한다고.

그런 교과서적인 말로 끈질기게 세이지를 설득했다. 말 그대로 정말 귀에 딱지가 앉을 지경이었다.

'당신이 나에 대해서 뭘 알아! 세상에는 아무리 해

도 바뀌지 않는 것이 있어. 그것을 나는 이 나이에 깨
달았어. 아무 고생 없이 살아왔을 당신이 그런 소리를
할 자격은 없어!'

소년분류심사원에 있는 동안 세이지는 나츠메에 대
한 분노가 점점 커졌다.

소년분류심사원을 나와서도 나츠메에 대한 분노는
사그라들지 않았다. 중학교를 졸업해봤자 세이지에게
는 갈 데도 없고 할 일도 없다. 그러다 보니 나츠메에
대한 분노와 그러한 울분이 더해졌다.

점점 커지는 분노를 제어하지 못하게 된 세이지는
근처 가게에서 산 망치를 들고 퇴근하는 나츠메 뒤를
쫓았다. 어두운 골목에서 그를 공격하려 했던 것이다.
하지만 그럴 기회도 없이 나츠메는 소년분류심사원 근
처에 있는 복도식 아파트 단지에 들어갔다.

세이지는 아파트 단지 밖에 서서 계단을 오르는 나
츠메를 쳐다봤다. 잠시 뒤, 문을 열고 아파트 복도로
나온 한 여성이 나츠메를 반긴다. 나츠메는 여성과 함
께 나온 아이를 안고 환하게 웃는다.

따뜻하고 행복해 보이는 가족의 모습에 세이지는 다
시금 격한 충동을 느꼈다.

'그런 교과서적인 말을 할 수 있는 것도 당신이 지금 행복하기 때문이야. 당신 같이 배부른 사람이 내 기분을 이해할 리가 없지.'

세이지는 다음 날에도 나츠메가 사는 아파트 단지에 찾아왔다.

나츠메의 집에서 한 여성과 여자아이가 나오는 것을 보고 뒤를 쫓았다. 여자아이는 긴 머리에 예쁜 머리띠를 하고 있었다. 근처 공원까지 온 나츠메의 부인과 딸은 거기서 놀기 시작했다.

행복한 모녀의 모습. 자신은 결코 맛볼 수 없었던 따뜻한 가정…!

세이지는 주체할 수 없는 분노에 휩싸였다.

그리고 스스로도 겁이 날 정도로 흉측한 생각이 머릿속에 떠오르기 시작했다.

'나츠메도 나 같은 고난을 겪게 해줘야겠어. 그렇게 하면 나츠메도 내 기분을 이해할 수 있을 거야. 곤경에 맞설 생각조차 하지 못하는 진짜 절망감을. 그리고 마음속 깊이 자리 잡아 떠나지 않는 증오라는 감정을.'

엄마 곁을 벗어난 나츠메의 딸이 나무그늘 쪽으로 다가가자 세이지는 그 뒤를 밟았다. 주위를 둘러보고 아무도 없음을 확인한 뒤, 세이지는 아이 뒤로 다가가 아이를 불렀다. 그리고 아이가 뒤를 돌아보며 미소를 지은 순간 망치로 머리를 내려쳤다.

아이가 땅에 쓰러지는 것을 보고 순간적으로 손을 내밀어 아이의 머리를 붙잡았다. 하지만 아이는 그대로 쓰러졌다. 아이의 머리에서는 끊임없이 피가 흘러나왔다.

돌이킬 수 없는 짓을 저질렀다. 도무지 침착함을 유지할 수 없었다. 하지만 그런 와중에도 자신의 손가락이 머리띠에 닿았다는 사실을 떠올렸다.

'지문이 묻었을 수도 있겠다…'

세이지는 에미의 머리에서 머리띠를 뺀 뒤, 망치를 허리춤에 넣고 정신없이 달렸다.

그리고 얼마 뒤, 피해자 아버지인 나츠메가 TV에 나왔다.

'다시는 이런 사건을 일으키지 말아 줘… 부탁이니까 아이의 미래를 빼앗는 이런 짓을 하지 말아 줘…. 그리고 자신의 죄를 알고 빨리 자수해 줘…'

눈물 흘리며 호소하는 나츠메를 보고도 세이지는 어떠한 만족감도 얻을 수 없었다. 그저 공허함만이 세이지를 채울 뿐이었다.

나츠메가 그렇게 말하지 않더라도 다시는 이런 짓을 할 생각이 없었다.

하지만 그로부터 1주일 후 세이지의 범행을 모방한 범죄가 다시 발생했다.

그리고 그 사건으로 쿄코의 여동생 야스코가 죽었다.

"어젯밤에 토모미에게서 연락이 왔었어."

쿄코의 말에 세이지가 젓가락질을 멈추고 고개를 든다.

"오오타의 장례식에 갈 거냐고 물어보던데…?"

어제 아침 뉴스에서 오오타 사건을 알게 된 쿄코는 한동안 큰 충격을 받았다. 하지만 지금은 좀 진정된 모양이다.

"그래. 친하진 않았지만 그래도 동창이니까."

세이지는 쿄코로부터 시선을 떼고 바로 앞에 놓인 요리에 젓가락을 댄다. 식욕은 없었지만 평소와 다른 모습을 보이면 쿄코가 의심할지도 모른다.

'형사가 가게를 찾아왔었다는 사실을 알게 되면 쿄

코는 뭐라 할까.'

그릇을 싱크대에 내려놓고 세이지는 침실로 들어갔
다. 잠옷으로 갈아입고 이불 속으로 들어간다. 며칠 동
안 잠을 제대로 자지 못했다. 조금이라도 쉬지 않으면
몸이 버티지 못할 것이다.

그렇게 생각하며 어두운 천장을 보고 있는데, 문이
열리고 쿄코가 침실로 들어온다.

쿄코는 아무 말 없이 이불 속으로 들어온다.

"왜 그래…? 당신도 벌써 졸려?" 세이지가 쿄코에게
물었다.

평소엔 세이지가 자고 있을 때 쿄코는 청소나 빨래
등 집안일을 하거나 노조미를 돌보았다.

"세이지, 안아줘."

이불 안에서 쿄코가 세이지를 껴안는다.

"노조미가 깨겠어."

"괜찮아. 세이지에게 안기고 싶어."

쿄코가 세이지의 잠옷 안으로 손을 집어넣으며 적극
적으로 세이지의 몸을 만진다.

"세이지, 사랑해."

쿄코가 세이지의 입술에 격렬하게 키스를 한다. 세

이지는 그런 쿄코의 모습에 약간 놀랐다.

사실 쿄코와 반년 전부터 관계를 갖지 못했다. 딱히 이유가 있었던 건 아니다. 하지만 세이지가 새롭게 가게를 여느라 바쁜 나날을 보냈고, 쿄코도 노조미를 돌보느라 지쳐 자연스럽게 몸을 맞대지 않게 되었다.

게다가 쿄코가 이렇게까지 적극적으로 나오는 것은 처음이었다.

세이지도 오랜만에 쿄코를 안고 싶어서 몸이 꿈틀거렸다. 하지만 오오타 일이 신경 쓰여서 도저히 그런 기분이 들지 않았다.

"미안해. 오늘은 좀 피곤해…"

세이지는 쿄코에게서 몸을 떨어트리고 자는 척했다.

"10년 동안 방에 틀어박혀 있었다는 건 어떤 느낌일까…?"

운전석에 있는 나츠메를 보며 나가미가 중얼거렸다.

"어떤 느낌일까요? 감옥에 있는 느낌일까요? 어쩌면 더 고독할지도 모르죠."

나가미는 작게 한숨을 쉬었다.

사건이 발생한 지 3일이나 지났지만 여전히 수사는

난항을 겪고 있다.

오오타 토오루의 주변 인물을 아무리 조사해도 그에게 살의를 가질 만한 인물이 전혀 없었다. 오오타는 핸드폰조차 없었다. 10년 동안 외부 접촉을 끊은 채 살아온 오오타는 대체 무슨 이유로 살해당한 걸까.

금품을 노린 범행도 생각했다. 하지만 역시 10년 전에 일어난 묻지 마 테러사건과 관계가 있을지 모른다는 생각이 사라지지 않았다.

"저기군요."

나츠메의 말에 앞을 보았다. 바로 앞에 있는 빌딩 1층에 '다이렉트 익스프레스'라는 간판이 보인다. 각 가정에 물건을 배달하는 택배 업무를 하는 곳이다.

오오타의 이웃들을 아무리 탐문해도 범행시간대에 오오타를 방문한 인물이나 수상한 인물 등을 보았다는 제보는 없었다. 그래서 수사관들은 택배회사나 신문배달원들까지 조사하고 있다.

차에서 내린 나츠메와 나가미가 회사 안으로 들어갔다. 그리고 책임자에게 사정을 설명했다.

"여기 주변 배달은 후지모토 씨라는 여성이 담당하고 있습니다."

책임자가 서류를 보면서 말했다.

"그분은 지금 어디에 계시나요?" 나가미가 물었다.

"글쎄요. 오늘도 후지모토 씨가 배달할 것들이 좀 있는데 배달 시간은 배달원 각자가 자유롭게 조정하는 시스템이라…."

"후지모토 씨의 연락처를 알 수 있을까요?"

나가미와 나츠메는 편의점 앞 주차장에 한 여성이 서 있는 것을 보았다. 둘은 주차장에 차를 세우고 창문을 연 뒤, 여성에게 인사를 한다.

"후지모토 씨 맞습니까?"

여성은 조금 당황하면서 그렇다고 고개를 끄덕였다.

"일하시는 중에 죄송합니다. 경찰서에서 나왔습니다. 차 안에서 이야기 좀 나눌 수 있을까요?"

경찰 신분증을 보이면서 말하자, 후지모토가 순순히 뒷좌석에 탔다.

'다이렉트 익스프레스' 책임자로부터 후지모토의 핸드폰 번호를 받은 나가미와 나츠메는 오오타 집 근처 편의점에서 후지모토를 만나기로 했었다.

나가미는 곧바로 오오타 집 근처 지도를 펼치며 후

지모토에게 사정을 설명했다.

"제가 그날 이 부근에도 배달을 했는데…, 수상한 사람은 못 본 것 같습니다." 후지모토가 말했다.

"죄송합니다만 지금 오오타 씨의 집까지 동행해주실 수 있나요?"

나가미는 차의 시동을 걸고 오오타 집으로 향했다.

"여기입니다."

차에서 내려 걷다가 오오타 집 앞에서 멈추자 나가미가 후지모토에게 말했다.

"네, 분명 여기도 배달했습니다. 생각해보니 그때 이 집에 어떤 여성이 방문하는 걸 봤습니다."

"여성이요?"

"네. 어떤 남자가 문을 열고 집 안으로 그녀를 들여보냈습니다. 징그럽게 히죽거리면서 잡아당기듯이 거칠게…."

"혹시 이 남성이었나요?"

나가미가 오오타 토오루의 사진을 보여주자 후지모토는 단박에 고개를 끄덕였다.

"그게 몇 시였죠?"

"아마…, 1시 좀 넘어서였을 겁니다. 정확한 시간은

잘 모르겠지만…, 1시에서 2시 사이였습니다."

사망추정시각보다 약간 전이다.

"어떤 여성이었죠?"

나가미가 흥분을 감추지 못하고 몸을 앞으로 내밀며 물었다.

"젊고 예쁜 여성이었어요. 이렇게 말하기엔 좀 그렇지만 남자는 좀 기분 나쁘게 생겨서 대체 그 둘이 무슨 관계일까 이상하게 생각했던 게 기억나요."

밤 수사회의가 시작되자, 감식반원이 일어나 보고를 시작했다.

"먼저 오오타의 몸과 성기에서 본인의 것이 아닌 DNA가 검출되었음을 보고드립니다."

그렇다는 것은 오오타 토오루가 살해당하기 전에 어떤 여성과 성교를 했다는 것이다.

나가미는 후지모토에게 들은 이야기를 떠올린다. 범행이 발생되기 직전 오오타는 젊고 예쁜 여성을 집에 들였다.

'대체 어떤 여성일까.'

후지모토와 같은 생각을 하는 게 오오타에게 조금

미안했지만, 오오타가 그런 여성과 알고 지낼 것 같지 않았다. 그렇다면 출장 성매매 여성이라도 부른 걸까.

"또, 10년 전에 발생한 묻지 마 테러사건의 증거품인 목장갑에 붙어 있던 DNA와 오오타 토오루의 DNA가 일치한다는 사실도 밝혀졌습니다. 또한 망치에 묻어 있는 혈흔은 나츠메 에미와 토다 야스코 둘의 혈흔이 었습니다."

강당 안이 순식간에 소란스러워진다.

나가미는 옆에 있는 나츠메를 살짝 쳐다본다. 나츠메는 무표정하게 정면만 바라보고 있다.

그 후에 형사과장이 내일 이후의 수사방침을 정했다. 일단 지금처럼 오오타의 금품을 노린 범행이라는 가정, 오오타 토오루의 주변 인물에 의한 범행이라는 가정으로 수사를 하기로 했다.

그리고 묻지 마 테러 사건의 피해자에 의한 원한으로 벌어진 범행이라는 가정, 오오타에게 공범이 있을 가능성, 또는 오오타가 그 사진으로 협박당하고 있었을 가능성 모두를 염두에 둔 수사방침이 새롭게 설정되었다.

나가미는 그야말로 최악의 전개라고 생각했다. 앞으

로 나츠메는 자신의 딸을 덮친 원수를 죽인 범인을 잡기 위해 수사를 해야 한다. 게다가 수사대상에는 나츠메와 같은 피해아동의 유족이 포함된다.

전에 나츠메에게 물어본 것처럼, 과연 나츠메는 냉정하게 수사할 수 있을까.

수사회의가 끝나자 야부사가 나가미를 불렀다.

"내일부터 자네는 토다 야스코라는 피해아동의 유족을 조사하도록 하게."

야부사가 무겁게 말했다.

"네."

"그리고 당부하는데, 수사 과정에서 그 친구한테 휘둘리지 말아주게." 야부사가 못을 박는다.

'나츠메를 염두에 두고 하는 말이겠지.'

"알고 있습니다."

"마음이 무겁지 않아…?"

나가미가 나츠메에게 말을 걸자, 나츠메가 살짝 나가미를 쳐다본다.

"무슨 말씀이죠?"

"앞으로 자네와 같은 처지에 있는 사람들을 만나러

가는 거야. 그리고 그 사람들을 의심해야 해."

어제 경찰은 나츠메와 나츠메의 아내인 미나요의 알리바이부터 확인했다. 나츠메는 히가시 이케부쿠로 경찰서의 형사과에 있었고, 미나요는 딸이 입원해 있는 병원에 있었다. 오늘은 다른 수사관이 미나요 부모님의 알리바이를 확인하러 갔다. 나츠메는 외아들로, 나츠메의 부모는 나츠메가 어렸을 때 교통사고로 사망했다고 한다.

"제가 자원했습니다." 나츠메가 나직이 말했다.

"자원했다고?"

"만약 오오타 토오루가 묻지 마 테러사건의 범인일 경우 피해자 가족을 수사하는 것을 제게 맡겨달라고 서장님께 별도로 부탁드렸습니다."

"뭐? 그런…?"

"지금까지 제가 보여드린 성과를 고려해 달라고 간곡히 부탁드렸더니 알겠다고 허락해주셨습니다."

'어찌된 일인가? 야부사가 마지못해 하면서도 나츠메를 피해자 가족 수사에서 배제하지 못한 이유가 그거였군.'

"전에 말씀드린 것 중에 한 가지 덧붙일 것이 있습

니다."

"뭐지…?"

"만약 묻지 마 테러 사건의 피해자 유족이 용의자가 된다고 해도 전혀 사적인 감정 없이 추궁할 수 있다고 말씀드렸습니다만…, 그건 거짓말이었습니다."

"거짓말?"

"만약 정말 유족이 범인이라면…, 동정은 할 겁니다. 같은 슬픔을 가진 사람으로서. 하지만 그렇다고 그 사람이 저지른 죄를 용서하지는 않을 겁니다."

나가미는 단호한 말투로 말하는 나츠메에게서 시선을 뗄 수 없었다.

피해아동 중 한 명인 토다 야스코의 부모는 나가노에 살고 있었다. 10년 전에는 네리마 구(區)에서 살았지만, 사건의 영향으로 이사를 간 모양이다.

막상 그들이 사는 집 문 앞에 도착하자 나가미는 잠시 망설였다.

10년 전에 사건을 수사했을 때부터 나가미는 야스코의 가족에게서 많은 이야기를 들었다. 야스코의 부모와 당시 고등학생이던 큰딸의 서글픈 통곡이 귓가에

생생히 떠오른다.

'설마 이런 입장으로 재회하게 될 줄이야.'

"경찰청에서 나왔습니다."

초인종을 누르자, 한 여성이 문을 열어주었다.

야스코의 어머니다. 10년 전에는 머리카락이 새카맣던 기억이 있는데, 지금은 전체적으로 흰머리가 많이 늘었다.

"경찰 분들이 어쩐 일로⋯."

그러다 어머님이 나가미를 알아보고 묻는다.

"그때 그 형사님⋯?"

"잘 지내고 계셨는지요?"

"설마 그 사건의⋯? 여보!"

얼굴빛이 달라진 어머님이 남편을 부르자, 야스코의 아버지가 집 안에서 나온다. 아버님도 10년 사이에 흰머리와 주름이 많이 늘었다.

"10년 전 그 사건의 범인이 누군지 거의 다 알아내었습니다."

나가미가 그렇게 말했고, 놀란 그들은 서로의 얼굴을 쳐다본다.

"대체 어떤 놈입니까!"

당장 멱살이라도 붙잡을 기세로 아버지가 묻는다.

"당시 근처에 살았던 오오타 토오루라는 사람입니다. 알고 계신가요?"

아버님은 전혀 모르는 얼굴이었다. 하지만 어머님은 잠시 그 이름을 속으로 되짚다가 다시 나가미에게로 시선을 돌린다.

"오오타 토오루라니…? 설마…, 쿄코와 같은 중학교를 다녔던 그 아이?"

"맞습니다."

나가미가 고개를 끄덕이자, 어머님은 그 자리에 주저앉았다. 그러자 바로 아버님이 그녀를 부축한다.

"어째서 그런…, 어째서 그 애가 그런 짓을…! 쿄코와 학원도 같이 다니고 우리 집에 놀러 와서 야스코와도 놀아주곤 했었는데…."

어머님이 실성한 것처럼 울부짖는다.

"그 오오타 토오루가 수요일에 살해당했습니다. 저희들은 그것을 수사하던 중이었습니다."

나츠메가 한 발 앞으로 나아간다.

"그놈이 살해당했다고?"

아버님이 놀라서 묻는다.

"네. 그래서 정말 죄송합니다만…, 수요일 오후에서 저녁까지 어디에 계셨는지 알려주실 수 있습니까?"

"우리들이 그 녀석을 죽였다고 생각하는 건가?"

야스코의 아버지가 분노를 머금은 목소리로 말했다.

"아뇨, 그렇지는 않습니다. 다만 확인이 필요할 뿐입니다."

나츠메가 무표정하게 고하자, 그들은 불쾌한 기색으로 각자의 알리바이를 말했다.

야스코의 아버님은 마루노우치에 있는 회사에 출근하여 점심시간 외에는 쭉 자리를 지켰다고 한다. 그리고 어머님은 집에 계속 있었다. 하지만 3시부터 이웃이 놀러 와서 집에서 같이 차를 마셨다고 하니 범행은 불가능하다.

"따님은 여기에 같이 사시나요?"

"딸은 결혼해서 분가했습니다."

"어디에 사시는지 알려주실 수 있나요?"

어머님이 딸의 주소와 남편의 이름을 말해주자, 나츠메의 표정이 약간 심각해졌다.

초인종이 울리자 쿄코가 인터폰으로 향한다.

세이지가 인터폰으로 응대하는 쿄코를 보고 있으니, 쿄코의 표정이 점점 안 좋아진다는 것을 느낀다.

"누구야…?"

인터폰을 끊은 쿄코에게 세이지가 물었다.

"경찰이야."

"경찰이라니, 무슨 일이지?"

'설마…, 날 체포하러 온 건가.'

공포에 몸이 떨렸지만 쿄코 혼자서 경찰을 상대하게 할 수는 없다. 세이지는 심호흡을 하고 현관으로 향했다.

문 밖에는 나츠메와 나가미가 있었다. 일전에는 나가미가 세이지에게 질문을 했지만, 이번엔 나츠메가 쿄코에게 질문한다.

"바쁘신데 죄송합니다. 알고 계시겠지만 오오타의 사건을 수사하고 있습니다. 몇 가지 질문을 드려도 될까요?"

나츠메의 표정을 보고 세이지는 약간 안심했다. 적어도 지금 당장 세이지를 체포하려는 건 아니라고 느꼈다.

"네…. 동창한테 일어난 사건이니까요. 제가 답할 수

있는 거라면 얼마든지요."

쿄코가 그렇게 말하자, 나츠메는 세이지의 가게에서 물었던 것을 그대로 질문한다.

오오타와 마지막으로 만난 것은 언제인지, 오오타에게 원한을 품을 만한 인물을 알고 있는지에 관한 질문이었다.

쿄코는 오오타와 마지막으로 만난 것은 동창회 때로, 원한을 가질 만한 인물에 대해선 그렇게 친하지 않아서 잘 모르겠다는 말로 답했다.

"일단 모든 분들께 질문하고 있습니다. 수요일 오후 1시부터 4시 사이에 어디에 계셨습니까?"

쿄코가 기억을 짜내어 신주쿠에 있는 백화점 이름을 댄다.

"그렇군요."

나츠메의 표정이 갑자기 달라진다. 무슨 일일까 싶어 세이지가 고개를 돌리니, 노조미가 이쪽으로 걸어오고 있었다.

"노조미…."

세이지가 노조미를 안았다.

"노조미라고 하는구나. 몇 살이니?"

"두 살입니다."

나츠메가 손을 뻗어 노조미의 머리를 부드럽게 쓰다듬는다. 그러면서 노조미의 머리띠를 보는 듯했다.

"귀여운 머리띠군요. 어머님께서 만드셨나요?"

"네, 값싼 비즈를 사서 직접 만들었습니다."

"대단하시네요. 우리 딸에게도 선물하고 싶을 정도예요. 혹시 이것도 어머님께서 직접 만드셨나요?"

나츠메가 주머니에서 머리띠를 꺼내 쿄코에게 건네준다.

쿄코는 그 머리띠를 잠시 동안 바라본다. 눈물을 참고 있는 것처럼 보였다.

"네. 제가 야스코에게 만들어준 겁니다."

쿄코는 그렇게 말하더니 눈을 감는다. 그리고 다시 눈을 뜨자 눈물이 흘러내린다.

"그게 어디서 났습니까?" 세이지가 묻는다.

"한 가지 알려드릴 게 있습니다. 야스코를 덮친 범인을 알아냈습니다. 범인은 살해당한 오오타 토오루 씨입니다."

그 말에 세이지는 크게 놀라 나츠메를 쳐다본다.

"거짓말이죠…?"

그 말밖에는 나오지 않았다.

"범인이 남긴 증거품에서 채취한 DNA와 오오타 씨의 DNA가 일치했습니다. 따라서 그가 야스코를 죽였다고 할 수 있습니다."

쿄코에게로 시선을 돌리자, 역시 놀란 표정으로 나츠메를 바라보고 있다.

"그래서 이제 쿄코 씨 친정 부모님께도 찾아뵈러 갈 예정입니다. 그런데 죄송합니다만, 저희가 갑자기 방문하면 놀라실 수 있으니 어머님께서 먼저 전화 한번 넣어주시면 감사하겠습니다."

나츠메가 거짓말을 하며 쿄코의 반응을 슬쩍 떠본다.

"아…, 저희 부모님께도 가실 예정이군요. 알겠습니다. 그렇게 하겠습니다."

쿄코는 나츠메의 말이 거짓인 줄도 모르고 말한다.

"그럼 실례했습니다."

나츠메가 노조미에게 살짝 손을 흔든다. 어딘가 외로워 보이는 눈빛이었다.

세이지는 오오타에 대한 분노로 온몸이 떨려왔다. 그 분노가 그대로 전해졌는지 세이지의 품에 안겨 있던 노조미가 울음을 터트린다.

"이리 줘."

쿄코가 세이지를 대신해 노조미를 안는다.

'오오타가 왜 나를 흉내 내서 야스코를 덮친 거지…?'

답은 바로 알 수 있었다. 세이지에 대한 복수다. 세이지가 유일하게 친하게 지냈던 쿄코의 가족에게 상처를 줌으로써, 자신 때문에 쿄코의 가족이 죽었다고 생각하게 만들어 세이지가 죄책감을 느끼도록 유도한 것이다. 그래서 두 번 다시 세이지가 쿄코에게 접근할 수 없도록 만드는 것. 그런 의도 외에 다른 것은 떠오르지 않는다.

'그런데 그 쿄코와 결혼을 하다니…'

오오타의 음흉한 미소가 떠오르자, 세이지는 온몸의 피가 거꾸로 솟는 듯했다.

'이럴 수가…. 야스코가 살해당한 것은 우연이 아니라 정말로 내 탓이었다.'

"저 형사님…, 어디서 본 적이 있는 것 같아." 쿄코가 중얼거린다.

"첫 번째 사건 피해자의 아버님이야."

세이지가 그렇게 말하자, 쿄코가 눈을 동그랗게 뜨고 쳐다본다.

"세이지, 당신 저 사람을 알아?"

"그래…. 옛날에 신세를 진 적이 있어."

"신세라니…, 경찰에?"

"아니, 그때는 소년분류심사원 직원이었어."

"그럼 저 형사님의 따님은 지금 어떻게…?"

"그 사건 이후 식물인간이 돼서 지금도 병원에 있대."

쿄코에게 안긴 노조미를 바라보던 세이지는 눈물이 나오려는 것을 필사적으로 참았다.

문이 열리는 소리가 들려 세이지는 고개를 들었다.

"안녕. 시간 괜찮아?"

나츠메가 가볍게 손을 흔들고 가게 안으로 들어온다.

"네…."

될 수 있으면 보고 싶지 않은 사람이지만 마땅히 거절할 명분은 없다.

나츠메는 아무도 없는 바 자리의 정중앙에 앉는다. 세이지는 최대한 시선을 피하면서 나츠메 앞에 컵 받침을 놓는다.

"주문은 어떻게 하시겠습니까?"

"어디 보자…. 버번위스키 소다를 부탁해. 너무 취할 순 없으니까."

세이지는 뒤쪽 선반에서 잔을 꺼내 얼음을 넣었다. 버번위스키와 소다를 넣고 섞어 나츠메 앞에 내려놓는다.

나츠메가 잔을 들고 음미하듯 마신다.

"이런 데서 시간을 낭비할 정도로 수사가 순조롭습니까?"

침묵을 견디지 못하고 찔러봤다.

"그렇지는 않아. 직장이 가까운 곳이라 딱 한 잔만 하는 거야."

세이지는 나츠메로부터 돌아서서 선반 위에 있는 술 병을 닦는다.

"그리고 한 번은 개인적으로 와보고 싶었어. 좋은 가게네."

"감사합니다." 무뚝뚝한 말투로 감사를 표한다.

"자기 힘으로 미래를 개척했구나."

그 말에 저도 모르게 나츠메에게 몸을 돌린다.

나츠메는 세이지를 바라보며 웃고 있다. 진심으로 축하해주고 있는 것 같아 마음이 쓰렸다.

"따님 사건을 계기로 형사가 되신 건가요?"

"그래."

"그럼 이제 목적을 이루셨군요. 따님을 공격한 범인을 알아냈으니. 자신의 손으로 직접 검거하지 못한 건 아쉬우시겠지만…."

그렇게 말하자, 나츠메가 세이지를 물끄러미 쳐다본다.

"그럼, 이제 전에 하던 일로 돌아가시는 게 어떻습니까?"

세이지는 나츠메가 형사라는 직업과 어울리지 않는다고 생각했다. 아니, 그가 이런 일을 하지 않았으면 좋겠다는 것이 솔직한 심정이다. 인간의 거짓말을 폭로하고 범죄자를 추궁하는 일은 나츠메와 어울리지 않는다. 자신에게 그랬던 것처럼 절망에 빠진 인간에게 다가가 바른 길로 인도하는 그런 사람으로 남았으면 싶었다.

나츠메는 훌륭한 법무부 직원이었다. 그리고 세이지가 이 세상에서 처음으로 만난 제대로 된 어른이었다. 지금도 그렇게 생각한다.

"그럴 수는 없어…. 나도 새로운 길을 개척하려고 했었어. 이리저리 발버둥 치면서 말이야."

나츠메는 그렇게 말하고는 생각에 잠긴 얼굴로 입을 다물었다.

긴 침묵이 흘렀다.

세이지는 쿄코에게 전달받은 것을 떠올렸다. 그래서 선반 서랍에서 작은 종이봉투를 꺼내 나츠메 앞에 내려놓는다.

"쿄코가…, 당신을 만나게 되면 전해 달라고 했어요."

나츠메가 봉투를 열고, 그 안에 들어 있는 머리띠를 꺼낸다. 나츠메는 쿄코가 만든 머리띠를 잠시 바라보았다.

'딸을 생각하고 있는 걸까…?'

나츠메가 세이지를 본다.

"마지막으로…, 이것과 같은 버번위스키를 스트레이트로 부탁해."

나츠메가 쓸쓸한 표정으로 웃었다.

나츠메가 운전하는 차로 나가미는 츠카모토 세이지

가 사는 연립주택으로 향했다.

나츠메는 입술을 씹으며 초조하게 정면을 바라보고 있다. 아침 수사회의가 끝난 이후부터 나츠메는 지금까지 입을 다물고 있다.

"정말로 괜찮겠어?"

나가미가 물었지만 나츠메는 고개만 조금 끄덕일 뿐 대답하지 않았다.

"꼭 우리가 하지 않아도 돼. 수사관은 우리 말고도 많아. 적어도 자네는…."

"괜찮습니다."

나츠메는 그렇게 말하고는 연립주택에 도착할 때까지 다시 입을 다물었다.

차에서 내린 그들은 후속 차량에 탄 수사관들이 도착하는 것을 기다렸다가 연립주택 안으로 들어갔다. 나츠메를 포함해 4명의 수사관이 츠카모토 세이지가 사는 3층으로 향한다. 문 앞에 도착하자 나츠메가 초인종을 누른다.

"네."

아내인 쿄코의 목소리가 들렸다.

"경찰서에서 나왔습니다. 잠시 괜찮겠습니까?"

잠시 뒤, 문이 열리고 쿄코가 얼굴을 내민다. 그리고 안쪽에서 노조미를 안은 세이지도 다가온다.

문 앞에 서 있는 4명의 수사관을 보고 둘 다 뭔가 잘못되었음을 느낀 표정이었다.

"무슨 일입니까…?"

세이지가 긴장된 표정으로 물었다.

"츠카모토 쿄코 씨! 잠시 경찰서에 가셔야겠습니다."

나츠메의 말에 쿄코와 세이지는 서로의 얼굴을 쳐다본다.

"잠깐, 무슨 일이야? 어째서 쿄코가 경찰서에 가야 하는 거야!"

세이지가 잔뜩 흥분하여 소리를 지르자 노조미가 울음을 터트린다.

"세이지, 진정해." 쿄코가 다독이며 말했다.

"외투만이라도 입어도 될까요?"

"네."

나츠메가 고개를 끄덕이자 쿄코가 방으로 들어갔다. 세이지는 그 뒷모습을 멍하니 쳐다본다. 외투를 입은 쿄코가 곧바로 돌아왔고, 울음을 멈추지 않는 노조미의 머리를 상냥하게 쓰다듬는다.

"세이지, 노조미를 잘 부탁해."

쿄코는 비장한 눈빛으로 세이지에게 말하고는 집을 나선다. 그리고 수사관을 따라 엘리베이터로 향한다.

"그럼…."

더 이상은 나츠메도 말을 잇지 못하는 듯했다.

문이 닫히려는 순간 세이지가 나츠메의 소매를 잡는다.

"잠깐 기다려요! 어째서 쿄코가 경찰에 연행되는 거예요? 저도 같이 가겠어요!"

"넌 노조미 곁에 있어야지." 나츠메가 설득했다.

"체포영장이라도 있는 거예요? 어째서 쿄코가 경찰서에…."

세이지가 당장이라도 울 것 같은 표정으로 호소한다.

"체포영장은 아직 없어. 하지만 지금 그녀는 중요 참고인이야. 사건이 있던 날에 그녀는 오오타의 집에 갔었어. 그리고 오오타와 육체관계를 맺었지."

나츠메의 말에 세이지의 표정이 완전히 굳어버린다.

"무슨…, 그런 말도 안 되는 소리를 하는 거예요? 쿄코가 오오타와…, 쿄코가 그런 녀석과 그런 짓을 할

리가 없잖아요?"

"오오타의 몸과 성기에 남아 있던 체액과 그녀의 DNA가 일치했어. 쿄코가 어제 내게 준 머리띠에 끼어 있던 모발로 DNA 감식을 의뢰했었어. 아마도 머리띠를 다 만든 뒤, 자신의 머리에 끼워보면서 상태를 체크했을 때 쿄코 씨의 머리카락이 낀 모양이야."

세이지가 도저히 믿을 수 없다는 눈으로 쳐다본다.

"당신, 그럼 쿄코가 준 선물을 가지고…?"

"그래."

그렇게 대답한 나츠메는 세이지의 손을 뿌리치고 엘리베이터 문을 닫았다.

강당에 마련된 수사본부로 야부사 계장이 들어왔다. 그 모습을 보고 나가미가 의자에서 일어난다.

"어떻습니까?"

나가미가 야부사에게 묻자, 야부사는 무거운 표정으로 고개를 흔든다.

"뭘 물어도 입을 열지 않아. 나츠메에게만 말하겠다는군."

야부사의 말에 나가미가 뒤를 돌아본다. 나츠메는

양손으로 머리를 감싼 채 무언가 생각하고 있다.

"어떻게 할까요?" 야부사에게 묻는다.

"어쩔 수 없지. 하지만 저 친구는 똑같은 피해자 유족이야. 정에 휩쓸리지 않도록 제대로 감시해."

나가미가 고개를 끄덕이고는 나츠메에게 다가간다.

"가지."

나츠메가 입술을 꽉 깨물고 일어난다.

두 사람은 제1취조실로 향한다. 취조실 문을 열자 책상 너머에 앉아 있는 쿄코가 고개를 든다.

"지금부터 제가 취조하겠습니다."

나츠메가 쿄코의 바로 맞은편에 앉는다. 나가미는 나츠메의 뒷모습을 보며 문 옆에 있는 책상에 앉는다.

"먼저…, 사건이 있던 날 당신은 오오타 토오루의 집을 방문했죠?"

나츠메를 쳐다보던 쿄코가 끄덕인다.

"몇 시였죠?"

"1시 넘어서입니다."

"왜 그의 집에 가신 겁니까?"

그러자 쿄코가 입꼬리를 올리며 비웃는다.

"아시잖아요? 불륜입니다."

"그와는 언제부터 그런 관계였습니까?"

"반년 정도 되었습니다. 길에서 우연히 만나서 그렇게 되었습니다. 아시는 대로 남편은 밤에 일을 하고 있어서…. 부모님께 적당한 핑계를 대고 노조미를 맡기고 종종 그와 만났습니다."

"하지만 당신이 자발적으로 오오타와 관계를 맺었다고 보기는 어렵습니다. 혹시 억지로 관계를 맺게 되신 건 아닙니까?"

"아닙니다. 제가 원하는 관계였습니다. 남편과는 반년 동안 그런 관계를 하지 않았습니다. 제가 원해도 피곤하다면서…. 오오타는 외모는 그래도 그쪽 방면은 대단했답니다."

쿄코가 야릇한 웃음을 짓는다.

"무언가 숨기시는 것은 없습니까? 그에게 무언가 약점을 잡혔다든가…, 그래서 억지로 그와 관계를 맺게 되신 건 아닙니까?"

"그렇지 않습니다. 전부 사실입니다. 여기까지 왔는데 거짓말을 할 리가 없죠. 나츠메 형사님이 저희집에 방문하신 뒤, 친정집에 전화를 했을 때 알아차렸습니다. 나츠메 씨가 저를 의심하고 있다는 것을."

'그때 자신을 의심하고 있다는 것을 알았다는 게 무슨 뜻일까…?' 나가미가 생각했다.

"저더러 친정에 전화를 넣어달라고 하셨을 때, 제 반응을 보고 제가 오오타를 죽인 범인이라고 확신하신 거죠?"

"사실 확신까지는 없었습니다. 저도 당신과 같은 피해자 가족입니다. 소중한 사람과 관련된 일이라 일반적인 반응을 보이지 않을 수도 있으니까요. 하지만 보통은 그런 사연이 있는 머리띠를 보면, 어디서 발견했는지, 혹은 누가 가지고 있었는지 궁금해 할 것입니다. 그러나 당신은 그걸 묻지 않았습니다. 그래서 혹시 당신이 이미 야스코를 죽인 범인을 알고 있는지가 궁금…."

"그래서 떠보신 거군요? 제가 친정 부모님께 이미 그 소식을 들었는지를. 아무튼 언제 제가 범인인지 아셨든 간에 물증만 확보되면 경찰이 곧 저를 체포하러 올 거라 생각했습니다. 언제 경찰이 들이닥칠지 몰라 견딜 수가 없었습니다."

"그런데 설마…, 일부러 머리띠에 자신의 머리카락을 끼우신 겁니까?"

"네. 그렇게 하면 당신은 마지막까지 책임을 다해주실 거라고 생각했습니다. 어차피 취조를 받게 된다면 제 마음을 가장 잘 이해해줄 수 있는 사람이 좋으니까요."

"오오타를 죽인 것을 인정하시는군요."

"네."

"어째서 그런 일을…?"

"죄를 지어도 반성하지 않는 사람은 죽음으로 갚아야 하니까요!"

이제까지 침착하게 이야기하던 쿄코가 목소리를 높이며 외쳤다.

"그 남자와 섹스를 한 직후에 침대 머릿장 뒤에 있는 선반 틈 사이로 머리띠를 발견했습니다. 야스코를 죽인 그 놈은 그 직전까지도 저를 품에 안고서 좋아했었습니다. 아무런 양심의 가책도 없이 자신이 죽인 사람의 유족을 품에 안은 겁니다. 그 순간 참을 수 없는 살기가 몰려왔습니다. 그래서 그 놈의 목을 전깃줄로 졸랐습니다. 놈은 눈을 뜨고 격렬하게 저항했지만, 야스코가 그때 저에게 힘을 빌려준 것 같습니다."

그러자 나츠메가 고개를 젓는다.

"야스코는 그런 걸 바라지 않았을 겁니다."

"그렇지 않아! 당신도 마음속으로는 그렇게 생각하잖아요. 형사라는 입장 때문에 하고 싶은 말을 다 할 순 없겠지만, 사실 그 남자가 죽어서 속이 시원하잖아요? 딸의 머리를 때려서 식물인간으로 만든 그 놈이 죽어서…."

쿄코가 책상에 엎어져 흐느낀다. 지금은 취조를 할 만한 상황이 아니다.

"나츠메, 잠깐 뜸을 들이지 않겠나?"

나가미가 나츠메에게 묻자, 나츠메도 고개를 끄덕이며 일어난다.

문을 열자 야부사 계장이 복도에 서있다.

"어땠나?" 야부사가 물었다.

"살해는 자백했습니다." 나가미가 대답했다.

"그런가. 그럼 영장을 청구하지."

"잠시 기다려주십시오."

나츠메의 말에 야부사가 왜 그러냐는 표정을 짓는다.

"아직 진실을 이야기하지 않았다고 생각합니다."

그렇다. 나츠메의 말처럼 쿄코가 무언가를 숨기고

있다는 것을 나가미 역시 느꼈다.

쿄코가 오오타를 상대로 바람을 폈다고는 도저히 생각할 수 없다. 나츠메가 말한 대로 무언가 약점을 잡혀서 억지로 관계를 맺은 것은 아닐까. 그렇다면 대체 어떤 약점을 잡혔단 말인가.

나가미는 전혀 짐작이 가지 않았다.

"계장님…?"

복도 끝에서 수사관 한 명이 달려온다.

"무슨 일이야?"

"지금 막 세이지가 자수를 했습니다. 오오타 토오루를 죽인 것은 자신이라고…."

"뭐라고?"

나가미와 나츠메의 눈이 마주친다.

아직도 머릿속이 혼란스럽다.

세이지는 미래를 위해 냉정해지자고 다짐했다.

나츠메와 형사들이 돌아간 다음부터 지난 며칠간 자신을 둘러싸고 일어난 일을 이해하려고 했지만 무리였다. 쿄코가 왜 경찰에 연행되었는지 알 수 없었고, 쿄코가 오오타와 성적인 관계를 맺고 있었다는 것도 믿을 수 없었다.

하지만 나츠메는 오오타의 몸과 성기에서 쿄코의 DNA가 검출되었다고 한다. 도저히 받아들일 수 없는 이야기다. 내가 오오타의 집에 침입하기 전에 쿄코가 오오타와 그런 관계를 맺고 있었단 말인가.

그때 세이지는 자신이 저지른 범행의 증거를 훔치려고 오오타의 집에 침입했다. 하지만 방 문을 열었을 때 눈에 들어온 것은 성인 잡지와 피규어 상자 등에 파묻혀 있는 오오타의 모습이었다.

세이지는 몸을 굽혀 바닥에 있는 오오타의 상태를 살폈다. 그는 죽어 있었다.

오오타를 죽인 것이 정말 쿄코란 말인가. 만약 그렇다면 자신은 앞으로 어떻게 해야 하는 걸까.

쿄코가 오오타를 죽였다면 그 동기는 야스코의 복수일 것이다. 하지만 모든 원인은 자신에게 있다. 세이지가 나츠메의 딸을 덮치지 않았다면 야스코가 그렇게 되지 않았을 것이다.

그런데 자신은 처벌받지 않고 쿄코만 처벌을 받게 되었다. 어떻게든 그것만은 막고 싶었다.

세이지는 침실에 들어갔다. 장롱 안을 뒤져서 지금

까지 버리지 못하고 놔뒀던 것을 주머니에 넣은 뒤, 노조미를 데리고 집을 나섰다. 노조미를 처가에 맡기고 나서 모든 죄를 청산할 생각으로 경찰서에 온 것이다.

문이 열리고 나츠메와 나가미가 들어온다. 나가미가 문 옆에 있는 책상에 앉고, 나츠메가 세이지의 정면에 앉는다.

"자수를 했다면서…?"

세이지를 바라보던 나츠메가 입을 연다.

이렇게 마주 보니 소년분류심사원에서 만났던 때가 떠오른다. 그때도 이렇게 나츠메와 마주 보며 면접을 진행했었다. 하지만 지금 세이지는 될 대로 되라던 식의 그때와는 다르다. 지금은 무슨 수를 써서라도 지켜야 하는 소중한 가족이 있다.

"그래요. 경찰이 착각을 한 모양인데 오오타를 죽인 건 나예요."

세이지는 나츠메를 도발하듯 말했다.

"그녀는 자신이 오오타를 살해했다고 자백했어."

"날 보호하기 위해서겠지요."

"너야말로 그녀를 보호하기 위해서 위장자수를 한 거 아니야?"

"난 그날 오오타의 집 1층 거실 창문을 돌로 깨고 침입했어요! 이건 경찰도 공표하지 않은 수사상의 비밀 아닌가요? 이런 건 TV에서도 신문에서도 보도하지 않은 건데, 내가 범인이 아니라면 어떻게 알겠어요? 그리고…"

세이지는 주머니에서 핸드폰을 꺼내 책상 위에 올려놓는다.

"나는 니시키도에게 문자메시지를 보내서 그녀석의 집주소를 물었어요."

나츠메가 핸드폰을 들고 확인한다. 나츠메의 표정이 순식간에 바뀐다.

"왜 그를 죽인 거지?"

"난 그 녀석에게 약점을 잡혀 있었단 말이에요."

"어떤 약점…?"

"그건 좀 있다가 이야기할게요. 그래서 그 녀석은 이틀 연속으로 가게에 와서 나에게 이렇게 협박했어요. 쿄코를 빌려 달라고. 쿄코를 한 번만 빌려주면 경찰에게 말하지 않고 그 증거도 돌려주겠다고. 그 약점을 경찰이 알게 되면 내 미래도 우리 가정도 무너지게 될 거라 생각했어요. 그래서 난 집에 돌아와서 쿄코에게 무릎 꿇고 부탁했어요. 아무 말도 묻지 말고 딱 한 번만 그 녀석에게 안겨 달라고. 우리 가족을 지키기 위해서라고…"

"그래서 친구에게서 받은 집주소를 가지고, 둘이서 함께 오오타를 찾아갔다고?"

세이지가 흥분했는지 반말을 시작한다.

"그래, 맞아! 쿄코가 그 녀석에게 안겨 있는 동안 나는 그놈 집 주위를 배회했어. 하지만 그녀석이 약속을 제대로 지켜줄지 걱정이 되었어. 옛날부터 교활한 놈이었으니까. 처음엔 쿄코의 몸이었지만, 그러다가 돈을 내놓으라고 하고…. 그런 식으로 모든 것을 빼앗아 우리 가족의 행복을 파괴할 거라는 생각이 들었어. 그래서 쿄코가 그 녀석의 집에서 나오는 것을 보고 내가 침입한 거야. 그러고는 그 녀석을 목 졸라 죽였어."

"네가 잡혔다는 그 약점은 대체 뭐지?"

세이지가 나츠메의 눈을 쳐다본다.

"당신 딸을 그렇게 만든 게 나야."

그렇게 말한 순간 나츠메의 눈에서 모든 감정이 사라졌다.

유리처럼 공허한 눈으로 세이지를 응시한다. 그들 사

이에 긴 침묵이 흐른다.

"어째서…?"

나츠메가 겨우 이렇게 말을 꺼낸다.

"당신의 설교가 너무 짜증났어. 증오에만 지배당해서는 안 된다는 둥, 어떤 곤경에도 자신의 힘으로 개척할 수 있다는 둥, 거만하게 떠들어대는 당신이 마음에 들지 않았어. 그렇다면 당신도 그 곤경이라는 것에 한번 당해봐야 한다고 생각했어. 그러니까 당신 딸이 식물인간이 된 건 다 당신의 그 잘난 체 탓이야!"

세이지는 일부러 나츠메의 분노를 돋웠다.

자신에게 분노를 집중시키면 시킬수록 나츠메는 이성을 잃고 자신을 범인으로 만들어줄 것이다.

"야스코를 죽여놓고도 그 녀석은 나를 협박했어. 나를 협박하지 않았다면 자기도 죽지 않았을 텐데…. 바보 같은 녀석이야. 내가 당신 딸을 공격했고, 오오타도 죽였어. 이게 그 증거야."

세이지가 주머니에서 머리띠를 꺼내 나츠메에게 던졌다. 그때 에미에게서 빼앗은 것이다.

TV에 나와 눈물 흘리는 나츠메의 모습을 보면서, 세이지는 몇 번이나 그 머리띠를 버리려고 했다. 하지만 결국 버리지 못했다.

자신이 지은 죄를 잊어서는 안 된다. 세이지는 가련한 어린아이의 머리를 때리고 나츠메에게서 소중한 것을 빼앗았다. 그 머리띠는 자신이 정말 큰 죄를 저지른 인간이라는 증거다.

나츠메는 혼이 빠져나간 것처럼 움직이지 않았다.

나가미가 걱정스러운 눈빛으로 나츠메를 살폈다.

나츠메는 천천히 머리띠를 손에 쥐더니 비틀거리며 일어난다. 그러고는 세이지에게 등을 돌리고 금방이라도 쓰러질 것처럼 흔들리는 발걸음으로 취조실을 나간다.

나가미도 나츠메를 따라서 제2취조실을 나갔다.

나츠메는 얼이 빠진 발걸음으로 복도를 걸어간다. 바로 쫓아가고 싶지만 취조실에 세이지를 혼자 둘 순 없다. 나가미는 건너편 강력계에 가서 다른 형사에게 잠시 교대를 부탁하고 나츠메를 찾으러 갔다.

나츠메는 복도 의자에 앉아 손으로 얼굴을 가리고 있었다.

"괜찮나…?"

나가미가 말을 걸었지만 아무 반응이 없다.

나가미가 나츠메의 어깨에 손을 짚는다. 어깨가 떨리

고 있다. 눈물을 참고 있는 듯하다.

"이제 다른 수사관에게 맡기세."

그렇게 말하고 어깨를 툭 치니, 나츠메가 천천히 고개를 든다. 그러고는 고개를 가로젓는다.

"그녀가 뭘 숨기고 있었는지 알았습니다."

나츠메는 그렇게 말하고 휘청휘청 자리에서 일어난다. 계단을 올라 3층 강당에 마련된 수사본부로 들어가 노트북이 있는 책상으로 다가간다. 폴더를 열고 묻지 마 테러사건의 현장을 찍은 사진을 출력한다. 나츠메는 오오타의 USB에 있던 그 사진을 손에 들고 강당을 다시 나선다.

"그녀가 숨기고 있던 게 대체 뭐야…?"

나가미가 물었지만 나츠메는 돌아보지도 않고 취조실로 향한다. 나츠메가 쿄코가 있는 제1취조실로 다시 들어간다.

앉아 있는 쿄코가 나츠메를 올려다본다.

나츠메는 쿄코 앞에 사진을 내민다.

"당신은 알고 있었군요." 나츠메가 말했다.

다른 형사의 감시를 받고 있는 세이지가 벽을 쳐다

본다. 옆 취조실에 쿄코가 있다는 사실을 알 수 있다. 하지만 아무리 귀를 기울여도 어떤 소리도 들리지 않는다. 세이지는 쿄코가 자신과 입을 맞춰줄 것만 계속 기도했다.

문이 열리자 세이지가 다시 정면으로 고개를 돌린다. 나츠메와 나가미가 들어온다.

"실례했습니다."

나츠메가 그동안 자리를 지켜준 형사에게 미안함을 표시했고, 그때까지 감시하던 형사가 취조실을 나선다.

"오래 기다렸지?"

세이지는 다시 나츠메와 마주한다.

"어땠어? 쿄코도 비슷한 소리를 했지? 아니, 쿄코는 날 보호하려고 들었을 지도 모르겠지만."

"그녀는 진실을 이야기해주었어."

'진실…?'

"그녀가 오오타 토오루를 죽였어."

"아직도 그런 소리를 하는 거야? 오오타를 죽인 건…."

"그녀는 정말로 반년 전부터 오오타와 관계를 맺고 있었어."

"반년…?"

그 말에 세이지는 큰 충격을 받았다.

'반년 동안 쿄코가 오오타와 성적인 관계를 가졌단 말인가? 그렇다면 어째서 오오타는 나에게 하룻밤만이라도 쿄코를 빌려 달라고 한 거지?'

세이지에게 고통과 수치심을 안겨주려는 목적 외에 다른 이유가 떠오르지 않는다.

'네가 쿄코에게 내 요구를 전하면 더 재미있는 사실을 알려주지.'

그때 오오타가 했던 말이 떠오른다.

'쿄코는 어째서 오오타 따위와 반년이나…?'

"그녀도 너와 마찬가지로 오오타에게 약점을 잡혀 있었던 거야. 너의 비밀을 본인이 알고 있었다는 사실이 너나 친정 부모님에게 알려지기를 원치 않는다면 오오타가 시키는 대로 하라고 협박당한 거지. 그래서 억지로 관계를 맺게 된 거야."

"그게 쿄코에게 어째서 약점이 될 수 있지…?"

"그게 알려지면 너와의 행복한 가정이 무너지니까, 친정 부모님과 너와의 관계도 무너지겠지. 아니, 아예 자신과 부모님과의 인연이 끊어질 수도 있는 비밀이지.

그것을 피하기 위해 쿄코는 이를 악물고 오오타 품에 안겼다고 말했어."

세이지는 아직도 나츠메가 하는 말을 명확히 이해할 수 없었다.

"그녀는 알고 있었어. 이미 오래전부터 네가 10년 전 사건의 범인이라는 걸…"

머릿속이 새하얘졌다.

"네가 내 딸을 덮쳤을 때 오오타뿐만 아니라 그녀도 그걸 목격한 거야. 이 사진이 그 증거다."

'그런 말도 안 되는…!'

"학원에서 돌아오는 길에, 쿄코는 집으로 가는 지름 길인 공원을 가로지르다가 네가 내 딸을 덮치는 걸 목격하고 말았어. 그런데 넌 정신이 없었는지 그녀의 존재를 눈치채지 못하고 도망쳤던 거야. 그녀는 그걸 보고도 도저히 신고할 수 없었어. 널 좋아했으니까. 자기 손으로 널 경찰에 넘길 수 없었던 거야. 하지만 1주일 후, 자신의 여동생인 야스코가 동일범의 소행으로 의심되는 사람에게 목숨을 잃었어. 그리고 넌 쿄코 앞에서 종적을 감추어버렸지. 야스코를 덮친 범인은 네가 아닐 거라고 믿고 싶은 마음과, 야스코를 덮친 범인도 너일 거라는 마음 사이에서 계속 괴로워했다고 해. 그렇지만 쿄코는 그걸 누구에게 말할 수도 없었어. 그 사실을 토로하는 순간 쿄코는 내 딸을 덮친 사람을 보고도 신고하지 않은 사람이 되어버리니까. 게다가 쿄코는 격렬한 죄책감에 시달려왔어."

"격렬한 죄책감…?"

"첫 범행 때 경찰에 널 신고했다면 여동생은 그런 일을 당하지 않았을 것이라는 죄책감이야. 여동생이 죽은 건 자기 때문이라고…. 그래서 계속 고민해왔어. 그리고 20살이 되어서 우연히 너를 다시 만났을 때, 너와 눈이 마주친 순간, 그때까지 담아두었던 감정이 폭발해서 울음을 터트렸다고 해."

그때의 눈물은 기쁨의 눈물이 아니었던 것이다.

하지만….

"그럼 어째서…, 나와 사귀게 된 거야…?" 세이지가 중얼거렸다.

"아마도 널 정말 좋아해서 그랬겠지. 넌 야스코 사건과는 관계가 없다고 생각하면서…. 그랬으면 좋겠다고 기도도 분명 했었을 거야. 하지만 만약 네가 야스코를 죽인 범인이라면, 네가 자신을 보며 평생 고통받으며 살았으면 좋겠다고…."

'평생 고통받아줘….'

"게다가 쿄코는 이런 테스트를 하고 싶었던 거야. 네가 정말 야스코를 죽였다면 그녀와 절대로 사귀려 들지 않았겠지. 그렇지만 반대로 네가 자신과 사귀려 한다면, 적어도 넌 야스코가 그녀의 여동생이란 걸 모르고 죽인 거라고 생각한 거야. 물론 그렇다고 해서 너를 완전히 용서할 마음은 없었다는군. 그녀를 포함한 피해자 가족들이 얼마나 큰 고통을 받고 사는지 자신과 친정 부모님들을 계속 만나면서 깨닫게 해주고 싶었다는 거야. 그리고 너와 부부가 됨으로써 둘이서 함께 평생 지워지지 않는 고통을 되새기며 여동생에게 속죄하는 마음으로 살기로 결심했다고 했어."

'이럴 수가….'

눈앞이 눈물로 번진다.

쿄코가 순수하게 자신을 사랑해서 가족이 된 줄 알았다.

"자신의 여동생을 죽였을지도 모르는 남성과 결혼하는 것이 얼마나 힘들었을지는 아무도 이해할 수 없을 거야. 분명 커다란 갈등이 있었겠지. 하지만 그렇게

해서라도 너와 함께하고 싶다는 그 마음이 전혀 이해
되지 않는 건 아니야. 피해자의 가족들이 범인에게 바
라는 것은 범인이 감옥에 가거나 무거운 형벌을 받는
것만이 아니야. 범인 스스로 자신이 범한 죄의 의미를
평생 곱씹는 것, 그리고 그것을 죽을 때까지 반성하며
살아가는 것, 바로 그걸 원하는 거야."

"결국 내가 첫 번째 테러 사건의 범인이라는 사실
때문에 쿄코는 오오타에게 협박을 당한 건가? 오오타
의 노리개가 될 정도로."

"그래. 너희들이 행복하게 사는 것을 알게 된 오오타
가 그녀를 협박하기 시작했어. 자신이 시키는 대로 하
지 않으면 네가 묻지 마 테러사건의 범인이라는 사실
을, 그리고 그녀 역시 그걸 알고도 너와 결혼을 감행했
다는 것을 너와 그녀의 부모님에게 말하겠다고. 그녀
에게 너와 노조미는 그 무엇과도 바꿀 수 없는 소중한
존재였어. 그리고 친정 부모님과의 관계를 위해서라도
그녀는 오오타가 시키는 대로 할 수밖에 없었어. 하지
만 그날 그녀는 우연히 오오타의 방에 있던 여동생의
머리띠를 발견한 거야. 그리고 격한 증오에 휩싸여 오
오타의 목을 전깃줄로 졸라서 죽였어. 증거가 될 머리

띠는 가져오려 했지만 선반 틈새에 끼여 있는 바람에 꺼낼 수가 없었대. 그러던 중에 밑에 층에서 무슨 소리가 들려왔지. 그녀는 머리띠를 포기하고, 네가 1층을 뒤지는 동안 집에서 나갔다고 해."

자신을 유린한 남자가 자신의 여동생을 죽였다.

그날 쿄코가 세이지와의 섹스를 원했던 일이 떠올랐다. 그날 비로소 세이지가 야스코 사건과 완전히 무관하다는 것을 알게 되었고, 그래서 처음으로 세이지를 진심으로 원했던 것은 아니었을까. 물론 그와 동시에 그녀는 머지않아 세이지와 생이별하게 될 거라는 예감도 했을 것이다.

"죽어 마땅하잖아. 그런 녀석…."

세이지가 눈물을 닦으며 내뱉는다.

"그렇게 생각하니?" 나츠메가 조용히 묻는다.

"그래. 당신도 내가 증오스럽잖아? 날 죽이고 싶지 않냐고!"

"사람을 증오한다고 해서 그 사람을 죽여도 된다? 넌 노조미에게 그렇게 가르칠 생각이야?"

나츠메의 말이 귀에 울린다. 처음으로 듣는 나츠메의 외침이었다.

"엄마가 저지른 살인이 정당했다고, 넌 정말 그런 이야기를 노조미에게 할 수 있어?"

아무 말도 할 수 없었다. 그저 머릿속에서는 노조미의 모습만이 그려졌다.

"난 내 딸이 눈을 떴을 때 그런 이야기를 하고 싶지 않아. 만약 영원히 눈을 뜨지 못한다고 해도⋯. 저 세상에서 다시 만날 때도 그런 말을 전하고 싶지 않아."

세이지의 머릿속에 여전히 노조미의 모습이 떠나지 않는다.

"아마 너는 노조미와 다시 만나려면 많은 세월이 걸릴 거야. 다음에 노조미를 만날 때 무슨 말을 할 것인지⋯, 무엇을 전해야 하는지⋯, 잘 생각해 봐."

'앞으로 긴 시간 동안 쿄코와 둘이서 그 답을 찾아야 해.'

나츠메의 눈빛이 그렇게 말하는 듯했다.

"죄송⋯, 합니다⋯."

세이지는 마음속 깊은 곳에서 그 말을 쥐어짜낸 뒤, 곧바로 책상에 엎어져 오열했다.

흐느껴 우는 세이지를 마주한 나츠메는 입을 다물었다.

'그는 지금 무슨 생각을 할까. 무슨 표정으로 세이지를 보고 있을까.' 나가미는 나츠메의 뒷모습을 보면서 그렇게 생각했다.

"나머지는 잘 부탁합니다."

나츠메는 천천히 일어나 그렇게 말하고는 취조실을 나갔다.

나가미는 다른 형사들에게 세이지를 맡기고 나츠메를 찾아 나섰다. 형사과에 갔지만 나츠메는 없었다. 복도를 돌아다니며 마주치는 수사관들에게 나츠메를 봤냐고 물었다.

"아까 계단을 올라갔습니다."

이 위에는 체육관밖에 없다. 나가미는 계단을 올라가 체육관에 들어갔지만, 거기에도 나츠메는 없었다. 나가미는 계단을 더 올라가서 옥상으로 향한다.

문을 열자 옥상에 서 있는 나츠메의 뒷모습이 보인다. 그는 석양에 물든 이케부쿠로를 바라보고 있다.

"여기에 있었나?"

말을 걸자 나츠메가 뒤를 돌아본다.

"수고하셨습니다."

나츠메는 오랜 시간 짊어지고 있던 짐을 조금이라도

내려놓을 수 있었을까. 아니면 여전히 치유될 수 없는 고통을 느끼고 있는 걸까.

나츠메의 표정을 봐도 알 수 없었다.

"무슨 생각을 하나?" 나가미가 물었다.

"아뇨, 딱히⋯."

나츠메는 그렇게 말하더니, 다시 이케부쿠로 풍경으로 시선을 돌린다.

"저는 늘 일을 마치면 여기서 이 도시를 바라봅니다. 저쪽에 딸이 입원해 있는 병원이 있어서⋯, 우울할 때마다 이곳에서 제 자신을 독려합니다."

'저에게 있어 수사란 항상 괴롭습니다.'

언젠가 나츠메가 했던 말이 떠올랐다.

나가미는 나츠메라는 형사에 대해 공감과 경의를 느낀다. 그러면서도 동시에 나츠메 같은 사람이 형사 일을 계속하면서 느끼는 고통도 이해할 수 있었다.

"이 일을 계속할 생각인가?"

나가미가 묻자 나츠메가 시선을 피한다.

"그래도 에미를 그렇게 만든 범인은 잡지 않았나. 그러니 이제 자네가 진정 있어야 할 곳으로⋯."

말이 끝나기도 전에 나츠메가 고개를 가로젓는다.

"이 세상에서 범죄가 모조리 사라지지 않는 한 에미와 같은 피해자는 또 생길 겁니다."

나츠메의 눈빛을 보던 나가미는 이제껏 느껴본 적 없는 비장함을 느꼈다.

깊은 슬픔을 담고 있지만 그것을 압도하는 이지적인 눈빛은 틀림없이 형사의 눈빛이었다.

옮긴이 최재호

일본 출판물 기획 및 번역가. 중앙대학교 일어일문학과를 졸업하고, 동대
학원에서 일본문화를 전공하였다. 센다이 도호쿠 대학에서 유학하였다.
번역작으로《루팡의 딸》,《오늘은 일찍 퇴근하고 싶어》등이 있다.

초판 2022년 1월 1일 7쇄
저자 야쿠마루 가쿠
옮긴이 최재호
ISBN 978-89-98274-39-9   03830

출판사 도서출판 북플라자
주소 서울시 강남구 논현동 118-13 북플라자 타워 5층
홈페이지 www.bookplaza.co.kr